À PROPOS DE L'AUTRICE

Lucy Daniels a remporté un immense succès avec sa série pour enfants *SOS Animaux*, vendue à près de 3 millions d'exemplaires au Royaume-Uni. Avec la saga *Vert-Cottage*, elle renoue avec cet univers qui a tant fait rêver sous la forme de purs romans feel-good !

Un Noël charmant à Vert-Cottage

De la même autrice

Dans la saga « Vert-Cottage »

Un été pour tout changer à Vert-Cottage, Éditions Prisma (2020), HarperCollins Poche (2021).

Un hiver inoubliable à Vert-Cottage, Éditions Prisma (2020), HarperCollins Poche (2021).

Un printemps éblouissant à Vert-Cottage, Éditions Prisma (2021), HarperCollins Poche (2022).

Des flocons de neige sur Vert-Cottage, Éditions Prisma (2021), HarperCollins Poche (2022).

Un été ravissant à Vert-Cottage, Éditions Prisma (2022), HarperCollins Poche (2023).

LUCY DANIELS

Un Noël charmant à Vert-Cottage

roman

Traduit de l'anglais (Royaume-Uni) par
MARION McGUINNESS

Harper
Collins
POCHE

Titre original :
CHRISTMAS AT SILVER DALE

HARPERCOLLINS FRANCE

83-85, boulevard Vincent-Auriol, 75646 PARIS CEDEX 13
Tél. : 01 42 16 63 63

www.harpercollins.fr

ISBN 979-1-0339-1580-5

*Nos chaleureux remerciements à Sarah McGurk,
docteure en médecine vétérinaire et membre
de l'ordre des chirurgiens vétérinaires.*

*Pour Ross W. Syme, diplômé en sciences, docteur
en médecine vétérinaire et membre de l'ordre
des chirurgiens vétérinaires, et Sarah Syme,
qui l'a nourri pendant toutes ces années.*

Chapitre 1

Mandy Hope se réveilla en sursaut. Le jour se levait à peine, l'aube teintée de gris en cette fin de mois d'octobre. Une rafale balaya quelques gouttes de pluie contre la fenêtre. La jeune femme cligna des yeux pour lire le réveil – presque 7 heures du matin. Sa chienne adorée, Sky, dormait en boule sur le sol auprès d'elle. À l'exception de cette présence canine, Mandy était seule. Ces deux dernières années, elle avait presque tout partagé avec son petit ami Jimmy Marsh. Ensemble, ils avaient rénové la petite maison surnommée « Étendues sauvages », mais aujourd'hui, Jimmy se trouvait quelque part dans le Grand Nord du Canada, en compagnie de son ami d'enfance Aira Kirkbryde, à la recherche d'ours polaires.

Une pointe de tristesse la transperça tandis qu'elle jetait un œil vers l'oreiller intact à côté d'elle. Elle n'était pas seulement perturbée par son absence, non. Deux mois et demi plus tôt, elle avait demandé en mariage Jimmy autour d'un dîner romantique, un genou au sol, rêvant d'un beau mariage et d'enfants, et d'un avenir indéfectible entre ses bras. Mais il l'avait éconduite, arguant qu'il n'était pas prêt à s'engager de la sorte, pas quand il partageait déjà la garde de ses jumeaux Abi et Max, issus de son premier mariage. Et maintenant, Mandy n'avait plus aucune idée de ce qui l'attendait, ou de ce qui se passerait quand Jimmy rentrerait enfin de son périple.

Des bruits de pas résonnèrent lourdement dans l'étroite cage d'escalier, et la porte de la chambre s'ouvrit tout à coup. Sky se réveilla et aboya une fois, puis se mit à remuer la queue. Abi et Max, onze ans, se tenaient dans l'embrasure de la porte, essoufflés. Ils avaient beaucoup grandi pendant l'été, et comme Abi avait une nouvelle coupe à la garçonne, les deux se ressemblaient plus que jamais, avec leurs yeux verts et leurs cheveux bruns et épais hérités de leur père. Trois autres chiennes, Simba, Zoé et Emma, un berger allemand et deux huskies, se précipitèrent dans la pièce, explorant l'espace du bout de leur truffe. Sky les salua rapidement puis grimpa sur le lit, manquant de renverser Mandy.

— Est-ce que tu peux venir ? s'écria Max.

— La porte du poulailler est cassée et toutes les poules se sont enfuies ! expliqua Abi, les yeux écarquillés. On a voulu les faire rentrer, mais Emma a chassé Curry jusqu'à un buisson, et Kiki et Damson ont voulu s'envoler. Je crois bien que Damson est coincée sur le toit de la grange, mais il pleut fort, et Tippy n'arrêtait pas de brailler !

— On a vraiment essayé de les récupérer sans te réveiller, ajouta Max, anxieux.

Mandy repoussa Sky, allongée sur son genou, et la couette, tout en le rassurant d'un sourire.

— J'arrive !

Elle enfila un pantalon et un gros pull puis dévala les marches pour rejoindre les enfants qui l'attendaient en bas. Ils enfermèrent les chiennes dans la cuisine et se hâtèrent dans le jardin. L'enclos des poules se trouvait dans un coin protégé, mais une branche du grand hêtre surplombant la pelouse avait cassé et atterri sur le grillage. Le cadre en bois avait cédé et la porte du poulailler ne tenait plus que par un gond. Mandy décida d'installer temporairement les poules dans le vieux poulailler au fond de la grange, le temps qu'elle répare la porte et la clôture.

La jeune femme fut soulagée de constater que, malgré les dégâts, trois des poules se pelotonnaient encore dans les nichoirs tapissant la largeur du poulailler. Elle souleva Tippy, la plus rondouillarde des rhode island, la déposa dans les bras de Max, puis Red, la fille de Tippy, dans ceux d'Abi. Enfin, elle attrapa April, la leghorn argentée que Jimmy lui avait offerte pour Pâques. Tête baissée contre le vent, ils pataugèrent dans l'herbe pour se réfugier dans la grange.

Damson et Kiki se blottissaient dans l'herbe haute sous la haie du jardin. Mandy les déposa entre les bras des jumeaux et partit à la recherche de Curry. De toutes les poules, Curry, une majestueuse orpington dorée, était sa préférée. Helen Steer, son amie et l'infirmière d'Animal Ark, la clinique vétérinaire des parents de Mandy, avait baptisé la poule pour rire, inspirée par un plat de curry à emporter du restaurant le Roo Dhanjal. Même si Mandy était végétarienne et qu'il n'y avait aucune chance que Curry soit dégustée un jour, le nom, lui, était resté.

Mandy finit par la dénicher, recroquevillée sous une azalée. Elle saisit fermement la poule à deux mains, puis recula doucement. Si l'animal était passablement ébouriffé, rien n'indiquait qu'Emma, le jeune husky, ne l'ait touchée pendant la course-poursuite. Mandy remit l'oiseau au plumage duveteux à Max, qui le porta jusqu'à la grange.

Mandy se débattit contre les rafales pour inspecter le poulailler endommagé. Il fallait acheter du nouveau grillage pour réparer l'enclos, mais la porte du poulailler devait être réparée immédiatement, au risque de sortir complètement de ses gonds.

— Je vais chercher la boîte à outils, proposa Abi. Dommage que papa ne soit pas là, mais on peut y arriver, n'est-ce pas ?

— Bien sûr ! confirma Mandy.

L'une de ses premières conversations avec Jimmy lui revint en mémoire. Il s'était alors trouvé en haut d'une échelle, travaillant sur le toit de cette grange. À l'époque, ce n'était pas encore chez elle : la propriété de Lamb's Wood appartenait à Robbie Grimshaw, un vieil homme qui venait d'être hospitalisé. Jimmy était intervenu pour aider à sauver les animaux restés sur place, et Mandy avait été touchée par sa sollicitude et fascinée par son savoir-faire en bricolage.

Abi réapparut accompagnée de Max et de la boîte à outils. Mandy sortit un tournevis, puis fouilla dans les bacs en plastique jusqu'à trouver une vis qui semblait être de la bonne taille. Elle fixa la porte à la charnière cassée et la referma. Il faudrait la remonter correctement sur ses gonds, mais elle le ferait quand elle aurait plus de grillage pour le tour.

Dans la cuisine, Mandy posa à la hâte quelques boîtes de céréales et du lait sur la table. Elle avait un emploi du temps serré aujourd'hui et les poules fugueuses n'avaient rien arrangé.

— Lavez-vous les mains et venez manger, lança-t-elle à Abi et Max avant de se ruer à l'étage pour prendre une douche, laissant les jumeaux se débrouiller.

En sortant de la douche, elle entendit une voiture se garer, et puis la voix d'Helen Steer résonner, saluant les jumeaux. Elle allait s'occuper des chiennes aujourd'hui.

— Bonjour ! sourit Helen en voyant son amie descendre les escaliers.

La jeune femme portait ses longs cheveux bruns attachés en queue-de-cheval, un jean bleu foncé et un sweat-shirt floqué au logo d'Animal Ark.

Abi et Max jouaient avec Isla, le petit bedlington cross qu'Helen avait adopté l'été passé. Isla avait été abandonnée et amenée, aveugle depuis peu et très nerveuse, à Vert-Cottage, le refuge que Mandy avait fondé derrière la clinique. S'occuper de la petite chienne au pelage bouclé avait été un défi au début, mais aujourd'hui elle semblait parfaitement heureuse, se laissant tomber sur le dos dès que Max faisait semblant de lui tirer dessus.

— Ne m'en veuillez pas à moi, prévint Helen en levant les mains. C'est Seb qui lui a appris ça, comme de s'asseoir pour réclamer.

Seb était le fiancé d'Helen. Il s'était opposé à l'adoption d'Isla dans un premier temps, mais il adorait la petite chienne maintenant. Lucy, le retriever noir brillant d'Helen, entra en trombe dans la cuisine avec Sky, Simba, Zoé et Emma dans leur sillage. Tout à coup, la pièce semblait très petite et bondée.

— Je les sortirai quand tu seras partie, promit Helen. Mais je vais devoir organiser un roulement. Même pour moi, six en même temps, c'est un peu trop. Je vais devoir compter les museaux tout au long de la journée pour m'assurer de ne pas en avoir perdu un ou deux.

La sonnette de la porte retentit et la meute quitta la cuisine pour envahir le couloir dans un vacarme d'aboiements. Mandy dut se frayer un chemin à travers la mer des corps poilus pour atteindre la porte.

Belle Jones, l'ex-femme de Jimmy, se tenait sur le seuil, élégamment vêtue d'un col roulé en cachemire rose, d'un gilet crème et d'un pantalon en velours marron immaculé, enfoncé dans de longues bottes.

Au début, Belle avait intimidé Mandy qui avait tendance à porter des jeans et des bottes jodhpurs en toute occasion, et dont la routine beauté consistait uniquement à se laver le visage et à appliquer un peu de mascara. Mais à mesure que Belle et elle avaient appris à se connaître, Mandy l'avait trouvée étonnamment pragmatique et simple, et elle avait pensé que toutes deux pourraient devenir de bonnes amies. Belle n'avait pas fait d'objection lorsque les jumeaux avaient demandé à continuer de venir ici, même en l'absence de Jimmy.

Malgré son apparence impeccable, elle ne broncha pas lorsque les six chiennes se ruèrent sur elle. Au contraire, elle sourit en se penchant pour les caresser, puis suivit Mandy jusqu'à la cuisine où, comme par magie, les chiennes se turent, et où la conversation devint possible.

— Vous êtes prêts ? lança Belle aux enfants, qui hochèrent la tête. Allez chercher vos sacs, alors, ajouta-t-elle, et ils se faufilèrent entre les chiens pour grimper l'escalier. Ça me fait plaisir de vous voir toutes les deux ! Désolée de presser les enfants, mais nous allons à Sheffield pour rendre visite à mes parents.

— Comment va Dan ? demanda Mandy.

Belle était mariée au sergent Dan Jones, qui travaillait comme policier dans la ville voisine de Walton. Mandy et le fiancé d'Helen, Seb, agent de protection des animaux, collaboraient parfois avec le sergent dans le cadre de leur travail.

— Il va bien, mais il travaille ce week-end, répondit Belle en posant la main sur la tête grise et arrondie de Zoé. C'est bien que tu aies les jumeaux quand tu es seule ici. Je parie que tu es impatiente que Jimmy revienne et t'aide à gérer ce chaos !

— Ils sont toujours les bienvenus, confirma Mandy, tout en se demandant ce que Belle penserait si elle savait que l'avenir de Mandy et de Jimmy était en suspens.

L'idée de perdre Abi et Max lui était presque aussi douloureuse que celle de perdre Jimmy lui-même.

Belle dut lire la contrariété sur le visage de Mandy, car elle lui sourit.

— Ne t'inquiète pas. Tu vas t'habituer à ce que Jimmy parte à l'aventure avec Aira – ils sont comme deux scouts ! Ce sera plus difficile quand tu auras des enfants, mais pour l'instant, profite d'avoir la maison pour toi toute seule.

Mandy s'efforça de ne pas grimacer. Elle ne désirait rien de plus au monde que de fonder une famille avec Jimmy, mais il lui avait très clairement expliqué qu'il ne voulait pas que leur relation change. Il était parti au Canada si vite après la demande en mariage ratée de Mandy qu'ils n'avaient jamais pris le temps de s'asseoir et de discuter de tout cela. Ils s'étaient parlé aussi souvent que possible sur Skype depuis son départ, mais parfois les enfants étaient là, et même quand ils ne l'étaient pas, ce n'était pas un sujet facile à aborder à distance. La maison n'avait pas l'air de lui manquer tant que ça – Mandy non plus. Leurs brèves conversations avaient été monopolisées par ses aventures avec des ours polaires, des oiseaux rares et des autochtones hauts en couleur. Mandy n'avait pas voulu l'ennuyer avec les détails de sa propre routine quotidienne, ou avec des questions sur leur avenir à son retour.

La porte s'ouvrit soudain, et Abi et Max se précipitèrent dans la cuisine, les bras ouverts pour serrer fort Mandy. Elle se pencha vers eux et enfouit son visage dans leurs cheveux doux et parfumés.

— Je vous revois bientôt, les terreurs !

— Pas si on te voit en premier, dit Abi, et Mandy s'esclaffa.

Elle observa Belle et les enfants s'extirper de la masse de chiennes et refermer la porte d'entrée derrière eux. À son grand désarroi, elle avait les larmes aux yeux. *Tu les reverras bientôt*, se rappela-t-elle.

— Il faut que tu files, non ? lui lança Helen.

Mandy sortit son téléphone pour vérifier l'heure, puis ouvrit la page des arrivées de l'aéroport de Manchester.

— Tu as raison.

Elle attrapa son sac à main accroché au bout de la rampe et sortit ses clés de voiture.

— Je t'ai apporté ça, dit Helen en lui tendant une couverture blanche tricotée et un petit ours en peluche. Au cas où Taresh aurait froid et serait anxieux, ajouta-t-elle.

Mandy lui sourit.

— C'est une très bonne idée, James sera ravi.

James Hunter, le meilleur ami de Mandy depuis son enfance, rentrait aujourd'hui au Royaume-Uni avec son fils nouvellement adopté. Le partenaire de James, Raj Singh Bhuppal, avait demandé à James d'adopter Taresh, dont la mère, la cousine de Raj, était décédée en couches. Mandy devait aller les chercher tous les trois à l'aéroport, et accueillir ainsi Taresh en Angleterre.

— Je n'arrive pas à croire que James et Raj ramènent leur fils à la maison ! s'exclama Mandy, les yeux rivés sur l'adorable nounours brun.

— Moi non plus, confirma Helen en fixant Mandy, la tête sur le côté. C'est comme si Raj nous avait parlé de Taresh hier, non ?

Mandy se surprit à sourire tout en courant vers la voiture. Elle jeta un coup d'œil vers la banquette arrière, où elle avait installé le tout nouveau siège auto que James avait apporté avant que Raj et lui ne partent pour Agra en Inde, où Taresh avait passé les seize premiers mois de sa vie. Ce serait un choc pour le petit garçon de passer de la chaleur de l'Inde au Yorkshire automnal. Mandy avait tellement hâte de le rencontrer.

— Accroche-toi, Taresh, murmura-t-elle en manœuvrant le véhicule sur le sentier étroit. Ta nouvelle tata Mandy arrive !

Mandy suivit les panneaux indiquant le terminal 2 et se gara sur une place au deuxième étage du parking à plusieurs étages. Son portable afficha à ce moment un message de James :

Atterrissage impeccable. Tout va bien. J'attends les bagages.

Il avait ajouté une photo de Raj, tenant contre son épaule un Taresh endormi. Le petit garçon suçait son pouce, une main serrant un doudou jaune vif.

Mandy se fraya un chemin jusqu'aux arrivées. Deux enfants à la peau ébène et aux yeux sombres couraient dans tous les sens en agitant des moulins à vent en papier brillant. Les portes automatiques s'ouvrirent et ils se précipitèrent en avant en poussant un cri de joie.

— Papa !

Un homme élancé, en pantalon et chemise blanche, laissa tomber sa valise et ouvrit grand les bras. La petite fille l'atteignit d'abord, puis le garçon, et il les prit tous les deux dans les bras, les câlina, puis les déposa au sol pour embrasser sa femme. Mandy regarda la famille se diriger vers la sortie, puis se retourna lorsque la porte coulissante s'ouvrit dans un soupir.

— Mandy !

Avait-elle seulement déjà vu James aussi heureux ? Malgré les signes de fatigue marquant sa bouche et le contour de ses yeux, il souriait en franchissant le seuil, poussant un chariot chargé de bagages, le guidant habilement d'une seule main. Son autre bras entourait Taresh, qui observait autour de lui avec d'immenses yeux noirs. Le petit garçon portait un pyjama Spider-Man bleu et rouge sous une robe de chambre bleue douillette, et des chaussons du même super-héros aux pieds. Raj, à l'air aussi béat que James, posa les trois sacs qu'il tenait, et lâcha la poignée d'une autre valise. Il embrassa Mandy, puis tendit les bras vers Taresh, qui détacha ses doigts du col de James et se glissa dans l'étreinte de Raj. Mandy prit James dans les bras, sentant sa fine carcasse vibrer de joie.

— Mandy, voici Taresh, annonça fièrement James.

Il tendit la main vers l'adorable menotte de son fils.

— Et Taresh, voici tata Mandy.

Taresh avait un visage doux et rond, d'épais sourcils noirs et une tignasse de cheveux épais très brillants. Mandy lui tendit la peluche, et ses yeux déjà ronds s'écarquillèrent encore. Taresh se tourna vers James, qui hocha la tête en souriant.

— Tu peux le prendre, le rassura-t-il.

Taresh enroula la main autour de l'ours et le serra contre lui.

— Merci beaucoup, lui dit Raj en embrassant les cheveux de son fils.

— C'est de la part d'Helen, précisa Mandy. Elle m'a aussi confié une petite couverture. Il en aura peut-être besoin quand nous serons dehors.

James leva les yeux au ciel.

— On retrouve le beau temps du Lancashire.

— Parce que celui du Yorkshire est tellement meilleur, gloussa Mandy.

— Comment s'est passé le vol ? demanda-t-elle en s'insérant sur la voie du milieu sur l'autoroute.

— Comme ci comme ça, répondit James depuis la banquette arrière, et Mandy aperçut son visage dans le rétroviseur : il semblait incapable de détacher ses yeux du petit garçon. Je ne suis pas sûr que Taresh ait bien compris ce qui se passait.

— Au moins, on a décollé à l'heure, ajouta Raj installé côté passager. Et heureusement, nous avions un siège libre en plus dans notre rangée, on a pu s'étaler un peu.

Quelques gouttes de pluie frappèrent le pare-brise. Mandy actionna les essuie-glaces et alluma les feux de croisement.

— Il dort déjà, annonça James.

Mandy sourit. Son cher ami méritait chaque seconde de ce bonheur. L'été dernier, lorsque Raj avait annoncé qu'il avait adopté le bébé de sa cousine, James avait semblé vraiment choqué. Raj et lui n'étaient ensemble que depuis un an, et James se réadaptait alors encore à la vie après la mort de son premier mari, Paul. Mandy avait craint que la relation de Raj et James ne survive pas à cette nouvelle, mais ils semblaient plus proches que jamais. Tous deux étaient manifestement fous de leur nouveau fils.

Un mouvement à côté d'elle attira son attention. Taresh n'était pas le seul à dormir. La tête de Raj avait basculé sur le côté, les paupières closes.

— Tu devrais aussi dormir un peu, dit Mandy à James dans le rétroviseur.

— Je suis bien trop excité, admit James. J'ai l'impression que c'est un rêve, et j'ai peur de me réveiller et de découvrir que Taresh n'est pas là.

— Oh ! il est bien là, murmura Mandy en jetant un coup d'œil au reflet du petit garçon.

Pendant quelques minutes, Mandy se concentra sur la route pour ne pas rater sa sortie. Il pleuvait plus fort maintenant et le vent se levait à nouveau. Quand elle jeta un œil sur le rétroviseur, James s'était assoupi.

— Je crois que tout y est, annonça Mandy en posant les derniers sacs dans le couloir de l'appartement de James et Raj.

— Je vais mettre la bouilloire à chauffer, proposa James en jetant un coup d'œil à Raj. Je peux garder Taresh ? Tu peux montrer à Mandy sa nouvelle chambre, si tu veux.

Raj tendit à son compagnon un petit Taresh encore bien endormi. Mandy ne put s'empêcher d'être impressionnée en voyant James ouvrir les placards et sortir des tasses d'une seule main. La paternité adoptive semblait aller de soi pour ses deux amis. Elle se demandait comment tout s'était passé quand Adam et Emily l'avaient accueillie chez eux. Ils avaient adopté Mandy alors qu'elle n'avait que trois mois, encore un tout petit bébé. Est-ce que son arrivée s'était passée aussi aisément ?

— Qu'est-ce que tu en penses ? demanda Raj en montrant à Mandy la chambre d'amis transformée en chambre d'enfant.

— C'est vous qui avez peint ça ? demanda-t-elle en désignant la magnifique fresque murale sur le thème de la faune, avec des mésanges bleues, un rouge-gorge, un couple de lièvres et une biche à l'air timide, un faon à taches blanches blotti contre elle.

Raj éclata de rire.

— J'aimerais bien, mais non, c'est l'œuvre de Douglas MacLeod.

Douglas était un auteur et illustrateur pour enfants très connu, et le petit ami de Susan Collins, une amie de Mandy. Douglas et elle s'étaient rencontrés à Noël l'année précédente.

— J'aurais dû reconnaître sa patte, admit Mandy.

Ils retournèrent à la cuisine, où James versait le café. Il sortit une assiette de biscuits et posa les tasses sur la table, puis il s'assit, Taresh sur les genoux. À l'instant où il attrapait sa tasse, le visage de Taresh se crispa en une grimace et il poussa un hurlement.

James serra le petit corps plus fort encore, berçant la tête brune contre son épaule. Il se leva et commença à se balancer doucement de gauche à droite, caressant les cheveux brillants de Taresh, mais le gémissement ne tarissait pas. James pencha la tête sur le côté et fixa calmement les immenses yeux larmoyants.

— Tu veux du lait ? demanda-t-il.

Tout en le berçant, il en versa une petite quantité dans un gobelet et le tendit à Taresh, qui en but une gorgée puis laissa tomber le verre en tendant la main, comme si son geste était délibéré. James le ramassa et le posa sur le plan de travail.

— Je vais juste vérifier sa couche, dit-il d'un ton calme.

Il revint quelques minutes plus tard et secoua la tête. Il avait donné à Taresh son nouvel ours en peluche et son doudou jaune, mais le petit garçon était toujours aussi grincheux.

— Tout va bien. Je pense qu'il est simplement perturbé par tout ça, tenta James en posant le menton sur la tête de son fils.

— Sans compter qu'il doit être aussi épuisé que nous à cause du décalage horaire, ajouta Raj.

Mandy sourit.

— Il est toujours aussi beau.

James l'observa, la tête inclinée, les sourcils froncés, un peu moqueur.

— Qui êtes-vous et qu'avez-vous fait de Mandy Hope ?

Mandy gloussa. Tout le monde savait qu'elle préférait les animaux aux enfants.

— C'est pourtant bien moi. Mais en l'absence de Seamus et de Lily, il faut bien que je me pâme devant un autre petit être.

Seamus et Lily, les chiens adorés de James, se trouvaient pour l'instant chez les parents de ce dernier.

— J'aurais dû m'en douter, plaisanta James.

Mandy tendit la main et caressa très doucement l'épaule de Taresh. L'espace d'un instant, elle ressentit une envie fugace. Si seulement Jimmy et elle s'étaient lancés dans l'aventure avec un bébé… Ce sentiment ne dura qu'une seconde. Personne ne méritait de vivre une telle joie plus que James, et elle était déterminée à être heureuse pour lui.

— J'ai été ravie de le rencontrer, dit-elle à son ami, mais je dois vraiment rentrer.

— Comment va ta mère ? demanda James.

— Elle va bien, merci.

Ce n'était pas tout à fait vrai, mais elle garda une voix légère. Emily Hope était malade depuis deux ans et demi, atteinte d'une sclérose en plaques. Même dans les bons jours, Mandy voyait bien qu'Emily se fatiguait très vite, mais elle semblait incapable de ralentir le rythme.

— Fonceuse, comme toujours, ajouta-t-elle, et James acquiesça.

Il enlaça Mandy de son bras libre.

— Je pense que nous allons mettre ce petit au lit, puis essayer de nous reposer aussi. Merci beaucoup de nous avoir ramenés.

— Tout le plaisir est pour moi, répondit Mandy.

— Passe le bonjour à tes parents, ajouta James.

— Je le ferai, confirma Mandy en embrassant Raj, puis James, et Taresh une fois de plus, avant de redescendre vers sa voiture.

Mandy était heureuse qu'Helen ait proposé de garder la maison toute la journée, car il était déjà 16 heures lorsqu'elle arriva à Vert-Cottage. Il pleuvait toujours à verse et les arbres, chargés de feuilles brunes et craquantes, ployaient sous un vent violent. Elle courut de sa voiture à l'entrée du refuge sans lever la tête.

— Bonjour, ma chérie, l'accueillit Emily, installée à la réception.

Les cheveux autrefois roux de sa mère adoptive étaient ponctués de gris et sa peau pâle semblait souvent tendue sur son visage aux pommettes hautes. Elle affichait néanmoins un sourire chaleureux familier.

— Salut, maman.

Mandy referma la porte contre le vent qui la tiraillait, puis traversa l'entrée et se plaça derrière sa mère. Emily mettait à jour le site Internet de Vert-Cottage, et tourna l'écran vers Mandy.

— J'ai une belle photo de Peewit et de ses bébés.

Peewit était un cochon d'Inde abandonné devant le refuge deux semaines auparavant. Trois bébés étaient apparus une semaine plus tard. Mandy avait été stupéfaite, comme toujours, par l'indépendance instantanée des bébés de cette espèce : tellement différente de celles des lapins, ou même des chatons et des chiots, qui mettaient plusieurs semaines à ouvrir les yeux et les oreilles. En tout cas, Emily avait réussi à obtenir des petits au nez émoussé qu'ils fixent l'objectif en même temps. C'était vraiment une belle photo.

— Ton père s'occupe de Jasper, annonça Emily. Nous n'avons pas encore fait les autres chiens.

Mandy ressentit une pointe de culpabilité. Ces deux dernières années, Nicole Woodall avait travaillé à temps partiel au refuge, mais elle avait désormais quitté Welford pour rejoindre l'armée. Le sourire de l'adolescente et son énergie débordante manquaient à Mandy. Le grand-père de Mandy, Tom Hope, venait aider de temps en temps, mais il avait quatre-vingts ans, et avec le temps froid et humide, il ne pouvait pas participer aussi souvent qu'il le voulait.

— Pourquoi ne rentres-tu pas à la maison, maman ? insista-t-elle. Papa et moi, on peut finir.

— Ça ne t'ennuierait pas ?

Mandy secoua la tête.

— Bien sûr que non.

Elle observa Emily se lever lentement de sa chaise. Ce n'était pas juste que ses parents doivent s'occuper des protégés du refuge en plus de tout le travail à la clinique. Même si l'autre vétérinaire, Toby Gordon, était de garde ce week-end, Adam, lui, aurait dû être en congé. *Il faut vraiment que je trouve un nouvel assistant*, décida Mandy.

Chapitre 2

Adam Hope leva les yeux, un petit sourire aux lèvres, en voyant Mandy ouvrir la porte de la salle d'examen. Contrairement à son épouse, il ne montrait que peu de signes de vieillissement, hormis sa chevelure un peu plus grisonnante et les rides plus marquées autour des yeux.

— Je vérifie juste le cœur de Jasper, expliqua-t-il.

Mandy l'interrogea du regard et Adam se contenta de hausser les épaules.

— Le murmure est toujours aussi fort, mais je pense que ses poumons sont un peu plus clairs. Il ne toussait plus autant ce matin.

— C'est bien.

La longue queue fine de Jasper battait de gauche à droite tandis que son regard passait de Mandy à Adam. C'était un vieux whippet gris aux yeux larmoyants et au museau depuis bien longtemps blanchi. Il avait appartenu à un homme encore plus âgé qui vivait dans le village de Kimbleton, mais celui-ci avait été hospitalisé et était mort quelques jours plus tard, laissant Jasper sans famille. Mandy avait commencé à lui donner des comprimés pour réduire le liquide dans ses poumons dès son arrivée au refuge, mais elle savait qu'il serait difficile de le faire adopter s'ils ne parvenaient pas à maîtriser ses soucis cardiaques.

— Je me demande si ça ne vaudrait pas la peine de le placer à l'isolement, ajouta Adam. L'unité est vide en ce moment, et je ne suis pas sûr qu'il dorme beaucoup avec Moutarde et Olive autour.

Mandy caressa la colonne vertébrale bosselée de Jasper.

— On pourrait essayer.

Moutarde et Olive étaient les autres résidents canins de Vert-Cottage. Moutarde était un jeune staffie bringé saisi dans un squat à York, et Olive avait été trouvée errante dans la lande. Tous deux aboyaient beaucoup, et malgré tous ses efforts, Mandy n'avait pas réussi à les calmer au cours des semaines passées auprès d'elle.

— Je vais d'abord le sortir un peu, annonça Adam. Puis je mettrai Olive et Moutarde dans le pré et reviendrai te donner un coup de main pour le reste.

Mandy s'occupait des derniers chats quand son père revint. Sixpence était un jeune chat tigré attrapé dans le squat en même temps que Moutarde. Il se méfiait énormément de Mandy, se cachant au fond de son panier dès qu'elle entrait dans la pièce. Mandy utilisait du thon pour essayer de l'appâter, mais la partie était loin d'être gagnée. Pour l'instant, il n'acceptait d'avancer vers l'avant de sa cage que si elle s'asseyait à l'extérieur et hors de portée.

— Jasper avait vraiment l'air content d'être seul, rapporta Adam. On pourrait commencer à lui donner de l'énalapril ce matin, maintenant que sa respiration est un peu dégagée.

Mandy sortit du chenil occupé par Sixpence, referma la porte et balaya des yeux la chatterie, qui comptait actuellement trois autres pensionnaires : une magnifique chatte tuxedo nommée Luna, dont les propriétaires avaient divorcé, et deux chatons récemment sevrés, Goldie et Patchy, dont la mère avait été adoptée la semaine précédente.

— Bonne idée ! On devrait lui faire des analyses de sang complémentaires, aussi. Revérifier sa fonction rénale, ajouta-t-elle, envahie par un élan d'affection pour son père qui la poussa à s'approcher pour le prendre dans ses bras. Merci beaucoup pour ton aide aujourd'hui. Et celle de maman.

Adam lui rendit son étreinte. Il avait toujours été doué pour les gros câlins, depuis aussi loin qu'elle se souvienne.

— Tu travailles si dur. C'est génial de voir comment ton refuge a grandi. Tu sais que nous sommes très fiers de toi, n'est-ce pas ?

Au fond, Mandy jubila, mais fit mine de lever les yeux au ciel – son père lui répétait au moins une fois par semaine à quel point il était fier.

— Tu travailles tout aussi dur, fit-elle remarquer.

Adam recula et lui sourit.

— Tel père, telle fille.

— Maman ne se joint pas à nous ? lança Mandy à Adam en s'asseyant à la table en pin frotté, une tasse de thé à la main.

Mandy avait grandi ici jusqu'à ce qu'elle parte à l'université et elle était revenue vivre là à son retour à Welford. Une grande partie de son passé s'était déroulée autour de cette cuisine accueillante.

— Elle s'est endormie sur le canapé. Tu peux rester dîner, si tu veux.

— Merci, papa, mais Helen est chez moi, elle s'occupe des chiennes et je dois aller la libérer.

Le silence retomba tandis qu'ils soufflaient sur leur thé. Mandy entendit le vent se lever à nouveau, même si la pluie semblait se tenir à distance pour le moment. La cuisine paraissait étrangement vide sans Emily, et Mandy pensa que son père devait se sentir très seul sans son épouse quand elle traversait des poussées de sclérose en plaques.

Mandy avait tellement lu sur cette maladie qu'elle avait l'impression d'être prête à tout gérer, mais l'évolution de la maladie de sa mère semblait totalement imprévisible. Plus elle en avait appris sur le sujet, plus la culpabilité et la douleur avaient aussi grandi. Bien que la sclérose en plaques ne soit pas précisément héréditaire, certaines preuves suggéraient la présence des facteurs génétiques. Face à la dégradation effrayante de l'état de santé de sa mère, Mandy avait pensé, pour la première fois, que c'était peut-être bien qu'Emily et elle n'aient pas de lien de parenté. Cette idée lui avait fait prendre conscience qu'elle ne savait rien de ses parents biologiques, ni sur les maladies qui pouvaient exister dans leurs familles, et qu'elle pourrait transmettre à ses propres enfants. Quand elle releva les yeux, Adam la dévisageait.

— Plus trop longtemps à attendre avant le retour de Jimmy, tenta-t-il.

— Encore deux semaines, répondit-elle en gardant une voix légère.

Ses parents ne savaient rien de la demande en mariage rejetée, mais elle n'allait pas non plus faire semblant d'attendre avec impatience le retour de son petit ami.

Elle termina son thé et sortit de table assez brusquement.

— Merci pour ton aide aujourd'hui.

— Pas de problème, dit Adam en repoussant sa chaise. À demain, ma chérie.

— À demain, papa.

Mandy le serra fort avant de retourner dans la turbulente soirée d'octobre.

— Bonjour ! s'exclama Emily, installée à la réception de la clinique, lorsque sa fille arriva.

Comme c'était souvent le cas le lundi matin, il y avait déjà plusieurs animaux à voir dont les propriétaires avaient téléphoné pendant le week-end. Toby et Adam étaient déjà dans leurs salles de consultation, occupés à allumer leurs ordinateurs. Helen, responsable du planning des opérations, s'affairait à distribuer les formulaires de consentement.

— Désolée de m'être endormie et de t'avoir ratée hier soir, chuchota Emily tandis que Mandy la rejoignait.

Mandy secoua la tête.

— Pas besoin de s'excuser. Tu m'as beaucoup aidée, merci.

— Je t'en prie, sourit Emily. Tu as des nouvelles de James ?

— Pas depuis hier, dit Mandy. Je suppose qu'ils sont tous épuisés. J'espère que James va bientôt amener Taresh et que nous pourrons tous faire officiellement sa connaissance.

— Ce serait vraiment bien, oui.

Toby sortit de sa salle de consultation.

— Bonjour, Mandy.

— Je vois que tu as eu un week-end chargé, commenta Mandy en feuilletant son agenda. Trois vêlages et une césarienne sur un bullmastiff. Impressionnant !

Toby grimaça.

— Ça aurait été bien plus impressionnant si je n'avais pas dû appeler ton père pour qu'il me donne un coup de main avec la jeune mère.

Adam apparut alors et tapota l'épaule de Toby.

— Il n'y a pas de honte à demander de l'aide quand on en a besoin. C'est la pire déchirure utérine que j'ai vue de ma vie. Il fallait deux paires de mains pour arrêter l'hémorragie, et Helen était bien assez occupée à ranimer les chiots.

— Tous les seize, ajouta Emily en fixant Mandy.

— Seize ? s'écria Mandy, incapable de dissimuler son étonnement.

— Et ils ont tous survécu, annonça Helen avec un sourire avant de brandir des pinces à artères extralongues – les plus grandes du cabinet – et de les montrer à Adam. Ce serait bien pour la stérilisation de tout à l'heure, la grosse femelle labrador ? C'est souvent difficile d'atteindre les ovaires chez les grandes chiennes en surpoids.

— Helen, tu es une perle, répondit Adam. Je ne suis pas sûr d'en avoir besoin, mais si tu peux les passer au stérilisateur, elles seront prêtes au cas où.

La porte de la salle d'attente s'ouvrit et une femme maigre en pull rouge entra, traînée par un bouvier bernois.

— Bonjour à tous ! dit-elle d'une voix enjouée.

— Allez-y, madame Harriot, dit Adam en tenant la porte de la salle de consultation ouverte.

— Et voilà mon premier patient, annonça Toby à l'instant où la porte de la salle d'attente s'ouvrait à nouveau et qu'un homme très grand titubait sous le poids d'un lourd panier de transport pour chat.

— Des visites dans des fermes ou à domicile pour moi ? demanda Mandy à sa mère.

Emily attira l'agenda vers elle.

— Une seule pour l'instant. Molly Future a appelé au sujet de Marlowe. Il s'est donné un coup de pied ce matin. Une vilaine coupure, apparemment.

Molly Future dirigeait Six Oaks, une écurie située à la lisière de Welford, au bout d'une étroite vallée appelée Silver Dale. Le cheval d'Helen Steer, Moondance, y était en pension, ainsi que Bill, un shire à la retraite que Mandy avait sauvé. Mandy se promenait parfois avec Molly, mais entre les vêlages d'automne et tous les animaux abandonnés du refuge, elle n'avait pas eu beaucoup d'occasions ces derniers temps.

Marlowe était le nouveau cheval de compétition de Molly. Avec une touche d'ironie, Molly l'avait décrit à Mandy comme « fougueux », mais quand Mandy l'avait vu, elle avait facilement compris pourquoi Molly semblait si éprise de ce beau gris pommelé.

Le trajet entre le village et Silver Dale fut rapide. Mandy se gara dans la cour pavée et désormais familière de l'écurie. Les paniers suspendus étaient vides, se balançant sous la brise, mais les pierres étaient impeccables. *Et ce n'est pas rien*, songea Mandy, en repensant à la tempête de la veille.

Molly passa la tête par-dessus la demi-porte en bois du plus grand box, un air inhabituellement sombre sur le visage. Ses cheveux roux coupés très court, d'habitude bien coiffés, étaient hérissés comme si elle venait de se frotter la tête.

— Il s'est mis dans un sale état ! s'exclama-t-elle lorsque Mandy s'avança vers elle. Quel idiot…

Mandy la rejoignit à la porte. Même d'ici, elle constata qu'en effet c'était une vilaine blessure. Des gouttes de sang souillaient sa jambe avant droite, depuis le milieu du canon jusqu'au sol.

— J'ai essayé de le nettoyer à l'eau pour y voir plus clair, dit Molly, mais il ne me laisse pas l'approcher.

— On dirait qu'il va falloir l'endormir, décida Mandy, et elle partit aussitôt chercher un sédatif dans la voiture.

Marlowe se mit à renifler et à secouer son élégante tête lorsqu'elle revint vers lui, mais Molly lui saisit fermement le licou.

— Ça suffit maintenant. Tu es une magnifique créature, mais complètement idiote.

Mandy avait compris depuis longtemps que Molly préférait les chevaux difficiles. Plus ils étaient de mauvaise humeur et distants, plus Molly les aimait. Ce qui semblait aussi correspondre à son goût pour les hommes, parfois… Mandy enfonça le pouce dans le sillon jugulaire pour faire remonter la veine et injecta le médicament.

— Et voilà, annonça-t-elle à Molly en passant une main sur la musculature arrondie du cou de Marlowe.

Une fois le cheval enfin debout et tranquille, la tête basse, Mandy lava l'entaille avec du sérum physiologique pour mieux l'ausculter.

— La coupure traverse toute l'épaisseur de la peau, mais d'après ce que je vois elle n'est pas assez profonde pour endommager les tendons, expliqua-t-elle en rapprochant les bords de la plaie. Il vaudrait quand même mieux faire quelques points de suture.

Elle ouvrit le kit de suture sur une botte de foin. Malgré la sédation, elle préféra ajouter un peu d'anesthésique local. À son grand soulagement, le beau cheval gris resta sage comme une image pendant qu'elle posait soigneusement cinq points de suture.

— Je vais lui mettre un bandage et lui administrer un traitement préventif contre le tétanos. Ça devrait suffire pour aujourd'hui.

Molly fronça les sourcils.

— Il n'aura pas besoin d'antibiotiques ?

Mandy secoua la tête.

— La plaie a l'air propre, le pansement au miel devrait suffire. Si des signes d'infection apparaissent, on avisera.

Une fois le bandage enroulé, les deux femmes sortirent de l'écurie et observèrent par-dessus la porte le hongre toujours somnolent.

— Les points de suture doivent rester en place douze jours, expliqua Mandy. Si tu arrives à changer le bandage tous les trois ou quatre jours, je viendrai dans une semaine pour voir comment il se porte. Il aura besoin d'un repos strict jusqu'à deux jours après le retrait des points.

— Pas de problème… Oh ! il ne sera pas content, mais c'est sa faute ! Il n'aurait pas dû essayer de suivre les jumeaux Biscuit dans le champ voisin.

— Les jumeaux Biscuit ? lança Mandy, se demandant si elle avait bien entendu.

Molly sourit.

— Tu ne les as pas encore rencontrés ? Mes deux welshies ?

Mandy secoua la tête.

— Tu vas te régaler.

Elle traversa la cour, tourna à droite, se faufila dans le champ et conduisit Mandy jusqu'au sentier montant vers Silver Dale. Ici, les flancs de la montagne, bien que raides, étaient bordés de bouleaux argentés et de sorbiers.

Un portail en bois trônait à l'entrée d'un champ en pente, recouvert d'herbe. Tandis que Mandy et Molly s'avançaient, deux magnifiques poneys hongres welsh-A s'approchèrent au galop et s'arrêtèrent devant elles en s'ébrouant.

— Oh ! ils sont splendides ! s'exclama Mandy.

— Je te présente Bourbon, dit Molly en tendant un morceau de carotte au bai foncé qui arborait une longue et envoûtante mèche noire retombant sur un œil. Et voici Mini-Donut, continua Molly en offrant une carotte à l'autre hongre. C'est en fait un joli palomino, même s'il est plutôt de couleur boue en permanence ces jours-ci.

Mandy gloussa en tendant la main pour que Mini-Donut la renifle. Il rejeta la tête en arrière quand il comprit qu'elle ne lui offrait aucune friandise.

— D'où vient ce nom, Mini-Donut ?

Molly leva les yeux au ciel.

— Je sais, c'est ridicule, c'est à cause de Nicole Woodall. Elle mangeait justement un mini-donut et il l'a chipé. Le nom est resté.

Mandy sourit.

— Ça aurait pu être pire. Elle aurait pu être en train de manger un jambon-beurre !

— Tu peux jeter un coup d'œil à Bill pendant que tu es là ? tenta Molly.

Molly gardait Bill en pension ici depuis deux ans et demi maintenant, et la majeure partie de cette période, il avait été très à l'aise, malgré sa vieillesse. Ses dents étaient si usées quand Mandy l'avait trouvé qu'elle n'avait pas pu dire exactement quel âge il avait, mais il avait largement dépassé celui de la retraite. Mandy lui avait diagnostiqué une BPCO, une maladie pulmonaire chronique, un peu plus tôt cette année, lorsqu'il avait commencé à tousser et à présenter une respiration sifflante. Il en souffrait probablement depuis des années, mais son état se détériorait désormais rapidement.

— Pas de problème à le laisser dehors ? demanda Mandy.

En raison de sa fragilité, Bill était allergique à la poussière et avait du mal à respirer lorsqu'il était dans un box.

Molly acquiesça.

— Pour l'instant, ça va. Il est dans le paddock avec l'abri en bois. Je croise les doigts pour qu'il puisse y rester les prochains mois, mais tu connais la météo par ici.

Mandy la connaissait bien : dans les Yorkshire Dales, certaines vallées les plus élevées étaient rapidement très enneigées, même si d'autres régions y échappaient. Six Oaks, située à l'extrémité de Silver Dale, était particulièrement sujette aux tapis de poudreuse. La neige n'arriverait pas avant un mois ou deux, mais en décembre, c'était fort possible.

— Et il mange bien l'ensilage mi-fané ? s'assura Mandy.

— Oh oui. Il l'adore.

Elles tournèrent au coin du champ et le vieux shire bai apparut. Il était toujours aussi adorable, pensa Mandy, avec son visage patient et ses yeux doux. Alors qu'elles se rapprochaient, elle constata qu'il gonflait les narines en inspirant, et que chaque respiration semblait lui demander un peu plus d'effort qu'attendu. Aussi déchirante que soit cette vérité, Mandy savait que Bill n'allait jamais aller mieux.

Bill avait dressé les oreilles en voyant Molly et Mandy, et il souffla sur les cheveux de la vétérinaire tandis qu'elle caressait sa puissante épaule, enveloppée dans une épaisse couverture imperméable.

— Je vais juste écouter rapidement.

Mandy sortit le stéthoscope de sa poche et défit les sangles se croisant sur la poitrine du cheval. Comme elle s'y attendait, les poumons de Bill crépitaient et sifflaient. Mandy retira les embouts et rangea son appareil.

— Tu as eu besoin de lui donner du clenbutérol récemment ? Cela devrait ouvrir ses voies respiratoires.

Molly soupira.

— Je lui en donne tous les deux jours, admit-elle. Je sais que tu as dit que le médicament pourrait ne plus trop agir s'il en prenait tout le temps, mais il semble en avoir vraiment besoin.

Mandy leva les bras et glissa délicatement une main de chaque côté du cou de Bill, qui posa sa tête contre son oreille pour lui mordiller les cheveux. Malgré sa maladie, il ne s'était jamais montré grincheux.

— Tu es un bon vieux garçon, n'est-ce pas ? lui dit-elle en reculant. Ses glandes sont un peu enflées, mais je ne pense pas qu'il ait besoin d'antibiotiques.

— Tu veux un café ? proposa Molly alors qu'elles rebroussaient chemin à travers le champ. Et une part de gâteau au chocolat ?

— Ce serait merveilleux, répondit Mandy.

Elles ôtèrent leurs bottes et passèrent dans la cuisine. Mandy s'était toujours sentie chez elle ici. Le carrelage noir et blanc n'était jamais parfaitement propre, et quelques tasses traînaient dans l'évier, comme d'habitude, mais les murs étaient couverts de photos de chevaux, passés et présents, et deux fauteuils confortables entouraient le poêle. Mandy s'installa dans l'un d'eux tandis que Molly s'affairait à découper des parts d'un succulent gâteau au chocolat et à préparer du café.

— Tu ne prends que du lait avec, c'est ça ? s'assura Molly en regardant Mandy, les sourcils haussés.

Elle en ajouta une bonne dose quand Mandy confirma.

— Alors, reprit Molly en s'asseyant en face, comment ça se passe, avec Jimmy absent ?

— Ça va, dit Mandy en essayant de garder un ton léger.

Même si elle considérait Molly comme une bonne amie, elle n'avait pas envie de se lancer dans une conversation profonde au sujet de son petit ami pour le moment.

— Il ne te manque pas trop, hein ? sourit Molly. Tu es comme moi, n'est-ce pas ? C'est bien d'avoir un homme de temps en temps, mais on s'en sort aussi très bien sans. C'est l'avantage d'avoir des animaux, non ? Marlowe est plus fiable que n'importe quel homme.

Mandy pinça les lèvres. Une partie d'elle voulait admettre que Jimmy lui manquait terriblement. Même si elle aimait beaucoup Sky, sa chienne ne pouvait pas le remplacer. Elle évita de répondre en avalant un morceau.

Molly saisit un bout de gâteau au chocolat entre ses doigts.

— J'espère qu'Aira s'occupe bien de ton homme. Je sais que je ne suis pas sortie longtemps avec lui, mais il a toujours eu l'air d'un sauvage. Je ne lui ferais pas confiance pour deux sous. Tu penses que le Canada regorge de femmes pionnières ? Elles seraient tout à fait son genre, ajouta-t-elle avant de gober une bouchée.

Mandy décida qu'il était temps de changer de sujet. Jimmy avait en effet parlé de deux étudiantes de troisième cycle qui les aidaient pour l'une de leurs études. Mandy ne s'était pas demandé si elles leur apportaient autre chose qu'un soutien universitaire et pratique.

— Tu fais quelque chose ce week-end ? demanda-t-elle en chassant de sa tête les images d'étudiantes rieuses et aux longues jambes.

Molly secoua la tête.

— Je vais me rouler dans la boue, dit-elle, comme tous les autres jours. Et toi ?

Mandy rit.

— Je vais aussi travailler... On forme une sacrée paire, toutes les deux !

— Ah, mais Jimmy va bientôt rentrer à la maison, lui rappela Molly. Et moi, je vais devoir recommencer les rencontres en ligne si je ne veux pas devenir une vieille fille à chevaux !

Chapitre 3

Mandy avait juste balancé son stéthoscope dans le coffre avant de le fermer quand son portable sonna. Étonnamment, c'était Toby qui l'appelait depuis la clinique. Son collègue avait été un vétérinaire renommé à l'université de Glasgow avant de s'installer à Welford. Au début, il avait eu l'intention de monter son propre cabinet, mais il s'était si bien intégré à Animal Ark que Mandy espérait qu'il ne serait pas pressé de partir. Il avait eu une aventure avec Helen pendant l'été, mais c'était vite passé. Mandy l'imaginait très bien à l'autre bout du fil, ses yeux bleus, ses cheveux blonds et ses pommettes hautes.

— Mandy, c'est ta mère.

La peur submergea Mandy comme un raz-de-marée, et elle se trouva muette.

— J'ai bien peur qu'elle se soit effondrée ce matin, poursuivit Toby. Ton père l'a emmenée à l'hôpital de York.

— Je m'apprêtais à rentrer, dit-elle en se précipitant dans l'habitacle, la voix bien trop aiguë. J'ai fini ici, j'en ai pour quelques minutes…

— Mandy, arrête ! l'interrompit Toby calmement. Ta mère n'avait pas l'air trop mal en point quand ils sont partis, mais je sais que tu veux les rejoindre. Helen et moi avons passé quelques coups de fil : Rachel vient nous épauler et nous avons réussi à reprogrammer certains rendez-vous.

Rachel Gill travaillait à temps partiel comme réceptionniste à la clinique. Mariée à l'un des fermiers du coin, elle était très terre à terre et souvent prête à aider au pied levé.

Mandy cligna lentement des yeux. Si on n'avait pas besoin d'elle à la clinique, elle pouvait aller directement à York. Elle savait qu'Helen et Rachel s'occuperaient des animaux du refuge pour elle.

— Merci, Toby.

Elle posa le téléphone sur le siège passager. Une rafale de pluie frappa le pare-brise tandis que Mandy tournait la clé d'une main tremblante. Cinq minutes plus tard, elle roulait sur la route de Walton.

Emily et Adam étaient toujours aux urgences lorsque Mandy arriva. Elle s'était demandé si sa mère ne risquait pas d'être directement orientée vers le service spécialisé en sclérose en plaques, mais comme elle n'avait pas rendez-vous, elle devait apparemment suivre le protocole classique.

Emily était allongée sur un lit, le visage pâle et ses yeux verts perdus dans la pénombre.

— Que s'est-il passé ? s'enquit Mandy en attrapant la main de sa mère, tout en s'efforçant de chasser la peur de sa voix. Toby a dit que tu t'étais effondrée.

Emily parvint à esquisser un sourire, même si Mandy voyait bien que l'effort lui coûtait.

— C'est un peu exagéré, dit-elle. Mes jambes ont lâché, c'est tout.

Elle serra les doigts de Mandy comme si elle voulait la réconforter.

— Je vais avoir une IRM, mais ils pensent qu'il pourrait y avoir une nouvelle lésion sur ma colonne vertébrale.

Mandy baissa les yeux sur la main noueuse et si familière lovée dans la sienne. Sa mère souffrait de ce que l'on appelait une sclérose en plaques récurrente et rémittente. Jusqu'à présent, Emily avait surtout souffert de maux de tête, de fatigue et de douleurs. C'était le début de symptômes plus graves.

— Ils ont parlé d'un traitement ? osa-t-elle.

Emily caressa du pouce le dos de la main de Mandy.

— Ils vont tenter de m'administrer de la prednisolone par voie intraveineuse. Ils sont assez optimistes, ils pensent que la sensation dans mon pied gauche va revenir.

— C'est seulement le côté gauche qui est engourdi ? Et le droit ?

— Je ressens comme des aiguilles et des piques, répondit Emily en lui offrant un autre petit sourire. Je ne sais pas ce qui est le pire.

Une infirmière passa la tête derrière le rideau.

— Tout va bien ?

Emily hocha la tête.

— Pas trop mal, merci.

— Nous allons vous monter dans le service d'ici une minute ou deux.

Comme tout le personnel, elle portait une blouse et son badge l'identifiait comme Marion Campbell, infirmière en chef. Elle disparut un instant, puis revint avec un homme de grande taille aux cheveux noirs, portant un polo blanc et un pantalon noir.

— Voici Billy, dit Marion. Il va vous faire monter.

Billy fit un signe de tête à Emily.

— Vous avez toutes vos affaires ? demanda-t-il.

Il se glissa derrière la tête du lit et se mit à pousser Emily dans le couloir menant à l'ascenseur. Mandy le suivit, marchant à côté d'Adam. Elle aurait voulu que son père lui dise que tout allait bien se passer et que sa mère allait s'en sortir.

Une autre infirmière les accueillit dans le service et posa quelques questions à Emily. Mandy sursauta en entendant son portable sonner au fond de sa poche – le prénom de James s'affichait à l'écran.

— Je réponds rapidement, c'est James, expliqua-t-elle à ses parents.

Elle ne voulait surtout pas qu'ils s'inquiètent, ou pensent que la situation n'était pas sous contrôle à la clinique. Elle se précipita hors de la salle, remonta le couloir et s'arrêta tout au bout, près d'une fenêtre. Dehors, les nuages traversaient le ciel gris d'octobre.

— Salut Mandy, comment ça va ?

Il avait son téléphone sur haut-parleur : Mandy entendait Taresh bafouiller en arrière-plan et Raj lui parler tranquillement. L'espace d'un instant, Mandy eut envie d'être là-bas, avec eux.

— Pas très bien, en fait. Maman est tombée ce matin. Nous sommes au service de neurologie de l'hôpital de York.

Le bruit de fond se tut brusquement. James avait dû changer le mode du téléphone pour être plus discret.

— Oh ! je suis désolé, lâcha-t-il, compatissant. À cause de la sclérose en plaques ?

— Ils pensent qu'elle pourrait avoir une nouvelle lésion à la colonne vertébrale, mais nous devons attendre l'IRM pour en être sûrs.

— Pauvre Emily, reprit James, et pauvres de vous… C'est terrifiant.

Mandy était bien consciente que James savait exactement ce qu'elle vivait. Il avait passé des mois à faire entrer et sortir son mari Paul de l'hôpital de York pendant les derniers temps de son combat contre le cancer.

— Ça ne vous embêterait pas si je venais ? demanda James.

Mandy ressentit un élan d'affection pour son plus vieil ami. Cela ne devait pas être facile pour James de revenir dans un hôpital, mais elle savait qu'il aimait Emily.

— Au contraire, ils seront ravis de te voir.

Elle rejoignit ses parents dans le service. Une infirmière, Janice, finissait de poser une perfusion.

— Votre mère est un peu déshydratée, expliqua-t-elle à Mandy.

— Ils doivent faire d'autres tests, dit Emily. Pourquoi ne pas aller déjeuner tous les deux à la cafétéria ? Je vous envoie un message quand je suis prête.

— Ça me paraît être une bonne idée, dit Adam. Je te revois très bientôt.

Le restaurant était aussi immaculé et stérile que le reste de l'hôpital. Ils prirent des sandwichs sur un stand réfrigéré, les payèrent, puis s'assirent à une table blanche. Mandy sortit son téléphone pour envoyer un message à James.

Papa et moi sommes à la cafétéria d'Ellerby.

Ils terminaient leurs sandwichs plutôt secs quand James apparut.

— Comment va-t-elle ?

Adam pinça les lèvres.

— Pas très bien. Ils font d'autres tests, mais je pense qu'ils ne sauront pas avant quelques jours comment la situation va évoluer avec ces nouveaux symptômes.

Emily discutait avec un médecin quand ils revinrent tous les trois à son chevet, et elle les accueillit en souriant.

— Vous avez déjà rencontré mon mari et ma fille, docteur Dingwall. Voici son ami James, qui vit à York. James, voici Frances Dingwall.

Frances tendit la main pour serrer celle de James.

— Ravie de vous rencontrer, dit-elle avant de se tourner vers Emily. Voulez-vous que je répète tout ce dont nous avons parlé à votre famille ?

Emily hocha la tête.

— S'il vous plaît.

Frances leur adressa un sourire calme et professionnel.

— C'est toujours effrayant quand un événement comme ça arrive, mais il y a de bonnes chances à ce stade qu'il y ait une inversion partielle, ou peut-être même complète, de la perte de sensation. Nous allons commencer par de la méthylprednisolone pour l'instant, mais il existe d'autres médicaments à médiation immunitaire qui pourraient aider. Une fois la crise passée, nous réévaluerons le traitement actuel pour voir s'il faut l'adapter, expliqua-t-elle avant de baisser les yeux vers Emily. Nous allons faire venir le kiné aussi, il faudra faire quelques examens, une fois que nous aurons vu comment les choses évoluent.

Elle regarda Adam et Emily.

— Avez-vous des questions ?

— Rien qui me vienne à l'esprit pour l'instant, dit Adam, mais je vais probablement en trouver quelques centaines une fois que vous serez repartie.

Frances acquiesça.

— Transmettez-les à Emily ici et je ferai de mon mieux pour y répondre.

Elle s'éclipsa aussitôt, le bruit de ses talons sur le sol s'évanouissant au fil de ses pas.

Adam tira une des chaises réservées aux visiteurs près du lit et s'y laissa tomba. Il n'était pas aussi pâle qu'Emily, mais des lignes marquaient le contour de ses yeux et sa bouche. James prit une chaise et l'imita, tandis que Mandy faisait le tour du lit pour s'asseoir sur une troisième. Le service comptait quatre autres lits, mais seulement deux étaient occupés, bien que les draps froissés sur l'un des autres suggéraient que son occupant ne devait pas se trouver bien loin.

— Je ne peux pas rester longtemps, annonça James, mais je me suis dit que je pourrais repasser plus tard et t'apporter de la soupe, Emily, et peut-être un sandwich. La nourriture ici n'est pas mauvaise… pour un hôpital, mais je pense que je peux faire mieux.

Emily lui sourit.

— Ce serait adorable, mais es-tu sûr d'avoir le temps ? Comment ça va pour toi ? Et comment vont Raj et Taresh ?

Le visage de James s'illumina.

— Ils vont tous les deux très bien. Taresh s'intègre tellement vite qu'on a du mal à se souvenir qu'il y a encore peu, il n'était pas là.

— C'est super, soupira Emily en tendant la main pour serrer celle de James. Peut-être que, dans un jour ou deux, je pourrai le rencontrer.

— Dès que tu seras sortie, nous viendrons à Welford, promit James.

Mandy se dandina sur le bord de son siège.

— J'ai bien peur de devoir y aller aussi, maman.

— Bien sûr, ma chérie. Merci d'être venue.

Deux brochures posées sur la table de nuit voletèrent jusqu'au sol lorsque Mandy se leva. Elle s'accroupit pour les ramasser. Celle du dessus présentait le service d'aumônerie de l'hôpital. Mandy avait déjà eu affaire à eux auparavant, lorsque Paul avait été hospitalisé.

Mais le dépliant du dessous concernait les aides aux personnes handicapées. Mandy se trouva interdite devant la photo d'une femme souriante en fauteuil roulant. Sa mère serait-elle ainsi, à sa sortie de l'hôpital ? Elle surprit Emily qui la dévisageait et s'efforça de sourire.

— À bientôt, murmura-t-elle en se penchant vers elle pour déposer un baiser sur son front.

Alors qu'elle s'éloignait, ses jambes lui semblaient lourdes, comme si elles appartenaient à un autre corps.

Dehors, la pluie tombait de nouveau. L'air était doux, agréablement frais après l'atmosphère étouffante de l'hôpital. Mandy s'assit dans sa voiture pendant un moment. *Tout va bien se passer.* Emily était entre de bonnes mains. Même si elle devait utiliser des béquilles ou un fauteuil roulant, sa vie n'était pas terminée. Mandy alluma la radio, espérant tomber sur une nouvelle un peu plus heureuse.

— … Risque sérieux de coup de vent sur le nord du Yorkshire, annonçait le présentateur météo. Calfeutrez-vous tous ! Et maintenant, un classique. *I'm Still Standing* d'Elton John.

Mandy éteignit aussitôt. Elle n'avait envie que d'une chose : rentrer chez elle et serrer Jimmy dans ses bras, mais au lieu de cela elle retournait vers une maison vide. Des larmes perlèrent au bord de ses yeux, mais elle les ravala. Si sa mère réussissait à faire face à l'avenir avec courage, elle se devait d'en faire autant.

Chapitre 4

Helen se trouvait dans le champ derrière Vert-Cottage quand Mandy arriva. Elle entraînait Sky, les chiennes de Jimmy, et ses propres chiennes Lucy et Isla. Toutes les six foncèrent vers Mandy et la submergèrent dans un océan agité de truffes reniflantes et de queues remuantes.

— Comment va ta mère ? demanda Helen une fois les animaux repartis en vadrouille.

Mandy fourra les mains dans ses poches, les yeux braqués sur les chiennes disparaissant dans la pénombre.

— Je ne sais pas vraiment, admit-elle. Elle a dit qu'elle ne sentait plus son pied et que ses jambes étaient faibles. La docteure semblait penser que la sensation et la force pourraient revenir, mais tout ça est tellement imprévisible… Il lui était impossible de dissimuler sa frustration. Je suppose que je ferais mieux de me bouger. Papa aura besoin de quelque chose à manger quand il rentrera à la maison, aussi.

Helen se tourna vers le cottage et Mandy suivit son regard. À sa grande surprise, une lumière chaude brillait par la fenêtre de la cuisine.

— En fait, dit Helen, nous avons appelé tes grands-parents. J'espère que ça ne posera pas de souci. Dorothy a insisté pour passer afin de s'occuper de tout. Toby et Rachel gèrent ensemble les consultations du soir, alors si tu veux, je peux t'aider avec les animaux du refuge.

Ce n'était pas la première fois de la journée que Mandy sentait les larmes monter. Plus tôt, elle avait souhaité la présence de Jimmy, mais il n'était pas le seul à pouvoir l'aider. Elle avait des amis et de la famille tout autour d'elle.

— Merci, Helen, parvint-elle à articuler.

Elles entrèrent ensemble dans l'immense bâtiment, les chiennes sur leurs talons.

— Je peux sortir Jasper, Olive et Moutarde si tu veux, proposa Helen.

— Ce serait génial. Garde juste Jasper en laisse jusqu'à ce que Moutarde soit bien fatigué.

De son côté, elle commença par rendre visite aux chats. Sixpence feula quand elle entra dans la pièce, mais lorsqu'elle ouvrit la porte de sa cage, avec des gestes très lents, elle réussit à lui caresser la joue.

— Tu es une petite chose adorable, tu le sais ? dit-elle au chat tigré en fixant ses grands yeux.

Dieu sait quelles horribles choses avaient pu lui arriver pendant sa courte vie dans le squat. Elle referma la cage sans un bruit et se dirigea vers la salle de préparation de la nourriture. Elle était sur le point d'apporter le premier des bols pour chats quand le téléphone de la réception sonna.

— Bonjour, lança une voix de femme à l'autre bout de la ligne. Je suis Vicky Beaumont. Roo Dhanjal a suggéré que je prenne contact avec vous. Je cherche à adopter des chatons, si vous en avez.

Elle avait l'air chaleureuse et amicale.

— Merci d'avoir appelé, répondit Mandy. En fait, nous en avons deux pour le moment. Un frère et une sœur. Ils sont âgés de douze semaines. Voulez-vous prendre rendez-vous pour les voir ?

— Ce serait formidable ! Je peux amener les enfants ?

— Bien sûr. Que diriez-vous de demain après-midi ?

— Après l'école, ce serait bien, lui confirma Vicky. Vers 16 heures ?

— Parfait !

Mandy raccrocha, toute contente.

— Quelqu'un veut accueillir un animal ? s'enquit Helen.

Elle avait remis les chiens dans leurs chenils et se tenait debout, les mains sur les hanches.

— « Je cherche à adopter des chatons », répéta Mandy. Elle avait l'air gentille.

— Super ! Qu'est-ce qu'il reste à faire ?

— Pas grand-chose, admit Mandy. Tous les bols sont prêts à être distribués.

— Dans ce cas, je vais m'en occuper, dit Helen. Tu peux y aller et voir comment Dorothy s'en sort ? Ton père n'est pas encore rentré, mais il a appelé Rachel pour dire qu'il ne devrait plus tarder. Les consultations du soir sont terminées.

— Merci encore, Helen, insista Mandy en pensant vraiment chacun de ses mots. Nous serions perdus sans toi !

Si le vent était retombé, le fond de l'air sentait toujours la pluie – il semblait bien que l'hiver pointait son nez. Mandy poussa la porte du cottage et entra. Il faisait bon dans la cuisine et des casseroles bouillonnaient sur la cuisinière. Quel que soit le plat que préparait mamie, il sentait merveilleusement bon.

— Bonjour, ma chérie, l'accueillit sa grand-mère en se tournant vers elle, un sourire aux lèvres et une paire de maniques enfilée. Je fais juste un ragoût de champignons. Ce sera prêt dans quelques minutes.

Les cheveux blancs de mamie étaient ébouriffés et elle marchait avec une canne, mais la femme déterminée qui avait élevé Adam, l'avait vu se marier, puis avait accueilli sa fille adoptive dans la famille, était toujours bien là derrière ses yeux bleus voilés.

— Comment vas-tu ? lança-t-elle, et sans attendre de réponse, elle se dirigea vers Mandy, s'appuyant fortement sur sa canne, avant de passer un bras autour de la taille de sa petite-fille.

Elle était si menue que c'était comme si une mésange bleue avait pris son envol pour venir la réconforter, mais Mandy ressentit toute la chaleur de l'amour de sa grand-mère fondre en elle.

— Ça doit être très effrayant pour toi, reprit la vieille dame, mais le personnel de l'hôpital de York est adorable.

Elle savait de quoi elle parlait, pensa Mandy. Mamie avait été hospitalisée à York il y a quelques années pour une prothèse de hanche, et elle y allait souvent ces jours-ci, pour rendre visite à des amis.

— Jenny McFarlane va m'emmener la voir demain, poursuivit-elle. J'ai fait des sablés ce matin et je vais en apporter à ta mère. Je ne veux pas qu'elle dépérisse avec la nourriture de l'hôpital.

— Elle sera ravie, assura Mandy.

Aucune chance que sa mère meure de faim, entre James et mamie qui faisaient tout pour la nourrir en cachette.

La porte donnant sur le couloir s'ouvrit et Tom Hope, le grand-père de Mandy, entra. Son visage s'illumina quand il aperçut Mandy.

— Oh ! super ! Je ne savais pas si tu rentrerais directement à la maison, lança-t-il avant de se tourner vers Dorothy. Le feu est allumé. Y a-t-il autre chose que je puisse faire ?

— Tu peux égoutter les pommes de terre et les brocolis. Maintenant, tout ce qu'il nous faut, c'est ton père, dit-elle à Mandy.

Le rideau dans le coin de la pièce remua et une patte apparut, suivie d'une tête au pelage roux. C'était Tango.

Juste au moment où il finit de s'étirer et se dirigeait vers la porte, Sky se leva et commença à aboyer, rapidement imitée par Zoé, Simba et Emma. La porte s'ouvrit et Adam franchit le seuil. Il se pencha en avant pour saluer les chiens et Tango, puis releva les yeux, souriant.

— Bonjour, maman.

Mamie l'enveloppa de ses bras et recula la tête pour le regarder bien en face.

— Je suis vraiment désolée, mon chéri. Pauvre Emily.

Tom Hope posa une main sur l'épaule de son fils.

— Elle est entre de bonnes mains, le rassura-t-il.

Adam prit une grande inspiration et redressa ostensiblement les épaules.

— Peu importe ce que tu cuisines, maman, ça sent très bon.

Si la voix était chaleureuse, Mandy n'était pas dupe – cette attitude demandait un véritable effort à son père. Ils s'assirent à table, et mamie servit le ragoût et les légumes. Tout était parfaitement délicieux, mais la jeune femme n'avait pas beaucoup d'appétit.

Mamie lui tapota l'épaule tandis qu'elle débarrassait les assiettes.

— Pourquoi n'irais-tu pas dans le salon, ma chérie ? Je vais t'apporter des sablés.

Mandy s'installa à l'une des extrémités du canapé et posa sa tête sur l'accoudoir. Elle fixa les flammes à travers la grille, ses paupières de plus en plus lourdes. La porte s'ouvrit et Adam la rejoignit, suivi de Tom Hope chargé d'une assiette de biscuits. Dorothy Hope se glissa derrière lui.

— Nous allons rentrer à la maison maintenant. Ça va aller tous les deux ?

— Tout ira bien, je te le promets, confirma Adam.

Mandy entendit leurs pas s'éloigner à mesure qu'ils remontaient le couloir, puis le cliquetis de la porte qui se refermait.

Adam s'assit sur son fauteuil et saisit sa tasse de café.

— Ça va, Mandy ?

Mandy hocha la tête.

— Ça ne te dérange pas si je reste pour la nuit ? Je sais que j'ai toutes les chiennes, mais…

Adam laissa échapper un petit rire.

— Nous avons déjà eu plus d'un chien ici, remarqua-t-il. Je suis sûr que Tango acceptera de partager sa cuisine. Et tu sais que tu es toujours la bienvenue.

Mandy dut cligner des yeux pour retenir les larmes menaçant de déborder. La journée avait été très longue, pensa-t-elle. Ce serait si bon de grimper cet escalier familier et de s'allonger dans le petit lit dans lequel elle avait dormi pendant tant d'années. Et demain matin, elle pourrait se lever tôt et préparer le petit déjeuner pour tous les deux. Pour sa mère, elle était plutôt impuissante, mais elle pouvait au moins tenir compagnie à son père.

Devant le feu, Simba se redressa, fit quelques pas un peu chancelants, puis se recoucha là où il faisait un peu moins chaud. Une par une, les autres chiennes suivirent. Mandy serra sa tasse entre ses mains et enfouit ses orteils dans la fourrure du chien le plus proche. *Tout va bien se passer*, se dit-elle. Il le fallait.

Mandy se réveilla dans la douce lumière matinale de cette fin octobre. Dehors, un merle chantait. Elle cligna une ou deux fois des yeux, puis tendit la main pour attraper son téléphone sur la petite table de nuit à côté du lit simple – bientôt 7 h 30. Elle avait eu l'intention de se lever une demi-heure plus tôt, mais quand elle vérifia la fonction réveil de son téléphone, elle était désactivée.

Impossible de se souvenir si elle avait appuyé sur le bouton pendant son sommeil ou si elle avait simplement oublié de l'activer.

Son joli colley se leva lentement, s'étira, fit quelques pas, s'étira à nouveau, puis traversa la pièce à toute vitesse pour sauter sur le lit. Malgré tout ce qui s'était passé, la journée commençait bien.

— Bonjour, ma puce, chuchota Mandy en glissant les bras autour de sa chienne et en enfouissant le visage dans sa douce fourrure.

Son cou sentait le foin et les feuilles d'automne. Mandy huma son odeur pendant un moment, puis repoussa Sky et sortit les jambes des couvertures.

— C'est l'heure de se lever !

En bas, dans la cuisine, Adam extirpait une tartine du grille-pain avec une fourchette en bois, la bouilloire chauffait et deux tasses attendaient sur le comptoir. Mandy ressentit une pointe de culpabilité.

— Désolée, papa. Je voulais me lever pour te préparer le petit déjeuner, et pas l'inverse.

Adam plissa les yeux.

— Oui, hein. Ce n'est pas une heure pour se lever, ça ! Une heure de plus et tu aurais été en retard au travail.

Mandy sourit, soulagée de voir que son sens de l'humour était vite revenu après la tension de la veille.

Adam finit de verser le café, lui tendit une tasse et poussa la brique de lait dans sa direction.

— C'est bon de t'avoir ici, lui dit-il.

Le téléphone dans le couloir sonna et Adam quitta la table pour répondre.

— Bonjour, ma chérie, s'écria-t-il en décrochant le combiné.

Mandy comprit à son ton que c'était Emily. Elle prit une autre tartine, une oreille vers la conversation dans son dos et un œil sur le dernier exemplaire de *Chien Magazine*.

— À tout à l'heure, entendit-elle son père conclure.

Il revint dans la cuisine et Mandy referma le magazine.

— Ta mère va bien, annonça Adam en se rasseyant. Elle t'embrasse. Elle avait l'air beaucoup mieux, je dois dire. Je pense qu'elle a beaucoup moins mal qu'hier.

— Elle avait mal ? s'enquit Mandy, une pointe d'inquiétude dans la voix. Pourquoi ne me l'a-t-elle pas dit ?

Son père lui adressa un sourire tendre.

— Je crois qu'elle ne veut pas t'inquiéter. Elle sait combien c'est difficile pour nous tous et elle essaie de nous protéger.

Mandy frotta une tache sur la table.

— Je préférerais qu'elle soit honnête. Je veux l'aider et je ne peux pas faire de mon mieux pour elle si elle ne me dit pas la vérité.

— Je sais. J'aimerais qu'elle demande plus d'aide, mais elle déteste le faire. C'est dur de la voir lutter, mais je pense honnêtement qu'elle préfère se battre seule plutôt que d'avoir l'impression d'être incapable de faire les choses par elle-même. Elle ne supporte pas l'idée de devenir un poids inutile.

Mandy eut envie de poser la tête sur la table et de hurler à pleins poumons. Maman était tout sauf un poids inutile. Son père la dévisagea.

— Je sais que c'est difficile, mais nous devons continuer à lui offrir tout le soutien possible. Ta mère est une femme incroyable. Elle te ressemble beaucoup, en fait, ajouta-t-il en tendant la main pour serrer la sienne. Si tu peux être de garde ce soir, je vais aller à York après les consultations de l'après-midi. Tu peux passer la nuit ici, si tu veux. Je mangerai un morceau à l'extérieur, mais sers-toi de tout ce que tu veux dans le congélateur.

— Merci, papa, répondit Mandy en esquissant un sourire. On doit montrer à maman qu'on est toujours une bonne équipe.

— Les Hope, tous pour un et un pour tous !

À la clinique, le planning du matin était assez chargé, comme Mandy s'y était attendue. Il fallut recevoir plusieurs des clients prévus la veille, et qui avaient accepté de repousser leur rendez-vous. Mandy fut heureuse de cette distraction, puis elle déjeuna rapidement avec son père avant qu'il ne parte pour York. De son côté, elle emmena ses protégés canins du refuge se dégourdir les pattes dans le verger. L'air sentait le froid glacial, comme si les premières gelées annonçaient leur arrivée imminente.

Les rendez-vous de l'après-midi s'enchaînèrent, et à 16 heures pile, une Volvo bleue se gara devant la maison. Les quatre portières s'ouvrirent, et un homme et une femme descendirent, accompagnés de deux fillettes. La femme, vêtue d'un jean et d'un pull rayé, avait de longs cheveux bruns et un visage sympathique. Elle ouvrit la porte de la salle d'attente, puis la retint pour l'homme, qui tenait la main de la cadette. Il était grand, avait le crâne rasé et des yeux bruns chaleureux.

La femme se dirigea vers l'accueil et se présenta à Helen.

— Bonjour, je suis Vicky Beaumont. J'ai parlé à Amanda Hope hier au sujet de l'adoption de chatons.

— Bonjour, intervint Mandy en tendant la main. Je suis Mandy.

— Ravie de vous rencontrer, répondit la femme en lui offrant une poignée de main ferme, la paume de sa main chaude et sèche.

Mandy fronça les sourcils en se tournant vers l'homme.

— Je vous ai déjà vu quelque part, non ?

Son visage lui semblait familier, mais elle ne parvenait pas à le replacer.

Il sourit.

— C'est fort possible. Je suis chirurgien arboricole, j'ai travaillé plusieurs fois avec Jimmy. Je m'appelle Ben, au fait. Voici Elodie, dit-il en désignant la plus grande fille, tout près de sa mère. Et Connie, ajouta-t-il en soulevant la petite main qu'il tenait dans la sienne, et la fillette leva d'immenses yeux très sérieux vers lui, puis vers Mandy.

— Comment connaissez-vous Roo ? demanda Mandy à Vicky tandis qu'elle conduisait toute la petite famille sur le sentier longeant Vert-Cottage.

— Elodie et Herbie sont dans la même classe. Roo et moi nous sommes rencontrées à l'occasion d'une invitation à jouer ensemble, mais maintenant elle et moi sommes amies aussi. Je suis infirmière à l'école.

Mandy les mena jusqu'au refuge, et ressentit son habituel sentiment de fierté devant la réception spectaculaire, avec sa baie vitrée allant du sol au plafond ouvrant sur la lande.

— J'ai besoin de noter quelques informations, puis nous pourrons aller rencontrer Goldie et Patchy.

Ils passèrent en revue plusieurs points : les coordonnées, et quelques questions sur la maison.

— Bien, dit Mandy, je pense que c'est tout. Je vais vous emmener voir les chatons. Pouvez-vous me dire pourquoi vous cherchez à adopter des chatons ? lança-t-elle à Vicky en lui ouvrant la porte.

Vicky sourit.

— Les filles veulent des chatons depuis longtemps, admit-elle. À vrai dire, je suis plutôt branchée chien. Mais dans cette affaire, je suis en infériorité numérique.

Mandy ne put s'empêcher d'apprécier son honnêteté. Cette confession ne remettait pas en cause la capacité de Vicky à être une bonne maîtresse pour un chat.

Elle ouvrit la porte de la cage des chatons. Goldie, qui avait toujours été le plus aventureux des deux, sortit directement et se frotta contre la jambe d'Elodie.

— Oh ! s'écria Elodie, comme transportée de joie.

Elle se pencha et toucha la fourrure du chaton.

— Je crois qu'il m'aime bien !

Mandy glissa la main dans la cage et caressa le visage de Patchy, puis le souleva délicatement pour le déposer dans les bras de Connie. La fillette exulta, et Mandy fut satisfaite de voir qu'elle ne serrait pas le chaton trop fort. Patchy se mit à ronronner et appuya sa tête contre le menton de Connie.

— Bonjour, petit chat, chuchota Connie.

— Qu'est-ce que vous en pensez ? lança Mandy à Vicky, un sourcil haussé.

— Ils sont adorables. Et je pense que c'est le coup de foudre pour les filles !

Mandy observa toute la famille caressant les chatons. Elle remarqua que Ben et Vicky surveillaient de près les filles, s'assurant qu'elles n'écrasaient pas les chatons ou ne les blessaient pas involontairement.

— On peut les ramener à la maison tout de suite ? demanda Elodie en se tournant vers Mandy.

— Pas aujourd'hui, je suis désolée.

— Mandy doit d'abord venir chez nous, s'empressa d'expliquer Ben. Elle doit s'assurer que les chatons pourront vivre avec nous en toute sécurité.

Elodie acquiesça.

— On va acheter beaucoup de jouets pour bien jouer avec eux, dit-elle sérieusement à Mandy. Et il faut trouver un bol pour l'eau et un autre pour la nourriture. Les chats de Herbie ont une gamelle verte, poursuivit-elle, mais je préfère une gamelle bleue pour Patchy.

— Le bleu serait un très bon choix, confirma Mandy. De quelle couleur devrait être la gamelle de Goldie, à ton avis ?

Elodie posa un doigt sur ses lèvres, en équilibre sur une jambe pendant quelques secondes, la tête penchée.

— Pour Goldie, il faut un bol en or, annonça-t-elle.

Ben éclata de rire.

— Je ne pense pas que nous puissions nous permettre de lui fournir un bol en or. Est-ce que du jaune conviendrait ?

— Le jaune serait parfait, décida Elodie.

Mandy sourit – la scène devant elle fleurait bon l'adoption réussie.

Chapitre 5

Emily se remit rapidement, au grand soulagement de Mandy. Quand elle se rendit à York le mercredi après-midi, elle fut heureuse de voir que sa mère avait quitté son lit, et se reposait, assise dans un fauteuil, l'air beaucoup plus radieux. Emily appela Adam le jeudi matin pour lui donner des nouvelles.

— Elle a dit à papa qu'elle devrait sortir ce week-end, annonça Mandy à Rachel, en s'appuyant contre le bureau de la réception de la clinique. Mais elle devra y aller doucement pendant un certain temps, ajouta-t-elle. Le kiné lui a dit qu'elle ne devait pas en faire trop jusqu'à ce que sa force revienne complètement. Dieu seul sait comment elle et papa vont se débrouiller, mais je suis contente qu'elle rentre à la maison.

Rachel observa Mandy, pensive.

— Je ne sais pas ce que tes parents en penseraient, tenta-t-elle, mais je suis à la recherche de quelques heures de travail supplémentaires… Brandon et moi économisons pour un apport immobilier, expliqua-t-elle avec un sourire. C'est sympa à la ferme mais, même s'ils sont faciles à vivre, il n'y a pas beaucoup d'intimité quand on cohabite avec ses beaux-parents.

Mandy éclata de rire.

— J'imagine parfaitement !

David et Maureen Gill étaient des gens très bien, mais la ferme Greystone restait très exiguë pour deux couples.

— De quel genre d'aide ta mère aurait-elle besoin ? insista Rachel. Je serais ravie de venir les matins où je ne travaille pas ici pour aider au ménage ou à la lessive. Et je pourrais faire les courses, ou emmener ta mère les faire, si c'est ce qu'elle préfère.

Mandy se sentit envahie d'une vague de gratitude.

— Ce serait super. Je vais en parler à papa et maman.

— Merci, répondit Rachel en se tournant vers l'écran de l'ordinateur pour vérifier le planning de la matinée. Il n'y a rien de prévu pour le moment, est-ce que je peux te laisser gérer les appels quelques minutes, le temps que je fasse un saut à la poste ? Il y a quelques échantillons dans le frigo.

— Pas de souci, mais si tu préfères, je peux les emmener.

Rachel lui offrit son plus beau sourire.

— Ce serait encore mieux ! Je dois commencer à m'occuper des factures. Nous sommes un peu en retard ce mois-ci.

Pas étonnant, songea Mandy, avec toutes les charges supplémentaires que Rachel et Helen avaient dû assumer.

Mandy prit les échantillons pour le laboratoire dans le réfrigérateur et quitta la clinique. Le temps restait nuageux, mais la pluie ne semblait pas près de tomber pour l'instant. Elle passa la tête dans le cottage, siffla Sky et Simba, et ensemble, elles remontèrent l'allée. Les haies avaient l'air dénudées après la tempête. Il restait bien quelques baies sur l'aubépine, mais les oiseaux en avaient chipé la plupart. De minuscules fleurs jaune-vert apparaissaient parmi les feuilles de lierre brillant, rappelant à Mandy des décorations de Noël miniatures. Après un été long et chaud, l'automne était passé à toute vitesse.

Gemma Moss se tenait derrière le comptoir du bureau de poste. Vêtue de son sweat-shirt Moody Mare préféré, elle arborait désormais une coupe chic et aérienne, ses cheveux blonds très courts, dans un style très français. Mandy avait été surprise de constater à quel point Gemma lui avait manqué lors de son long voyage en France l'été passé, accompagnée de la jument d'Helen Steer.

La jeune femme sourit lorsque Mandy lui remit les paquets.

— L'expédition standard, avec livraison le lendemain ? s'assura-t-elle, et Mandy acquiesça.

L'homme qui avait tenu le bureau de poste pendant l'été avait toujours fait tout un plat des envois d'échantillons pour la clinique. « Comme si on s'amusait à répandre des spores d'anthrax sur tous les colis ! » avait commenté Helen à Mandy.

— Tu as réussi à faire réparer ton poulailler ? s'enquit Gemma en posant le deuxième paquet sur la balance.

Mandy résista à l'envie de rire. Comme Mme McFarlane qui avait tenu le bureau de poste avant elle, Gemma ne manquait jamais de se tenir au courant de tout ce qui se passait à Welford et dans les environs.

— Oui, les grosses dames à plumes ont retrouvé leur maison, lui assura Mandy.

Gemma colla des vignettes sur les deux colis et les glissa dans un casier derrière elle.

— C'est tout ?

— Pour aujourd'hui, oui.

Gemma rangea les stylos de son côté du comptoir.

— Il y avait une femme tout à l'heure qui te cherchait… Elle a réussi à mettre la main sur toi ?

Mandy la dévisagea, surprise. Si quelqu'un cherchait Vert-Cottage, l'information était généralement facile à trouver sur Internet.

— Pas que je sache. Qu'est-ce qu'elle voulait ?

— Elle a posé des questions sur le refuge, si c'était ouvert aux visiteurs... Elle était assez bavarde. Elle avait lu un article sur toi, apparemment, et semblait vouloir voir ton travail.

Mandy fronça les sourcils.

— Elle a mentionné mon nom ?

Gemma gloussa devant l'expression sérieuse de Mandy.

— Oui, elle a cité ton nom. Tu es plus célèbre que tu ne le crois !

Gemma semblait trouver la situation amusante, mais Mandy ne pouvait s'empêcher de se méfier. Deux ans auparavant, Mandy s'était retrouvée au centre d'une campagne de dénigrement visant à faire fermer Vert-Cottage. Les rumeurs avaient commencé au bureau de poste, avec une pétition que Gemma avait retirée dès qu'elle avait compris ce qui se passait.

— Bref, reprit Gemma, j'ai dit que le refuge n'était pas ouvert au public, mais qu'elle pouvait trouver le numéro de téléphone en ligne si elle voulait venir visiter.

Mandy se ressaisit – à tous les coups, la femme cherchait un chien ou autre animal.

— Merci. Elle t'a donné son nom ?

Gemma secoua la tête.

— Non, mais tu la reconnaîtras si tu la croises. Elle avait des cheveux rouge vif, et elle était presque aussi grande que toi. Je crois que tu ne pourras pas la rater.

La matinée s'écoula lentement. À l'heure du déjeuner, Adam et Toby étaient toujours en visite à domicile, et aucun n'était revenu à 14 h 30. Mandy était assise seule à la réception quand son portable vibra. Elle se réjouit : un message de Jimmy !

La réception Wi-Fi est bonne dans le camp d'aujourd'hui. On peut se parler sur Skype maintenant ?

Mandy appela Helen qui faisait l'inventaire des injectables dans la réserve.

— Tu peux gérer les appels ? Jimmy veut discuter. Je vais dans le cottage. Viens me chercher en cas d'urgence.

Elle se précipita à l'accueil et attrapa l'ordinateur portable de la clinique. Elle écarta la table de la cuisine – elle n'aurait aucune intimité si son père rentrait – elle s'installa dans le salon et ouvrit l'écran sur la table basse. Son cœur battait la chamade, ses mains étaient moites. Elle voulait le voir, bien sûr, mais elle savait qu'ils ne pouvaient pas ignorer l'épée de Damoclès de sa demande en mariage ratée. Ils avaient tant de choses à se dire, mais aucune ne pouvait se contenter d'une connexion Skype capricieuse, tandis que l'un d'entre eux se trouvait dans les contrées sauvages de l'Arctique. Et depuis sa conversation avec Molly, Mandy ne pouvait s'empêcher de se demander si l'une des étudiantes de troisième cycle ne rôdait pas dans l'ombre, prête à offrir à Jimmy une plaisante distraction.

Le bip de connexion résonna quelques secondes, puis le visage de Jimmy apparut à l'écran. Malgré la distance et les problèmes pesant sur leur relation, le cœur de Mandy chavira, comme toujours lorsqu'elle le voyait. Son beau visage était bronzé par le vent et mal rasé, mais ses yeux verts restaient chauds et assurés.

— Merci d'avoir appelé, dit-il, la voix un peu floue et lointaine. Je voulais discuter tant que j'ai un peu de temps. Tous les autres dorment encore, mais nous partons dans une heure environ.

— Quelle heure est-il ?

Même après toutes ces semaines, elle avait toujours du mal à calculer le décalage horaire.

— Un peu plus de 5 h 30 du matin.

— Qu'est-ce qui se passe ?

— Nous suivons la piste des ours vers le nord, expliqua Jimmy. Le temps a changé ces deux dernières semaines et la mer commence à bien geler. Ils se déplacent enfin vers leurs terrains de chasse hivernaux.

— Vous allez les suivre sur la glace ?

Jimmy secoua la tête.

— Non. On se déplace un peu plus au nord aujourd'hui, mais on aura fini au milieu de la semaine prochaine. Je prends un avion pour Manchester le vendredi. Tu penses que tu pourrais prendre ton après-midi pour venir me chercher ?

Mandy eut l'impression d'avoir le souffle coupé : Jimmy serait à la maison dans une semaine.

— Je dois voir avec papa. Maman ne va pas bien. Elle a passé quelques jours à l'hôpital, mais elle rentre à la maison pour le week-end.

Une ombre passa sur le visage de Jimmy.

— Je suis désolé de l'apprendre…

Il agita les mains comme s'il voulait traverser l'écran et toucher Mandy.

— Ça me ferait vraiment plaisir de te voir.

Une voix retentit en arrière-plan et, l'espace d'un instant, Jimmy sembla contrarié, mais il se retourna : Aira arrivait derrière lui.

— Je t'ai apporté du café, annonça son ami en brandissant une flasque.

Il fit un signe de tête à Mandy.

— Tu gardes un œil sur lui ? demanda-t-il avec un sourire. Tu seras heureuse d'apprendre que la seule chose qui garde ce type au chaud la nuit, c'est son sac de couchage… À la grande déception d'une certaine Miss Mackenzie ! ajouta-t-il, les yeux brillants.

Jimmy fronça les sourcils, mais il rougit.

— Ne fais pas l'idiot. Mandy, Liz Mackenzie est l'une des étudiantes dont je t'ai parlé. C'est une collègue, c'est tout.

— Ah, mais il se justifie beaucoup, non ? le taquina Aira dans son dos.

Mandy s'efforça de ne pas grimacer. Comment Belle avait-elle décrit Aira et Jimmy quand ils étaient ensemble ? Deux sales gosses ?

Jimmy la fixa, ses yeux implorant son pardon.

— Je dois y aller. Passe une bonne semaine, et je te vois vendredi, si tout va bien. Au revoir.

Mandy lança un « Au revoir », mais le visage de Jimmy avait déjà disparu.

— Je t'aime, murmura-t-elle dans le vide.

Mandy s'était arrangée pour passer l'après-midi au refuge. Elle avait de la paperasse à rattraper, ainsi que le site web à mettre à jour. Son esprit tourbillonnait, elle ne put s'empêcher de penser au retour imminent de Jimmy tout en jetant un coup d'œil à ses petits protégés. Certes, une partie d'elle était surexcitée à l'idée de le revoir, mais ce sentiment se trouvait tempéré par l'anxiété. Les semaines passées chacun de leur côté lui avaient montré que, sans lui, sa vie était vide. S'ils se séparaient, les jumeaux ne viendraient plus la voir et les chiennes de Jimmy partiraient. Sa maison serait encore plus calme. Mais pourrait-elle supporter de revenir à leur situation antérieure, sachant que Jimmy ne voulait pas s'installer et fonder une famille avec elle ? Était-il même possible de revenir en arrière ? Il avait manifestement passé de bons moments au Canada, avec Aira et les étudiantes de troisième cycle. Déciderait-il que ce genre de vie libre et sans attaches lui convenait mieux ?

Elle repoussa ces idées noires, alluma l'ordinateur portable et ouvrit ses e-mails. Tout en haut de la liste, un message de Vicky Beaumont.

Chère Mandy,

Merci de nous avoir montré vos merveilleux chatons. Nous aimerions que leur adoption soit officiellement envisagée. Nous avons fait quelques ajustements à la maison et vous êtes la bienvenue pour une inspection, à votre convenance.

Mandy se surprit à sourire. Vicky Beaumont était d'une franchise appréciable. Elle rédigea une réponse :

Je suis ravie que vous les ayez aimés. Est-ce que dimanche après-midi vous conviendrait ?

Une fois le message envoyé, elle s'occupa des autres e-mails en souffrance, mit à jour le site avec une nouvelle photo de Moutarde, puis retourna au chenil pour lui passer une laisse. Elle pensait l'emmener dehors pour une séance d'entraînement en solo aujourd'hui. C'était bien d'avoir encore un peu de temps avant que le soleil ne se couche.

Alors qu'elle retraversait la réception, elle aperçut une silhouette passer devant la baie vitrée. Elle fronça brièvement les sourcils – elle n'attendait aucun visiteur, mais la personne qui avait tourné au coin et disparu de sa vue avait une crinière écarlate. Il devait s'agir de la femme dont Gemma avait parlé. Une seconde plus tard, elle apparut à la porte et leva la main comme pour frapper mais, en repérant Mandy, elle sourit et poussa la porte.

Elle était, comme Gemma l'avait dit, assez grande, un peu plus âgée que Mandy, même si sa carrure svelte et ses cheveux éclatants la faisaient sûrement paraître plus jeune que les rides autour de ses yeux et de sa bouche ne le suggéraient.

— Quel beau bâtiment ! s'exclama-t-elle.

Elle fixa Mandy pendant un moment de ses yeux bleus et perspicaces, comme si elle jaugeait Mandy selon des critères inconnus.

— Je suis navrée de passer à l'improviste. J'avais envie de venir depuis longtemps. La jeune fille de la poste m'a dit que je pouvais trouver un numéro de téléphone sur votre site Internet, mais quand j'ai réalisé que vous étiez tout près du village, je me suis dit que je pourrais passer directement.

Mandy éprouva un certain malaise. Beaucoup de gens venaient au refuge, mais la plupart d'entre eux voulaient voir les animaux et l'annonçaient tout de suite.

— Ah oui, Gemma a dit qu'elle vous avait parlé.

La femme gloussa.

— Je suis étonnée qu'elle vous ait raconté ça si vite. Ça doit être quelque chose de vivre dans un si petit village.

Mandy lui offrit un sourire pincé.

— Ça a ses avantages.

Elles se dévisagèrent quelques secondes, puis la femme tendit la main à Mandy.

— Désolée, je dois me présenter. Je suis Geraldine Craven.

Mandy se secoua – il ne fallait pas être si méfiante. Peut-être Geraldine était-elle une journaliste qui offrirait à Vert-Cottage une couverture médiatique précieuse, ou peut-être souhaitait-elle faire un don ? Elle pourrait même être en train de décider si elle voulait ou non un nouvel animal de compagnie. Bref, qui qu'elle soit, elle semblait inoffensive et amicale.

Mandy serra la main tendue devant elle.

— Mandy Hope.

Chapitre 6

— Je suis navrée, je n'ai vraiment pas le temps de faire une visite guidée complète pour l'instant, s'excusa Mandy. Je m'apprête à faire une séance avec Moutarde. Vous êtes la bienvenue si vous voulez regarder.

Geraldine rayonna.

— Tant que je ne vous dérange pas. Je suis désolée, ça doit vous paraître bizarre de me voir débarquer comme ça, mais j'ai lu l'article sur Vert-Cottage dans mon journal local à Manchester, et ça m'a fascinée. Je suis en fait en vacances ici, et quand j'ai réalisé que le refuge était tout proche, je n'ai pas pu résister à l'envie de vous rencontrer ! Si ma présence vous gêne, je peux revenir une autre fois.

Mandy secoua la tête.

— Non, pas de souci.

Elle tapota Moutarde, tranquillement assis à ses pieds, et claqua une fois la langue pour indiquer qu'il était temps de se concentrer. Le petit chien se redressa aussitôt, les oreilles dressées.

Geraldine suivit Mandy et Moutarde dans le verger. Mandy se demandait si la femme ne risquait pas de la déranger, comme c'était déjà arrivé avec certains visiteurs trop enthousiastes par le passé, mais Geraldine resta bien en retrait et observa Moutarde exécuter quelques exercices de base selon les consignes de Mandy.

— Pour le moment, j'essaie surtout de l'encourager à me regarder dans les yeux, expliqua Mandy. Dans cet exercice, peu importe qu'il soit assis ou debout, je veux juste qu'il fasse attention à moi.

Moutarde leva les yeux vers elle, et elle bougea un peu d'un côté à l'autre jusqu'à ce qu'il soit distrait.

— Bien ! s'écria-t-elle quand il la fixa à nouveau, avant de prendre une friandise dans sa ceinture. Plus vite il me regarde, ou s'il maintient bien le contact visuel, plus la friandise est bonne.

Elle montra alors à Geraldine le contenu de sa ceinture. En plus des croquettes, elle avait à l'intérieur de petits morceaux de fromage et des douceurs à mâcher au goût de bœuf, ainsi que deux jouets à tirer.

— Est-ce qu'ils ne risquent pas de grossir ? s'enquit Geraldine en baissant les yeux vers Moutarde, qui, à l'instar de nombreux chiens de sa race, était assez musclé.

Mandy s'accroupit pour détacher la laisse de Moutarde.

— Non, même si certains, comme Moutarde ici, sont en sous-poids quand ils arrivent, et que nous veillons à les remplumer un peu. Mais je règle leur régime alimentaire et je tiens compte des friandises lorsque je leur prépare leur repas principal. Ils doivent travailler pour obtenir une grande partie de leur nourriture.

Moutarde s'éloigna d'elles en trottinant et se mit à renifler autour des racines d'un arbre, s'arrêtant de temps en temps pour gratter la terre.

— Il semble très gentil, commenta Geraldine tandis que Moutarde abandonnait les racines et se précipitait pour inspecter la clôture. Je n'ai jamais eu de chien, admit-elle, ça n'a jamais convenu à mon mode de vie. Mais j'aime les animaux et, maintenant que j'ai plus de temps, je réfléchis à trouver un animal de compagnie.

Moutarde regarda finalement dans sa direction. Mandy se pencha, posa les deux mains sur ses genoux et cria :

— Allez, viens !

Pour son plus grand plaisir, Moutarde traversa l'enclos à toute allure et elle extirpa l'un des jouets de sa ceinture pour jouer avec lui jusqu'à en être essoufflée.

— Mon Dieu, lâcha Geraldine quand Mandy remit la laisse au chien. Je ne savais pas que l'éducation canine était aussi physique.

Mandy éclata de rire.

— Avoir un chien, c'est physique, tout court. Même les petits ont besoin d'exercice, expliqua-t-elle en rangeant le jouet dans sa ceinture avant de faire asseoir Moutarde à côté d'elle. Je vais le rentrer et faire sortir les deux autres chiens. Je ne vais pas beaucoup travailler avec eux, car l'un d'eux a un problème cardiaque et je pense que l'autre a été abandonnée. Elle est très timide, donc je travaille sur sa socialisation. Mais vous pouvez rester, si vous ne vous ennuyez pas ?

Geraldine secoua la tête.

— Je ne m'ennuie pas du tout. Vous avez besoin d'un coup de main ?

— Non, ça ira, je n'en ai que pour une minute.

Elle ramena Moutarde à l'intérieur et le fit entrer dans son chenil. Jasper était déjà assis à l'avant de sa cage, remuant la queue.

— Attends-moi, mon beau. Je dois d'abord m'occuper d'Olive, lui dit Mandy, et il la dévisagea, la tête sur le côté.

Olive n'était pas si facile à faire sortir de sa cage. Elle avait tendance à rester debout et à aboyer, et lorsque Mandy entrait, elle grognait parfois. Mandy savait que cette agressivité apparente était en fait de la nervosité, mais à moins que Mandy ne puisse aider Olive à surmonter sa peur, elle serait difficile à faire adopter.

Mandy entra dans la cage de profil et parvint lentement à passer la laisse coulissante autour du cou d'Olive et à la serrer. Elle se retourna et sortit du chenil, en prenant soin de ne jamais faire face à Olive, un geste qui pourrait être perçu comme un défi. Elle fut soulagée de constater qu'Olive la suivait de bon gré.

— Bonne fille, la félicita Mandy.

Elle ouvrit alors la cage de Jasper et le petit whippet trottina. Olive semblait très détendue en compagnie de Jasper, mais toujours tendue auprès des autres chiens.

Ils quittèrent tous le bâtiment, et Mandy se dirigea vers Geraldine.

— S'il vous plaît, ne bougez pas, s'exclama Mandy.

Elle s'approcha un peu plus d'Olive et demanda à la chienne de s'asseoir. Mandy s'accroupit alors juste devant sa tête, la laissant grignoter un morceau de fromage. Une fois Olive calmée, elle s'adressa à Geraldine d'une voix posée.

— Pouvez-vous venir vers nous lentement ? Si je lève la main, arrêtez-vous. Sinon, continuez jusqu'à ce que vous soyez à côté de moi.

Au grand plaisir de Mandy, Olive semblait très heureuse de la présence de Geraldine. Il lui avait fallu plusieurs jours pour s'habituer à Mandy, Helen et Adam.

— Vous pouvez la caresser si vous voulez, dit Mandy à Geraldine, sans jamais quitter Olive du regard. Du coin dc l'œil, elle vit la femme plus âgée s'accroupir, ses mouvements toujours fluides, et tendre une main pour caresser le pelage soyeux du dos d'Olive.

— C'est super, dit finalement Mandy, avant de demander à Geraldine de reculer d'un pas, et de détacher la laisse pour qu'Olive puisse rejoindre Jasper, qui gambadait sous les arbres.

— Comment s'appelle le whippet ? lança Geraldine. Il est adorable.

— Jasper. Il a treize ans et un problème cardiaque.

— Vraiment ? s'étonna Geraldine. Je n'aurais jamais deviné. Il est si élégant, avec une démarche toute légère.

Mandy se surprit à sourire. Elle se sentait de plus en plus proche de Geraldine.

— Ravie qu'il vous plaise. Tout le monde n'apprécie pas les whippets. Moi, je les adore, ajouta-t-elle en haussant les épaules. Remarquez, je n'ai jamais rencontré de chien que je n'ai pas aimé au premier regard, même si certains sont un peu plus difficiles à vivre que d'autres.

— Vous avez vous-même des chiens ?

— Quatre chiennes, concéda Mandy. Enfin, trois sont à mon petit ami, mais elles vivent toutes avec nous.

— Oh là là ! Elles doivent vous occuper ! Vous vivez tous ici ? demanda Geraldine en jetant un coup d'œil au cottage.

Mandy secoua la tête.

— J'ai grandi ici, mais seuls papa et maman vivent ici maintenant. Mon petit ami et moi avons une maison pas loin.

— C'est une entreprise familiale, alors ? C'est bien pour vous tous.

Les deux chiens se promenaient toujours dans le paddock. Mandy baissa les yeux sur sa montre. Comment l'après-midi avait-il pu passer si vite ?

— Je suis terriblement désolée, dit-elle à Geraldine. J'ai bien peur de devoir partir. Je suis de garde pour les consultations du soir.

Geraldine lui sourit.

— Pas de problème. J'ai probablement déjà abusé de votre hospitalité. Merci beaucoup de m'avoir montré ce que vous faites.

Mandy rappela les chiens, passa la laisse d'Olive autour de son cou et tendit la main pour attacher celle de Jasper.

— Pas du tout, je vous assure, répondit-elle en relevant les yeux avec un sourire. Je veux dire, vous n'avez pas abusé de mon hospitalité.

— Je suis ravie.

Geraldine avait l'air sincèrement heureuse. Mandy ramena les chiens dans leurs chenils et ferma les portes. Geraldine l'attendait à la réception et, quand Mandy revint, elle s'aperçut que la femme tenait un billet de vingt livres.

— Acceptez-vous les dons en espèces ?

— Les dons sont toujours les bienvenus, confirma Mandy en souriant.

Elles sortirent et Mandy verrouilla le refuge.

— Merci d'être passée, j'ai été ravie de vous rencontrer.

— Moi de même, assura Geraldine.

Mandy la regarda monter dans sa voiture et s'éloigner, puis se dirigea vers la clinique.

Chapitre 7

Mandy se leva tôt pour un samedi de repos. Sky était lovée sur le siège passager à côté d'elle et les autres chiennes à l'arrière. Elle se gara devant Animal Ark et tira sur le frein à main. C'était aujourd'hui qu'Emily devait rentrer à la maison.

Elle fit passer les chiennes au jardin, puis ouvrit la porte de la cuisine et trouva son père assis à la table en train de grignoter une tranche de pain grillé.

— Veux-tu un petit déjeuner ? lui lança-t-il.

— Juste un café.

Elle s'assit et Tango se faufila entre ses jambes jusqu'à ce qu'elle se penche sur le côté pour le caresser entre les oreilles.

— Je vais devoir partir vers 10 h 30, dit Adam. Je peux te donner un coup de main avec tes petits protégés du refuge avant que je ne parte, si tu veux.

— Ce serait gentil, répondit Mandy.

Son téléphone sonna deux heures plus tard tandis qu'elle passait l'aspirateur dans le salon. Le numéro de James s'affichait à l'écran.

— Bonjour, Mandy ! Raj et moi allons rendre visite à mes parents aujourd'hui avec Taresh. Ce serait génial de te voir. Tu es libre ?

— J'aimerais beaucoup vous voir, mais maman va bientôt rentrer… Je serai disponible cet après-midi.

— Super ! On passera à la clinique après le déjeuner.

Alors qu'elle rangeait l'aspirateur dans le placard de l'entrée, Mandy entendit la porte de derrière s'ouvrir et se refermer. Elle passa dans la cuisine et tomba sur Tom et Dorothy Hope en train de trier une pile d'objets déposés sur la table. Il semblait y avoir des piles de contenants de nourriture ainsi que du linge de lit soigneusement plié. Ils avaient insisté pour le ramener chez eux pour le laver et le repasser. « Emily sera bien contente de rentrer à la maison et de se coucher dans un bon lit propre », avait dit mamie, et malgré les protestations d'Adam, arguant qu'il pouvait se débrouiller, Tom et elle étaient montés à l'étage pour défaire les lits.

— Tu as besoin d'aide au refuge ? proposa Tom Hope.

Mandy acquiesça. Certes, Adam et elle s'étaient occupés des corvées de base, l'alimentation et le nettoyage, mais il serait bon de faire sortir les chiens un peu plus longtemps avant le déjeuner.

— Ce serait génial. Il faut vraiment que je trouve un nouvel assistant. Il y a trop de choses à faire maintenant que Nicole est partie.

— Pourquoi ne pas mettre une annonce à la poste ? suggéra mamie. Je suis sûre qu'il y a des gens qui aimeraient t'aider.

— C'est une bonne idée, convint Mandy.

— Si tu la rédiges, j'irai la déposer pour toi plus tard, offrit papy.

— Marché conclu ! s'écria Mandy avec un sourire.

Emily arriva bien pâle et fatiguée à la maison juste avant l'heure du déjeuner. C'était flagrant : elle n'était pas en état de se déplacer aussi facilement qu'ils l'avaient tous espéré, et elle se servait beaucoup de ses béquilles pour l'aider au moindre pas. Elle semblait à peine capable de poser son pied gauche par terre. Soit les sensations n'étaient pas revenues, soit elle souffrait beaucoup plus qu'elle ne l'avait avoué.

Mandy installa sa mère sur le canapé devant le feu et Tom apporta un plateau avec un bol de soupe maison. Il le posa délicatement sur les genoux d'Emily, avant de glisser la cuillère dans le liquide pour qu'Emily puisse l'attraper plus facilement. Dorothy suivit avec une serviette de table qu'elle étala sur le bord du plateau. Mandy observait l'apathie de sa mère avec une inquiétude croissante. D'habitude, Emily protestait dans ce genre de situations, agacée qu'ils en fassent tout un plat.

Mandy rejoignit son père dans la cuisine. Il était assis à la table devant un bol à moitié plein. Un autre couvert était placé en face, sans doute pour Mandy, même si elle n'avait pas du tout d'appétit.

— Est-ce que maman va vraiment assez bien pour rentrer à la maison ?

Adam haussa les épaules.

— C'est ici qu'elle veut être. J'ai parlé à l'un de ses médecins ce matin, il est possible que les sensations ne reviennent pas complètement dans ses jambes, et elle a beaucoup de douleurs dans les muscles des cuisses maintenant.

Mandy sentit les larmes monter. Pourquoi ne pouvaient-ils rien faire pour aider sa mère ? Elle ne méritait pas une telle épreuve !

La porte s'ouvrit et mamie entra, sa canne dans une main et un verre dans l'autre. Elle dévisagea Mandy, posa le verre, accrocha la poignée de sa canne au dossier d'une chaise et prit sa petite-fille dans les bras. Bien que Mandy soit beaucoup plus grande qu'elle, Dorothy lui prodigua de nombreuses tapes affectueuses dans le dos, comme elle le faisait autrefois lorsque Mandy était encore assez petite pour s'asseoir sur ses genoux.

Elle relâcha Mandy, mais lui prit les mains dans les siennes.

— Je sais que c'est difficile, dit-elle doucement en serrant ses doigts, mais nous devons tous être forts pour ta maman. Je te connais, et je sais que tu trouveras cette force quelque part en toi.

Mandy sentit la force de sa grand-mère couler en elle par le contact de ses mains arthritiques noueuses. Elle essuya alors ses larmes et esquissa un sourire.

— C'est mieux, chuchota Dorothy en lui tapotant le bras. C'est normal d'être triste. Tu es en deuil de ce que ta chère maman a perdu, nous le sommes tous. Mais la vie continue. Et personne ne sait mieux que toi que les choses ne sont pas toujours aussi mauvaises qu'elles le paraissent, ajouta-t-elle avant de jeter un coup d'œil derrière Mandy et de voir son bol intact. Tu n'as pas mangé ta soupe, gronda-t-elle. Tu dois garder tes forces, tu sais. Et c'est ta préférée. Je l'ai faite spécialement pour toi.

Mandy souleva son bol pour aller déguster sa soupe à côté d'Emily sur le canapé. Sa mère semblait un peu plus requinquée, maintenant qu'elle avait mangé.

— Donne-moi des nouvelles, lui intima-t-elle. Comment vont lcs chatons ?

— Je pense qu'on leur a peut-être trouvé une famille, annonça Mandy en soufflant sur sa cuillère fumante. Une famille adorable, Vicky et Ben Beaumont, et leurs deux petites filles. Je vais visiter leur maison demain.

Emily fronça les sourcils.

— Tu ne vas pas en faire trop, promis ? Tu n'as pas à travailler en plus le dimanche.

Mandy secoua la tête. Il lui semblait un peu ridicule que ce soit à elle qu'on dise de se ménager.

— L'inspection d'une maison, ce n'est pas vraiment du travail. Je me promène juste un peu et je prends quelques notes. Ce n'est pas comme être appelée à minuit pour un vêlage !

Emily plia sa serviette et la posa sur son plateau.

— Je suppose qu'avec le retour de Jimmy la semaine prochaine, tu essaies de tout caser pendant que tu as encore un peu de temps libre.

Mandy éprouva une vague d'anxiété désormais familière, mais elle la refoula.

— Il a dû tellement te manquer, poursuivit Emily. C'est un jeune homme adorable, exactement ce que toute mère voudrait pour sa fille.

Mandy comprit que sa mère la taquinait à moitié, mais seulement à moitié. Maman et papa aimaient tous les deux Jimmy. Dieu seul savait ce qu'ils diraient si Mandy leur avouait que son avenir avec lui était beaucoup moins gravé dans le marbre qu'ils ne l'imaginaient.

Elle tendit la main et serra les doigts de sa mère.

— Il m'a manqué, dit-elle sincèrement, et quand il se sera remis de son voyage, je le traînerai ici pour qu'il puisse vous embêter, vous aussi, avec ses histoires d'ours polaires.

Emily s'esclaffa et Mandy sentit un peu de son angoisse s'estomper. Si sa mère allait mieux, tout irait parfaitement bien.

Mandy se penchait pour mettre les dernières assiettes dans le lave-vaisselle quand on frappa à la porte de derrière. James, Taresh dans le bras et Raj se tenaient sur le seuil, tous deux rayonnants, même si les cernes sous leurs yeux rappelaient ceux de tous les jeunes parents.

— Bonjour, lança James en ouvrant son bras libre pour prendre Mandy contre lui. Taresh a besoin d'un peu d'air frais et de dépenser un peu de son énergie. Maman et papa ont déjà l'air épuisés !

Mandy rit et leva la main vers Taresh. Elle ressentit un frisson de plaisir lorsqu'il lui saisit les doigts.

— On dirait qu'il a déjà grandi !

— Ça doit être le bon air du Yorkshire, confirma Raj, très élégant avec son turban vert foncé assorti à sa veste à rayures fines.

Mandy enfila ses bottes et les suivit dans le jardin. Bientôt Taresh titubait sur la pelouse, adorable dans sa petite salopette jaune. Il s'accrocha à la jambe de Raj pendant un moment, puis avança d'un pas incertain vers Mandy. Au moment où il leva les yeux vers elle, il trébucha et tomba sur les fesses. La meute de chiennes, qui avait fait le tour de la pelouse, se précipita sur lui et, l'espace d'un instant, il disparut dans un tumulte de corps poilus. Mandy le prit dans les bras et l'en extirpa.

Comme son petit corps était doux contre elle. Elle se surprit à sourire devant ses sublimes yeux et il leva la main pour lui tirer les cheveux, puis rigola devant sa grimace, ses petites joues rebondies se plissant aux commissures.

Raj tendit les bras pour le reprendre.

— Est-ce que je peux le tenir encore un peu ? demanda-t-elle.

Raj acquiesça et Mandy garda Taresh sur les genoux tandis qu'elle s'accroupissait pour lui présenter toutes les chiennes.

James l'observait attentivement.

— Quand as-tu appris à aimer les enfants ? la taquina-t-il.

— Je me suis habituée à avoir des petites personnes autour de moi en m'occupant d'Abi et de Max, répondit Mandy.

C'était à moitié vrai. Abi et Max avaient déjà huit ans quand elle les avait rencontrés, et la petite personne qu'elle voulait semblait n'être qu'une chimère pour le moment.

La porte de la cuisine s'ouvrit et mamie passa la tête dans l'entrebâillement.

— Venez ! J'ai fait du café.

Ils se précipitèrent à l'intérieur et s'installèrent autour de la table. Dorothy offrit à Taresh un morceau de sablé frais. Il tendit sa petite main potelée et le fourra dans la bouche, laissant échapper quelques miettes.

— Il apprend à apprécier la nourriture britannique, remarqua Raj.

— Il a mangé un Yorkshire pudding au déjeuner aujourd'hui, ajouta James. Il a fini le repas avec de la sauce jusqu'aux sourcils.

Mandy et mamie éclatèrent de rire. Entre deux bouchées, Taresh babillait joyeusement. Quand il tendit son biscuit à James, il prononça clairement « Dada ».

— Nous avons choisi *dada* et papa, expliqua James.

— Ça semble pas mal, confirma Mandy.

Adam apparut juste au moment où ils finissaient leur café.

— Ta mère s'est endormie sur le canapé, dit-il à Mandy. J'ai quelque chose qui pourrait plaire à Taresh, ajouta-t-il.

Il lui lança un sourire en coin et ressortit. Deux minutes plus tard, il réapparut, brandissant un ballon de football.

— Quelqu'un veut faire un match ?

Ce fut un vrai match, avec les chiennes et Adam qui trottaient dans le jardin, en tapant de temps en temps dans le ballon. Taresh fut rapidement secoué de fous rires. Mandy sentit son cœur fondre à nouveau en le contemplant, submergé de joie quand Adam fit mine de rater la balle.

Elle s'assit à côté de Raj sur le banc au bout de la pelouse.

— Ton père est vraiment drôle. C'est comme ça que j'aimerais être pour Taresh.

— Tu t'en sors déjà très bien, protesta Mandy. Je n'arrive pas à croire à quel point Taresh semble être heureux et stable.

Raj lui sourit.

— Nous n'avons jamais été aussi heureux, admit-il. La parentalité exige une courbe d'apprentissage abrupte, mais James et moi ne pourrions pas aimer plus Taresh s'il était biologiquement le nôtre.

Mandy eut envie de l'embrasser. C'était merveilleux d'entendre que l'adoption se passait si bien.

— Il est à toi de A à Z, lui confirma-t-elle. La biologie n'a rien à voir là-dedans.

Chapitre 8

La visite chez les Beaumont se déroula encore mieux que Mandy ne l'avait espéré. Ce n'était pas la première fois qu'elle effectuait une inspection où tout semblait parfait mais, quand cela arrivait, c'était vraiment précieux. Ils pourraient venir chercher les chatons d'ici quelques jours.

La mère de Vicky, en fauteuil roulant, leur rendait alors visite, et celle-ci s'arrangerait donc pour récupérer les chats le lendemain de son départ.

— Non pas que la présence de maman pose un problème, dit-elle à Mandy, mais quand les chatons arriveront, je veux pouvoir leur donner toute mon attention.

Mandy remarqua quelques équipements installés pour faciliter la vie avec un fauteuil roulant. La salle de bains était grande et une rampe menait aux toilettes. Le sol de la pièce était chauffé et la douche n'était pas une cabine, mais un espace plat derrière des portes en verre coulissantes. En repensant à la brochure qu'elle avait aperçue à l'hôpital, Mandy voulut en demander plus, mais il sembla déjà assez contraignant d'inspecter la maison.

Ben emmena les filles dehors à son arrivée, et Vicky et elle purent ainsi discuter tranquillement pendant la visite, et autour d'un café après. En plus de connaître Roo, Vicky était amie avec Susan Collins. Mandy, Helen, Molly et Susan essayaient de se retrouver au moins une fois par mois pour une soirée entre filles au

Fox and Goose. Elle décida d'inviter Vicky la prochaine fois. Au moment de partir, les deux femmes se prirent dans les bras l'une de l'autre. Goldie et Patchy avaient trouvé une famille idéale, et elle s'était fait une nouvelle amie. Une bonne journée pour tout le monde.

De retour dans son propre salon, Mandy allongea les jambes, profitant de la chaleur du feu. Deux des chiennes s'étaient hissées près d'elle sur le canapé et ronflaient doucement. Les deux autres étaient couchées sur le tapis devant l'âtre. Toutes les lumières étaient éteintes, mais Mandy avait allumé la merveilleuse bougie parfumée à la mousse de chêne qu'elle avait dénichée dans le petit magasin de décoration à côté du café de James à York.

Son téléphone portable vibra, affichant un numéro inconnu. Sans le moindre enthousiasme, Mandy appuya sur le bouton pour répondre, s'attendant à un énième appel de démarcheur :

— Allô ?

— Bonjour, c'est bien Mandy Hope ?

Mandy fronça les sourcils. La voix à l'autre bout du fil lui semblait familière, mais elle n'arrivait pas à la situer.

— Oui, c'est bien Mandy.

— Je suis désolée de vous déranger un dimanche soir, mais c'est Geraldine Craven. Je vous ai rendu visite il y a quelques jours.

— Oh ! s'exclama Mandy, la tension dans ses épaules se relâchant un peu. Oui, bonjour. Que puis-je faire pour vous ?

Elle se cala au fond du canapé et Sky se rapprocha encore un peu. Mandy posa la main sur la tête du colley.

— J'ai vu votre annonce à la poste ce matin. Je suis allée là-bas chercher mon journal du dimanche..., expliqua Geraldine, bizarrement nerveuse.

Elle se tut, avant d'émettre un petit rire.

— Vous n'avez sans doute pas besoin de savoir ce détail. Désolée, je bafouille. Quoi qu'il en soit, j'aimerais beaucoup candidater pour le travail d'assistant, s'il est encore disponible.

Mandy éprouva une sensation étrange. De la sympathie ? De la compassion ? Elle n'en était pas sûre, mais Geraldine avait l'air d'appréhender la réponse de Mandy, comme si elle croyait postuler pour un véritable poste rémunéré. Mandy s'était attendue à ce que des adolescents comme Nicole l'appellent, à la recherche d'un petit boulot à temps partiel. Pas à une personne cherchant un véritable emploi.

— Je suis désolée, Geraldine, commença-t-elle, tâtonnant pour trouver comment expliquer tout cela avec tact. Je cherchais vraiment quelqu'un à temps partiel et je ne peux pas me permettre de rémunérer beaucoup. Je ne suis pas sûre que cela convienne…

— Oh non, je comprends parfaitement, s'écria la voix à l'autre bout du fil, désormais plus positive. Désolée si je n'ai pas été claire. En fait, je travaille trois jours par semaine à Manchester en tant que psychothérapeute. Ça fait quelque temps que je songe à venir vivre à la campagne, alors j'ai loué un cottage ici pour six mois. Pour l'instant, je suis basée à Manchester pendant la semaine et ici le week-end. Lorsque j'ai vu votre annonce, j'ai pensé que ce serait un moyen idéal de m'occuper lorsque je ne travaille pas. Je n'ai pas besoin d'être payée, honnêtement.

L'esprit de Mandy se mit à tourbillonner : même si Geraldine était prête à travailler bénévolement, il serait préférable de l'employer correctement. Ainsi, Mandy pourrait lui demander des heures précises et lui donner plus de responsabilités.

— Je serais plus à l'aise si je vous rémunérais pour votre temps.

— Eh bien, je ne vais pas vous en dissuader ! Quand est-ce que je commence ? osa Geraldine, un sourire dans la voix. Je dois retourner à Manchester demain, mais je peux être au refuge à 8 heures jeudi matin... Qu'en pensez-vous ?

Mandy cligna des yeux. Il ne semblait pas y avoir de piège dans cette proposition. Avoir une assistante fiable ne serait-ce que pour les fins de semaine, ce serait vraiment très utile.

— C'est parfait. On se voit jeudi.

Elle rangea le téléphone dans sa poche. Son problème de personnel serait-il déjà résolu ? Tout cela semblait trop beau pour être vrai.

— Eh bien, Sky, lança-t-elle en ébouriffant la douce fourrure de sa chienne, peut-être que notre chance a enfin tourné !

Le temps se refroidit radicalement le mardi matin, un épais givre recouvrant les sommets de Silver Dale. Sans surprise, Mandy fut appelée pour une visite urgente dans une ferme située presque au sommet de l'étroite vallée. Elle resta dehors sous le vent mordant, ses doigts gelés coincés sous les aisselles pendant que le fermier essayait de faire entrer son taureau récalcitrant dans la cage de contention.

Après avoir repris la route sinueuse, le chauffage de la voiture à fond, elle décida de faire un saut à Six Oaks : ce serait une bonne idée de vérifier comment Marlowe et Bill allaient. De plus, la tentation de passer une demi-heure dans la cuisine douillette de Molly avant de retourner à la clinique était bien trop forte.

— Bonjour ! s'exclama Molly, visiblement contente en la découvrant sur le seuil. Entre !

Mandy avait amené toutes les chiennes avec elle aujourd'hui et elles aussi semblaient apprécier la chaleur. Elles se précipitèrent à l'intérieur et se lovèrent rapidement à côté du poêle, aux côtés de Bertie, le jack russell hirsute de Molly.

— Tu arrives de la ferme sur les hauteurs ? demanda Molly en mettant l'eau à chauffer.

— À l'instant, grimaça Mandy. Je vais leur faire payer un supplément pour les engelures !

Molly rit devant l'expression de Mandy.

— Il y avait déjà de la glace autour de la chute d'eau ?

La cascade de Silver Force se trouvait presque au sommet du vallon. Selon la légende locale, un prospecteur d'antan aurait trouvé de l'argent dans le ruisseau. Des mines de plomb s'étaient bien implantées dans la région, ainsi qu'un petit village, mais aujourd'hui il ne restait plus que la ferme et une cabane de berger désaffectée accrochée à flanc de montagne.

— Ce n'était pas complètement gelé, répondit Mandy, mais il y avait quelques stalactites.

Molly sortit deux tasses et mit du lait à réchauffer au micro-ondes.

— Alors, dit-elle en versant de l'eau bouillante dans les tasses avant d'en tendre une à Mandy, Jimmy est de retour ce week-end. Tu as sorti ta plus belle lingerie ?

Elle s'installa dans le fauteuil de l'autre côté du poêle. Mandy sentit son visage s'empourprer.

— Tu as hâte qu'il revienne, n'est-ce pas ? insista Molly en se penchant en avant.

Mandy haussa les épaules, jouant la désinvolture, mais elle lut sur le visage de Molly que sa tactique ne marchait pas.

— Les choses n'allaient pas si bien que ça quand il est parti, marmonna-t-elle.

Molly tapota le genou de Mandy, qui s'efforça de retenir une grimace. Elle visualisait très bien Molly en train de réconforter un cheval déprimé avec le même geste.

— Désolée d'entendre ça. Certains hommes sont des connards, mais je pense que Jimmy n'en fait pas partie. Mais parfois, ça ne marche pas… Si tu as besoin d'en parler, tu sais que je suis là.

Mandy ne put s'empêcher d'être touchée.

— Merci.

Elle commençait à penser qu'elle avait sous-estimé Molly. Certes, elle était toujours avide de commérages au sujet de n'importe qui, mais ne semblait pas vouloir à tout prix savoir ce qui avait mal tourné entre Mandy et Jimmy, et pour l'instant, c'était précisément ce dont Mandy avait besoin : aucune question, et beaucoup de tact.

Après avoir bu son thé, Molly enfila sa vieille veste matelassée Barbour et ses bottes pour entraîner Mandy dans la cour venteuse. Quelques feuilles s'envolaient de l'un des arbres surplombant le mur du jardin et Molly leur lança un regard furieux, comme si elle était personnellement offensée qu'elles osent salir son jardin immaculé.

— Tous les chevaux sont à l'intérieur maintenant, cria-t-elle par-dessus le vacarme des rafales. Même Bill ne peut pas rester dehors par ce temps.

Elles s'arrêtèrent d'abord au box de Marlowe. Molly lui maintint la tête pendant que Mandy ôtait le bandage. Sa jambe guérissait bien, la plaie était propre, les points de suture ne tiraient pas, et la peau commençait à cicatriser. Mandy ressortit du box très soulagée. Il pouvait être difficile de guérir des blessures aussi bas sur la jambe, mais il semblait que Marlowe n'en garderait qu'une légère marque.

— Maintenant, Bill, s'écria Molly. J'utilise des copeaux pour éviter la poussière, mais je crois que sa douleur a encore augmenté.

Bill avait l'air incroyablement à l'aise, enveloppé dans une énorme couverture bleu foncé, mais il avait toujours du mal à respirer.

— J'ai bien peur qu'il ne perde du poids, ajouta Molly en ôtant son habit d'hiver.

— Je vois bien qu'il n'est plus aussi robuste qu'avant, confirma Mandy en auscultant le vieux cheval, dont le visage était à nouveau osseux, comme la première fois qu'elle l'avait vu. Tu t'occupes de lui à merveille.

Elle passa la main le long de son cou lisse. Bien qu'irrégulière et terne, sa fourrure restait douce et parfaitement propre.

— Je veille à le brosser presque tous les jours. Il aime vraiment que je prenne soin de lui. Et j'aime autant passer du temps ici avec ce merveilleux garçon que dans certains autres endroits.

Elle s'approcha et remit la couverture de Bill en place.

— Je sais qu'il n'en a plus pour longtemps, ajouta-t-elle sans regarder Mandy. Tu me diras quand ce sera le moment, n'est-ce pas ?

Mandy posa la main sur l'épaule de Molly et appuya doucement.

— On peut en parler, bien sûr, dit-elle, mais je pense que tu sauras quand le moment sera venu.

Molly jeta un œil par-dessus son épaule, les yeux brillants de larmes retenues.

— Tu viendras en personne, n'est-ce pas ?

Mandy déglutit.

— Bien sûr. N'importe quand. De jour comme de nuit.

Mandy enfila sa veste, regrettant de ne pas avoir le temps d'avaler un café.

— Je vais devoir t'entraîner à me tirer du lit, lança-t-elle à Sky, qui l'observait du bas de l'escalier.

Elle avait reçu un appel pour un poulinage fort matinal. Finalement, la naissance s'était déroulée sans accroc, mais pendant quelques minutes, l'issue leur avait semblé incertaine.

Lorsqu'elle était repartie, le nouveau-né encore humide avait du mal à se tenir sur ses petites jambes tandis que l'aube grise se profilait au-dessus des montagnes. Il ne lui restait plus qu'une heure et demie de sommeil. Elle s'était recouchée, mais n'avait pas réussi à se réveiller, et maintenant, elle avait à peine le temps de passer à la clinique avant que Geraldine n'arrive pour son premier jour.

Les routes glacées l'obligèrent à rouler plus lentement que d'habitude et Geraldine attendait sur le parking quand Mandy arriva. La femme portait une paire de bottes toutes neuves et une veste Barbour impeccable. La tenue lui allait bien, même si le rouge vif de ses cheveux détonnait avec les arbres hivernaux du verger.

— Bonjour ! la salua Geraldine avant de se pencher pour caresser Sky.

Mandy vit les yeux de son colley bien-aimé se fermer en signe d'extase alors que Geraldine frottait la douce fourrure de son cou. Si Sky était à l'aise avec les inconnus, elle ne se détendait généralement pas si rapidement, et sa réaction augurait bien du succès de Geraldine auprès des petits rescapés du refuge.

Elles entrèrent dans le bâtiment et Geraldine ôta sa veste, révélant un jean chic et une chemise blanche soigneusement repassée. Mandy ne put s'empêcher de se sentir un peu inquiète.

— On peut se dire « tu » ? J'ai peur que tu ne te salisses, surtout si tu sors les chiens. Après la pluie du début de la semaine, le paddock est dans un sale état, et Moutarde a toujours l'habitude de poser les deux pattes avant sur tous les gens susceptibles de jouer avec lui.

Geraldine éclata de rire.

— J'investirai dans une salopette pour la prochaine fois, mais vraiment ne t'inquiète pas. Tout ira bien.

Elle avait l'air si joyeuse que Mandy se surprit à sourire elle aussi.

— Nous allons commencer par le petit déjeuner, annonça Mandy.

Elle montra à Geraldine les détails des soins quotidiens pour chaque animal. Les résidents avaient tous une feuille affichée à l'avant de leur niche, indiquant les préférences et les aversions alimentaires, la personnalité et les recommandations de manipulation, ainsi que les soins spéciaux et les traitements médicaux en cours.

— Les chiens n'ont pas beaucoup de nourriture à l'heure des repas, expliqua Mandy en voyant Geraldine froncer les sourcils devant la petite quantité qu'elle versait dans les bols. J'en utilise énormément pour le dressage.

— Oh ! s'écria Geraldine, son visage s'illuminant alors. Je me souviens que tu as parlé de ça l'autre jour. C'est logique.

— Certains dresseurs adeptes de l'éducation positive ne donnent pas de repas à leurs chiens dans des gamelles, poursuivit Mandy. Ils utilisent toute la nourriture pour l'entraînement. Mais la plupart des chiens qui arrivent ici sont habitués à avoir des repas à heures fixes. Ça semble les aider à se calmer, alors je leur donne un petit quelque chose matin et soir.

— Et je suppose que ça les aide à s'habituer à être dans leur cage, suggéra Geraldine, si tu les nourris à l'intérieur.

— Exactement.

Mandy tendit à Geraldine le bol avec la nourriture spéciale « bonne santé cardiaque ».

— Est-ce que je dois le faire attendre d'abord ? demanda Geraldine.

Mandy acquiesça.

— Oui, les bonnes manières liées à l'alimentation sont très importantes. Assure-toi qu'il soit bien assis avant d'ouvrir la porte du chenil.

Elle observa le whippet au museau gris. Comme d'habitude, il était déjà assis, bien droit.

— Quand tu ouvres la porte, reste bien en arrière. S'il se lève, il suffit de refermer la porte et d'attendre qu'il se rasseye. Pose lentement la gamelle, reste juste à côté et sois prête à la reprendre s'il essaie de l'atteindre. Une fois qu'elle est posée sur le sol, recule d'un petit pas, attends qu'il lève les yeux vers toi, puis dis « Vas-y ! ».

— Vraiment ? osa Geraldine, fascinée. Et il saura quoi faire ?

Mandy lui sourit.

— Absolument.

Geraldine s'avança et retira le verrou de la cage de Jasper. Geraldine déposa la gamelle, attendit que Jasper croise son regard et s'écria « Vas-y ! » d'une voix très joyeuse. Aussitôt, le long museau de Jasper plongea dans la gamelle. Les yeux de Geraldine s'écarquillèrent et, avant que Mandy ne puisse l'arrêter, elle s'accroupit et se mit à caresser la tête de Jasper. Les oreilles du petit chien s'aplatirent en arrière, mais sa seule autre réaction fut d'engloutir encore plus vite son repas.

— Tu devrais sortir maintenant, articula doucement Mandy.

Geraldine referma la porte derrière elle.

— J'ai fait une bêtise ?

— En quelque sorte, répondit Mandy en lui offrant un petit sourire. Je suis désolée, j'aurais dû te l'expliquer : il ne faut jamais caresser un chien quand il mange. Jasper n'a pas été trop perturbé, mais certains chiens peuvent se montrer très protecteurs de leur nourriture. Si tu les déranges, tu risques de te mettre en danger.

— Oh ! d'accord, lâcha Geraldine, abattue. Je suis vraiment désolée.

— Ce n'est pas grave, la rassura Mandy, tu ne pouvais pas le savoir.

Geraldine observa Mandy donner à Moutarde son repas, en s'assurant de lui offrir tout l'espace nécessaire pour qu'il puisse manger en paix.

La routine d'Olive était différente. La petite chienne était si timide que Mandy essayait souvent de la nourrir à la main en lui proposant un mets très savoureux. À mesure qu'Olive prenait confiance, Mandy se mettait alors à lui caresser le cou pendant qu'elle mangeait. Quelle ironie, après avoir reproché à Geraldine d'avoir agi ainsi avec Jasper, mais Geraldine semblait plus intéressée qu'offensée quand Mandy tenta de lui expliquer la situation.

— Je veux qu'elle apprenne à associer les caresses à un moment agréable.

Sa justification lui sembla un peu légère, mais Geraldine se contenta de hocher la tête.

— Je suppose que tu cernes bien chaque petit résident, dit-elle. C'est fascinant de t'observer travailler.

Mandy sentit son visage rougir, mais elle était contente d'entendre ces mots.

— J'essaie vraiment.

Geraldine sortit son téléphone portable de sa poche.

— Est-ce que je peux prendre des notes ?

— Bien sûr.

Nourrir les chats s'avéra nettement plus simple. Même si Mandy avait bien tenté, dans une certaine mesure, d'éduquer les félins du refuge, il était souvent plus important d'encourager l'interaction plutôt que de leur apprendre les bonnes manières.

Mandy fut soulagée de constater que Geraldine semblait prendre rapidement le coup de main. Non seulement elle écoutait avec attention, mais elle prenait des initiatives lorsqu'elle remarquait une corvée à accomplir. Elle alla chercher une pelle et une balayette pour ramasser les aliments pour lapins renversés et prévint Mandy qu'il n'y avait plus de savon pour les mains dans les toilettes. Elle lui suggéra aussi d'acheter des tableaux blancs et des feutres effaçables, puis de numéroter les cages afin de pouvoir laisser des instructions sur les animaux sans avoir à utiliser autant de papier. Comme elle avait grandi entourée d'antécédents cliniques et de formulaires de consentement accrochés aux cages de la clinique, leur utilisation lui semblait naturelle, mais s'il existait un moyen moins coûteux, Mandy était tout à fait prête à changer ses habitudes.

Mandy jeta un œil à sa montre tandis qu'elles terminaient la tournée du petit déjeuner. Avec l'aide de Geraldine, elle avait réussi à rattraper son retard matinal. Il restait juste assez de temps pour laisser courir un peu les chiens avant les consultations du matin.

— Tu peux prendre la laisse de Jasper ? lança-t-elle à Geraldine. Garde la laisse dans ta main droite et lui sur ta gauche.

Elle tendit à Geraldine quelques friandises.

— S'il lève les yeux vers toi quand tu le sors, félicite-le d'un « Bien ! » et donne-lui un bout à manger. Je vais chercher Olive.

Elle suivit Geraldine pendant que celle-ci guidait Jasper dehors. Alors qu'elles atteignaient l'herbe, Mandy sentit le contact d'un nez humide contre sa main. Les yeux brillants d'Olive étaient rivés sur elle.

— Bien ! s'exclama-t-elle.

Elle fouilla dans sa poche pour attraper une de ses meilleures friandises. Olive n'établissait pas souvent de contact visuel. Ce matin, tout se passait bien.

Le soleil était enfin levé, la montagne baignée d'une lumière dorée. Les fougères avaient pris une teinte brun rouille, comme du papier froissé. Les arbres du verger étaient presque nus, leurs branches sombres contre le ciel bleu clair. Mandy se surprit à sourire en observant Olive et Jasper trotter autour d'elles, reniflant les dernières feuilles mortes.

Elle sentit Geraldine s'approcher et s'arrêter à côté d'elle.

— Quel endroit merveilleux tu as créé ici, Mandy, murmura-t-elle. Et je pense que tu as le meilleur travail du monde. Merci de le partager avec moi.

— Tout le plaisir est pour moi.

— Pourquoi je ne resterais pas pour faire un peu de ménage au refuge pendant tes consultations à la clinique ? proposa Geraldine.

Mandy hésita. En général, elle ne laissait pas les visiteurs seuls dans le refuge avant qu'ils ne sachent exactement ce qu'ils faisaient – pour leur bien et celui des animaux. Ce n'était pas tant qu'elle ne faisait pas confiance à Geraldine, mais elle ne voulait pas la pousser à prendre plus de responsabilités que nécessaire.

Geraldine sembla deviner ce que pensait Mandy.

— Pas de souci, je comprends que tu préfères éviter. J'ai juste pensé que cela pourrait t'aider pendant que tu es si occupée à la clinique.

Elle avait l'air si anxieuse que Mandy sourit pour la rassurer.

— C'est une proposition adorable. J'accepte avec plaisir, mais s'il y a le moindre problème avec les animaux, tu viens directement me voir à la clinique, d'accord ?

— Promis ! s'écria Geraldine.

Chapitre 9

— Comment ça se passe avec ta nouvelle assistante ? demanda Helen, installée à la réception de la clinique, occupée à mettre à jour les fiches des clients.

— Pas mal, répondit Mandy. Plutôt bien, même.

— C'est super, se réjouit Helen.

Ce matin-là, les consultations furent étonnamment mouvementées, et Mandy fut soulagée de savoir que Geraldine allait gérer certaines des tâches de Vert-Cottage. Toby dut partir suite à un appel urgent et Mandy se trouva contrainte d'aider Adam au bloc pour une fracture compliquée. Elle observa avec admiration son père reconstituer l'os, vissant les fragments jusqu'à ce que la patte du chien retrouve plus ou moins son anatomie d'origine.

Adam leva les yeux de la rangée de points de suture qu'il venait de coudre, rapprochant les lambeaux de la blessure du chien.

— Ça me paraît bien, décida-t-il avant de jeter un œil vers l'horloge au mur. Je sors dans une minute, et je ne serai pas de retour avant le milieu de l'après-midi. Aurais-tu le temps d'aller voir ta mère et de lui trouver quelque chose à manger pour le déjeuner ? Elle n'a pas passé une bonne nuit, sa jambe lui faisait mal et elle n'a pas réussi à dormir. Rachel est venue à l'aube, mais elle n'a pu rester qu'une heure.

Il dévisagea Mandy, les sourcils haussés, un sourire un peu inquiet aux lèvres.

— Bien sûr. Il y a de quoi manger dans la maison, ou je dois aller chercher quelque chose ?

Adam retira les pinces qui maintenaient le champ stérile en place et les déposa sur le plateau des instruments.

— Il y a plein de salade et de fromage au frigo. Du pain dans la huche et des briques de soupe dans le placard, tu vois lequel.

Adam s'éloigna de la table, jeta le drap à la poubelle, puis retira ses gants et la blouse qu'il portait. Il se tourna vers Helen, qui avait surveillé l'anesthésie pendant toute la durée de l'opération et qui s'affairait à nettoyer la zone opérée.

— Je peux te laisser terminer, n'est-ce pas ? lança-t-il, et Helen acquiesça.

Mandy se lava les mains, nota quelques informations et se dirigea vers la porte menant au cottage. Elle s'arrêta, se demandant comment Geraldine s'en sortait. Elle était peut-être déjà partie, si elle avait fini le ménage.

— Est-ce que Geraldine est passée ? demanda-t-elle à Helen, de retour à l'accueil, triant la paperasse.

La jeune infirmière secoua la tête.

— Pas que je sache. Je ne l'ai pas vue non plus traverser le parking, mais j'ai pu la manquer, avec toute cette agitation.

— Je vais faire un saut au refuge pour voir si elle y est encore.

Elle sortit et rejoignit Vert-Cottage en quelques enjambées. Une immense épaisseur de nuages recouvrait le soleil, et le paysage semblait terne et plat. Mandy poussa la porte et inspecta chacune des pièces. Geraldine semblait avoir fait un bon travail de nettoyage et, au grand soulagement de Mandy, aucun animal ne semblait avoir été dérangé. Elle se dit que Geraldine avait dû s'éclipser sans prévenir personne, tout occupés qu'ils étaient à la clinique.

Elle emprunta le long sentier menant à la porte de la cuisine, traversa le jardin et entra. Elle fut étonnée de découvrir Geraldine assise à la table en pin, dressée pour le déjeuner. Emily était adossée au comptoir, attendant que la bouilloire clique.

Mandy fronça les sourcils. Certes, sa mère semblait se débrouiller sans ses béquilles, mais elle était encore très pâle. Que diable faisait-elle debout ? Et que faisait Geraldine ici ?

— Bonjour, ma chérie, lança Emily d'une voix accueillante, quoique faible. Nous sommes sur le point de déjeuner. Veux-tu te joindre à nous ?

Sans attendre de réponse, elle se déplaça sur sa gauche, ouvrit un placard et sortit un bol supplémentaire.

Mandy se précipita pour l'aider quand elle vit le bol vaciller dans la main d'Emily.

— Je m'en occupe, dit-elle sèchement – bien plus qu'elle ne l'avait voulu, incapable de se retenir devant l'alarmante instabilité d'Emily. Pourquoi ne t'assieds-tu pas ? ajouta-t-elle un peu plus doucement.

Mandy remarqua qu'une casserole de soupe bouillonnait sur la cuisinière. Elle essaya de ne pas penser à ce qui se serait passé si Emily avait essayé de la verser dans les bols.

Heureusement, sa mère boitilla jusqu'à la table. Mandy tira une chaise et la fit asseoir. Elle ne pouvait pas éteindre sa colère et sa confusion – maman devrait se reposer ! Mandy n'avait pas imaginé que Geraldine viendrait la déranger.

— Geraldine m'a dit qu'elle a passé un bon moment ce matin, dit Emily.

— Ah oui ? lâcha Mandy. Super, alors.

Elle remua la soupe, puis ouvrit le tiroir pour attraper un couteau. Une miche de pain était sortie sur le plan de travail et elle en coupa quelques tranches. Elle essayait de contenir sa frustration, mais plus elle y pensait, plus elle enrageait.

Geraldine l'avait impressionnée ce matin, mais Mandy n'arrivait pas à croire qu'elle ait osé entrer dans le cottage et que c'était Emily qui la servait. Ne voyait-elle donc pas que maman était malade ?

Geraldine restait bien immobile. Mandy avait l'impression qu'avant son arrivée Geraldine et Emily avaient discuté tranquillement, mais désormais de l'appréhension se lisait dans ses yeux.

— Ai-je fait quelque chose de mal ? demanda-t-elle.

Mandy secoua très légèrement la tête, puis elle prit une profonde inspiration. Manifestement, Geraldine ne savait pas qu'elle n'aurait pas dû venir ici, mais il n'était pas normal qu'elle dérange sa mère, qui aurait dû se reposer. Si elle ne disait rien, qu'est-ce qui l'empêcherait de recommencer ?

— Pas exactement, répondit Mandy, une pointe acérée dans sa voix qu'elle ne pouvait refouler. Je serais ravie que tu continues à travailler au refuge si tu le souhaites toujours, mais je préférerais que tu te montres professionnelle et que tu restes là-bas pour le déjeuner. Maman n'est pas en forme. Elle devrait se reposer.

— Mandy, s'il te plaît, ne… Je vais bien, protesta Emily.

Mandy grimaça.

— Tu ne vas pas bien. Papa m'a demandé de venir te préparer à manger. Il m'a dit que tu n'avais pas dormi cette nuit. Je suis désolée que tu aies été dérangée.

Emily lui lança un regard rempli de détresse.

— Mais je n'ai pas été dérangée, insista-t-elle. Vraiment. J'étais déjà debout. J'ai regardé par la fenêtre, j'ai vu Geraldine et je me suis dit que ce serait bien de faire un peu connaissance avec elle, c'est tout.

— Ce n'est pas la faute de ta mère, intervint Geraldine sur un ton conciliant. Si c'est la faute de quelqu'un, alors c'est la mienne. J'étais dans le jardin et je n'aurais pas dû y être. Je suis vraiment désolée, ajouta-t-elle en repoussant sa chaise pour se lever. Je m'excuse, Emily. Je ne savais pas qu'il y avait un problème. Je ne serais pas entrée si j'avais su.

— Il n'y a pas de problème, la rassura Emily. Vraiment, il n'y en a aucun.

Geraldine lui offrit un petit sourire.

— J'ai été ravie de vous rencontrer, Emily. J'espère vous revoir quand vous vous sentirez mieux, conclut-elle avant de se diriger vers la porte, de l'ouvrir, puis se tourner vers Mandy. Je peux te parler une minute ?

Mandy suivit Geraldine à l'extérieur. Sa colère s'était un peu apaisée après les excuses sincères de Geraldine. Elle referma la porte derrière elle et fit quelques pas dans l'herbe.

— Je suis désolée si j'ai semblé brusque. J'aurais peut-être dû expliquer qu'il fallait rester loin du cottage, commença-t-elle avant de prendre une profonde inspiration.

Il allait falloir qu'elle s'habitue à le dire aux gens, même si elle détestait ça. Après tout, la maladie d'Emily allait s'aggraver, et qu'elle le veuille ou non, elle deviendrait de plus en plus visible…

— Maman ne va pas bien, expliqua-t-elle. Elle a une sclérose en plaques et elle est censée se reposer.

Les yeux de Geraldine s'écarquillèrent, puis son visage irradia la compassion.

— Je suis vraiment désolée. Je ne savais pas qu'elle était si mal.

Mandy secoua la tête. Sa colère était retombée et elle se sentait juste fatiguée.

— Ce n'est pas ta faute. J'ai été surprotectrice. Tu reviendras quand même demain ?

Mandy avait ressenti l'urgence de poser cette question. Son manque de sang-froid lui avait valu des soucis par le passé, et ce serait vraiment dommage de perdre quelqu'un qui semblait fiable pour une histoire aussi stupide.

Geraldine sourit et tapota le bras de Mandy.

— Bien sûr que oui. Je suis heureuse d'aider partout où je peux. Je suis vraiment désolée. Je te promets que je ne dérangerai plus ta mère.

Elle serra le bras de Mandy, puis descendit le chemin d'un pas rapide jusqu'au portail donnant sur l'allée. Mandy l'observa un moment, puis retourna à la cuisine.

Emily était toujours assise à la table. Elle avait la tête baissée quand Mandy ouvrit la porte, mais elle leva les yeux quand Mandy entra. Ses yeux verts semblaient immenses, ses mains tremblaient très légèrement, mais après un instant d'hésitation, elle en tendit une vers Mandy, qui la prit et s'assit sur la chaise la plus proche.

— Je suis désolée, maman, s'écria Mandy. J'ai perdu mon sang-froid.

Emily sourit.

— Ne sois pas désolée. Tu avais raison d'être en colère, j'aurais dû me reposer. Mais Geraldine ne le savait pas, et c'était sympa de la rencontrer.

Avec un pincement au cœur, Mandy comprit qu'elle aurait dû présenter Geraldine à ses parents au début de la journée, puisqu'elle allait travailler au refuge. Tout allait si vite en ce moment qu'elle avait du mal à se rappeler quel jour on était.

— Elle a l'air gentille, poursuivit Emily.

— Très, oui, confirma Mandy. Et elle a travaillé dur ce matin. Elle semblait ravie de nettoyer et de faire toutes les corvées. Elle n'était pas juste là pour faire des câlins aux chatons.

— Elle va revenir ?

C'était plus fort qu'elle : elle était soulagée que Geraldine ait accepté de revenir. Si elle avait choisi de partir, Emily aurait eu une autre raison de se sentir mal.

— Demain matin, garantit Mandy avant de se lever et de poser les mains sur le dossier de sa chaise. Je ne sais pas pour toi, mais je meurs de faim. La soupe sera encore bonne, à ton avis ?

Emily rit.

— J'en suis certaine.

Chapitre 10

Mandy se gara et pénétra dans le terminal 2 de l'aéroport de Manchester pour la deuxième fois en moins de deux semaines. La vue d'un énorme sapin de Noël artificiel, scintillant de lumières blanches et parsemé de petits cadeaux brillants, lui rappela que le mois de novembre arriverait bientôt et que la fièvre des fêtes de fin d'année allait sous peu battre son plein. Elle se sentait pourtant à des millions d'années-lumière de l'esprit de Noël.

Elle avait des papillons dans le ventre en se dirigeant vers la zone des arrivées. Elle avait prévu de prendre une tasse de thé en chemin, mais lorsqu'elle s'était arrêtée à la station-service et avait consulté son téléphone, l'application de la compagnie aérienne lui avait indiqué que le vol de Jimmy était en avance. Aira se rendait directement à Londres pour monter le documentaire. Quand Jimmy arriverait, Mandy et lui seraient seuls tous les deux pour la première fois depuis des mois.

Mandy rejoignit les autres accompagnants attendant le vol en provenance de Seattle. Les portes s'ouvrirent et une femme à l'air fatigué s'avança, traînant une lourde valise derrière elle. Les portes se refermèrent, puis se rouvrirent. Les passagers traversaient au compte-goutte, certains joyeux, d'autres épuisés par le vol de nuit, et Mandy se surprit à scruter chaque visage.

Ses yeux se posèrent sur un bel homme, bien rasé, et son cœur battit la chamade lorsqu'elle réalisa qu'il s'agissait de Jimmy. Elle s'était attendue à une barbe sauvage et à des cheveux ébouriffés, mais il avait manifestement profité de l'escale à Seattle pour se rafraîchir un peu. Quand il aperçut Mandy, ses yeux verts familiers s'illuminèrent, et il lui sourit. Il s'approcha et la prit dans les bras, et soudain, l'obscurité de l'aéroport et le brouhaha de la foule s'évanouirent. Leurs lèvres se touchèrent, et elle se sentit perdre pied dans le tourbillon de son étreinte, comme en apesanteur.

Il recula légèrement, les bras toujours autour de sa taille, et la dévisagea. Un immense sourire s'étira sur son visage, comme si elle était la chose la plus merveilleuse qu'il ait vue depuis des mois, et Mandy sentit son ventre se serrer comme à chaque fois que son corps était près du sien.

— Bonjour, dit-il en levant la main pour lui caresser la joue. Je vois que je t'ai manqué autant que tu m'as manqué.

Ils marchèrent côte à côte jusqu'au parking, et Mandy était sur un petit nuage. Pour l'instant, l'avenir semblait sans importance. C'était juste merveilleux qu'il soit de retour, comme si elle venait de retrouver la dernière pièce du puzzle de sa vie. Il semblait tout aussi heureux de la voir, ne la quittant jamais des yeux, croisant son regard et souriant comme si le simple fait de la voir en vrai lui donnait du baume au cœur. Mandy se demanda pourquoi elle s'était même inquiétée au sujet des étudiantes de troisième cycle, alors qu'il était tellement évident que Jimmy l'aimait.

Il se libéra de son énorme sac à dos et le déposa sur la banquette arrière. Mandy ouvrit la portière côté conducteur et grimpa. Soudain, elle était nerveuse, comme pour un premier rendez-vous. Elle chercha un sujet de conversation anodin.

— Comment s'est passé le vol ? demanda-t-elle en bouclant sa ceinture.

Jimmy haussa les épaules.

— Ça aurait pu être pire. Le type à côté de moi a commencé à ronfler une demi-heure après le décollage et il a dormi pendant presque tout le trajet. J'étais prêt à l'étouffer avec son oreiller de voyage quand nous avons survolé l'Atlantique !

— Et comment va Aira ?

Elle manœuvra la voiture vers la sortie du parking.

— Il va bien, répondit Jimmy, même s'il a passé un sale moment, il y a quelques nuits. On a entendu dire que l'un des ours s'était approché un peu trop près d'un des villages. Certains villageois faisaient fermenter des nageoires de morses. Je t'en ai parlé, tu te souviens ? Ça pue terriblement et ça attire les ours. Quand Aira est allé voir ce qui se passait, aucun signe de l'ours. Il a escaladé la crête qui longeait les maisons et la bête était là, attendant de l'autre côté. Il a aperçu son museau noir et l'a entendu grogner. Il a dû redescendre en courant pour mettre assez de distance entre eux et pouvoir tirer en toute sécurité avec son fusil.

Mandy le savait, ils en avaient discuté ensemble : les chercheurs et les gardes forestiers utilisaient une technique pour repousser les ours qui s'approchaient trop près. Ils faisaient du bruit ou lançaient des fusées de détresse jusqu'à ce qu'ils battent en retraite. Il n'y avait jamais d'intention de blesser les animaux, ce qui devait rester le tout dernier recours, pour sauver une vie.

— Même lorsqu'il a tiré avec son fusil en l'air, l'ours a continué d'avancer vers lui. L'un des gardes de la station voisine avait dû se résoudre à tuer l'un des ours quelques jours plus tôt, et Aira ne voulait pas clore l'expédition sur un acte aussi horrible. Heureusement, il avait la plus puissante des torches frontales du monde dans la poche de sa veste. Capable d'éclairer la moitié de la toundra en pleine nuit noire ! Il l'a lancée droit sur l'ours et, par chance, celui-ci a rebroussé chemin et a repassé le sommet de la crête.

Mandy eut presque le souffle coupé en imaginant la scène. Cette expérience avait dû être à la fois étonnante et terrifiante. De nombreuses années auparavant, elle s'était rendue avec ses parents à Churchill, dans le Manitoba, pour voir la migration des ours. Aujourd'hui, avec la diminution de la banquise, les ours polaires affamés étaient beaucoup plus dangereux et s'aventuraient dans les villages pour trouver de la nourriture.

Elle attendit que Jimmy reprenne son récit, mais le silence s'installa entre eux. Mandy jeta un coup d'œil vers lui. Il dormait profondément, l'air beaucoup plus jeune, et il lui rappela étrangement Max. Mandy sentit son cœur fondre et s'inséra sur l'autoroute avec précaution.

Jimmy rouvrit les yeux lorsque Mandy tourna sur le sentier escarpé menant chez elle. Le vent agitait les arbres, les branches s'entrechoquant sous les rafales. Jimmy regarda autour de lui, puis soupira.

— C'est bon d'être de retour. Dans la toundra, ce qui m'a manqué le plus, ce sont les arbres.

Mandy rit.

— C'est bon de savoir où sont tes priorités, le taquina-t-elle.

Jimmy sourit.

— Il s'en est fallu de peu, mais si tu veux vraiment savoir, je suis prêt à te l'avouer… les chiennes m'ont encore plus manqué.

Mandy lui jeta un regard moqueur. Il passa le bras autour de ses épaules tandis qu'ils remontaient le petit chemin devant la maison, et jeta un coup d'œil à la propriété peinte en blanc.

— On n'est jamais mieux que chez soi.

Quand Mandy ouvrit la porte, ils furent accueillis par une avalanche de créatures poilues et excitées aux mouvements frénétiques. Elle prit le sac à dos de Jimmy et le porta dans la pièce principale. Lorsqu'elle revint dans l'entrée, il était toujours accroupi au milieu des quatre chiennes, riant tandis qu'elles lui léchaient le visage et le fouettaient de leur queue. Il leva les yeux vers Mandy.

— Merci d'être venue me chercher, dit-il en se levant, avant de l'attirer dans les bras et de l'embrasser passionnément. On les sort ? J'ai envie de me dégourdir les jambes.

Ils passèrent au jardin, les chiennes sur leurs talons. Malgré les bourrasques, qui leur auraient normalement donné envie de courir dans tous les sens, les chiennes ne semblaient pas vouloir s'éloigner de Jimmy. Lui semblait vouloir tout voir, tout enregistrer autour de lui, depuis les nuages s'amoncelant au-dessus des montagnes lointaines de l'autre côté du vallon jusqu'à la forêt s'étendant à flanc de montagne derrière le cottage.

— Le hêtre est magnifique, remarqua-t-il.

Mandy suivit son regard. L'arbre gracieux, à la limite entre le jardin et les bois, avait encore la plupart de ses feuilles.

Jimmy désigna de la main un gros morceau de bois tordu gisant sur le sol.

— C'est la branche qui a endommagé le poulailler ?

Mandy acquiesça. Ils traversèrent l'herbe humide et contemplèrent les poules, enfin de retour dans leur poulailler réparé. Jimmy étudia la réparation que Mandy avait effectuée sur la porte.

— Elle est comme neuve, dit-il sur un ton approbateur.

Ils firent le tour de la maison jusqu'à la petite cour autour de son abreuvoir en pierre, et entrèrent dans la grange.

— J'ai réfléchi pendant mon absence, reprit Jimmy. Pourquoi ne pas construire une mezzanine ici ?

Il fit un geste vers les poutres imposantes qui soutenaient le toit.

— Ça pourrait être une salle de jeux pour Abi et Max. Ils auront besoin de plus d'espace en grandissant. Et ils pourraient mettre de la musique aussi fort qu'ils le souhaitent sans déranger personne.

Mandy se sentit tressaillir. Jimmy semblait prendre leur avenir ensemble pour acquis. Il avait tellement œuvré pour restaurer cette propriété qu'elle semblait presque autant à lui qu'à Mandy. Pourtant, elle ne pouvait s'empêcher de se demander pourquoi il prévoyait si joyeusement d'autres améliorations alors que, dans sa tête à elle, un énorme obstacle restait encore à franchir avant d'imaginer un possible avenir à long terme avec lui.

Avant de rencontrer Jimmy, Mandy aurait juré ne jamais avoir envie de fonder une famille. Il n'aurait pas pu deviner que ses sentiments changeraient, surtout qu'ils n'avaient jamais vraiment discuté de l'orientation qu'ils pensaient donner à leur relation. Mais aujourd'hui, alors qu'il parlait avec tant d'enthousiasme de leur avenir ensemble, Mandy eut l'impression qu'une carapace froide entourait son cœur. Ce ne serait pas ce soir, mais elle devrait lui parler de ce qu'elle attendait du reste de sa vie. Le mariage était négociable, mais s'il ne voulait pas d'autre enfant, une décision difficile se profilait. Et c'était flagrant : Jimmy avait adoré son séjour lointain en compagnie d'Aira – et des étudiantes, même si Mandy avait entièrement confiance en lui. Elle ne voulait pas le perdre pendant plusieurs semaines chaque année parce qu'il souhaitait vivre des aventures à l'autre bout du monde avec d'autres personnes. Était-il vraiment prêt à poser des limites à cet aspect de sa vie ?

Ils s'enfoncèrent un peu dans les bois, leurs pantalons imbibés jusqu'aux genoux de l'humidité du sous-bois, puis firent demi-tour vers la maison. Même si la température planait encore au-dessus de zéro, le vent refroidissait le fond de l'air, et Mandy fut heureuse de retourner près du feu.

— Maman et papa nous ont invités à dîner, annonça Mandy à Jimmy, mais j'ai pensé que je pourrais cuisiner pour nous ce soir.

Jimmy lui lança un clin d'œil. Il connaissait l'étendue des talents culinaires de Mandy.

Mandy ouvrit le frigo et le dévisagea par-dessus son épaule.

— Abi, Max et moi nous sommes entraînés, protesta-t-elle. Nous avons notre recette infaillible de courge musquée farcie aux champignons et au riz et parfumée au thym.

Jimmy eut l'air impressionné de voir Mandy sortir la courge du bac à légumes et la brandir devant lui.

— Ça a l'air sublime, dit-il avec un sourire. Il faudra que je te laisse plus souvent seule avec Abi et Max.

Il alluma la bouilloire pour le thé et Mandy commença à préparer le dîner. Elle glissa la courge coupée en deux dans le four pour la rôtir, et pendant ce temps, coupa et fit revenir des champignons, et mit le riz à cuire. Jimmy lui apporta une tasse de thé, la posa sur l'étagère juste à droite de la cuisinière et l'entoura de ses bras par derrière.

— Ça sent déjà bon, murmura-t-il en déposant un baiser dans le creux de son cou, et un frisson parcourut sa colonne vertébrale. Je te suis très reconnaissant d'avoir laissé Abi et Max venir pendant mon absence, ajouta-t-il, les lèvres effleurant sa peau.

— Ils sont de ma famille maintenant, répliqua Mandy, submergée d'une tristesse désormais familière face à ce qui l'attendait.

La vie de famille qui lui avait semblé si stable il y a quelques mois à peine ne semblait plus aussi solide. Elle repoussa cette pensée, remua rapidement les champignons, puis sortit le téléphone de sa poche.

— Regarde, lança-t-elle en montrant à Jimmy une photo de Taresh dans les bras de James, les yeux tournés vers l'objectif.

— Waouh ! Quel beau garçon. Ils sont tous rentrés sans problème ?

— Oui.

Elle fit défiler les photos : Taresh avec James, avec Raj, avec les sablés de Dorothy, riant devant Adam jouant au football.

— C'est un charmant petit bout, non ? s'exclama Mandy.

Elle craignit un instant que sa mélancolie ne transparaisse dans sa voix, mais il se mit à rire.

— Je n'envie pas Raj et James de devoir traverser l'étape de la vie avec un tout-petit. Je fais encore des cauchemars avec les jumeaux à deux ans !

Mandy se retint de grimacer. Elle l'avait demandé en mariage et il lui avait répondu qu'il voulait que leur vie reste telle qu'elle était. Bientôt, elle allait devoir lui demander carrément si c'était juste le mariage qu'il refusait, ou s'il était certain de ne plus jamais vouloir d'enfants. Et quand elle entendrait sa réponse, elle devrait prendre sa décision et ils devraient tous les deux vivre avec. Mais ce n'était pas le moment – ce soir, ils célébraient son retour à la maison.

Elle fut fière de sortir du four sa courge farcie, parfumée et légèrement caramélisée, aux saveurs douces-amères. Elle avait choisi une bouteille de vin pour accompagner le repas et ils restèrent assis un long moment à dîner, discutant confortablement. Après avoir chargé le lave-vaisselle, ils se servirent un café et s'installèrent sur le canapé, serrés l'un contre l'autre, entourés par les chiennes, à la lumière du feu.

Jimmy posa sa tasse et se tourna pour sourire à Mandy.

— Eh bien, ça a été une longue journée. Je pense que je vais me coucher tôt.

Mandy le dévisagea innocemment.

— Bien sûr. Tu dois être épuisé par tous ces périples. Tu peux monter quand tu veux. Je suis sûre qu'il y a un programme intéressant que je peux regarder à la télé.

Elle fit mine de prendre la télécommande, mais Jimmy lui attrapa la main et la retint. Il haussa un sourcil.

— Je n'avais pas l'intention de monter tout seul.

Mandy fit la moue.

— D'habitude, je monte avec Sky… Je suis sûre qu'elle t'accompagnera si tu lui demandes gentiment. Je ne voudrais pas que tu te sentes seul.

Jimmy éclata de rire.

— Merci beaucoup pour la proposition, mais j'avoue que je serais plus honoré si la maîtresse de Sky montait avec moi plutôt.

Il se mit debout et tendit la main à Mandy. Elle la saisit et il l'attira à lui jusqu'à ce que leurs corps soient collés.

— Eh bien, chuchota-t-elle, je suppose que Sky peut toujours monter avec toi, mais puisque tu le demandes si poliment, sa maîtresse accepte de venir aussi.

Jimmy lui lança un sourire carnassier, et quelques secondes plus tard, il la pourchassait dans les escaliers.

Chapitre 11

Jimmy grogna tandis que Mandy manœuvrait la voiture sur l'étroite allée menant à Animal Ark.

— La prochaine fois que je vais souffrir du décalage horaire, rappelle-moi de ne pas boire de vin le soir de mon retour à la maison, marmonna-t-il d'une voix rauque.

Malgré les cernes noirs sous les yeux, il s'était traîné hors du lit en même temps que Mandy pour promener les chiens. Maintenant, ils se dirigeaient vers le refuge.

— Donc, en plus des corvées habituelles, on va livrer des chatons à domicile ? demanda-t-il quand elle coupa le moteur.

Mandy s'était arrangée pour apporter les chatons aux Beaumont aujourd'hui. Patchy et Goldie avaient été rebaptisés Winnie et Tigrou par Elodie et Connie, et Mandy avait hâte de les voir dans leur nouvelle maison.

Jimmy sembla se requinquer rapidement une fois à Vert-Cottage. Il tomba aussitôt sous le charme de Jasper et passa de longues minutes assis dans la cage du vieux chien, caressant le ventre du whippet qui, étonnamment, se roulait sur le dos pour le lui offrir. Emily et Adam semblèrent tout aussi heureux de revoir Jimmy lorsque le couple passa au cottage pour prendre un café.

— Ça fait plaisir de le savoir de retour, chuchota Emily tandis qu'Adam emmenait Jimmy voir la nouvelle mangeoire pour oiseaux qu'il avait installée dans le jardin. Tu dois être soulagée de l'avoir retrouvé sain et sauf. Je suis heureuse pour toi.

Elle tapota affectueusement le bras de Mandy, qui observait Jimmy par la fenêtre. Adam et lui semblaient discuter comme deux vieux amis. Quelques mois auparavant, Mandy en aurait été ravie mais, aujourd'hui, voir ses parents et Jimmy jouer aux familles heureuses la mettait mal à l'aise.

La relation avec ses parents avait toujours été merveilleuse, même si elle avait été adoptée. Et bien sûr, elle aimait Abi et Max, mais ce n'était pas comparable. Tout était une question de distance, se dit-elle en regardant Jimmy lui montrer du doigt un faucon tournoyant dans une bourrasque au-dessus des landes. Si elle avait été adoptée, elle n'avait aucun souvenir de sa vie avant Emily et Adam. Ils étaient sa famille dans tous les sens du terme. Pour Taresh, ce serait pareil, James et Raj seraient ses parents d'une manière que Mandy ne serait jamais pour Abi et Max. Mandy était en couple avec leur père, et elle était leur belle-mère… une bonne, espérait-elle. Mais elle ne serait jamais leur mère – ils en avaient déjà une.

Elle repensa à son enfance. Mandy, sa mère et son père avaient toujours formé un noyau très soudé. C'est ce qu'elle voulait, pensa-t-elle, prise d'une envie soudaine et féroce. Un partenaire pour la vie et une famille à elle. Si Jimmy était le bon, alors Abi et Max en feraient partie intégrante mais, sans un enfant à elle, le tableau semblerait incomplet.

Emily glissa la main dans celle de Mandy, qui sursauta. Elle était tellement perdue dans ses pensées qu'elle avait oublié que sa mère se tenait juste à côté d'elle.

— Je suis si heureuse que tu aies Jimmy, murmura Emily. C'est un tel soulagement de savoir que, quoi qu'il m'arrive, tu auras quelqu'un pour veiller sur toi.

Mandy eut soudain l'impression d'avoir avalé une bouchée trop chaude. Une sensation de brûlure irradiait dans sa gorge, mais elle retint les mots qui tentaient de s'échapper. Quel est l'intérêt de dire à Emily qu'elle ne savait pas quel avenir elle avait avec Jimmy ? Elle devait d'abord lui parler à lui.

— C'est un homme bien, répondit-elle doucement, et elle fut soulagée qu'Emily semble la croire sur parole.

Adam et Jimmy rentrèrent, en pleine conversation autour de la migration des oies à bec court. Mandy jeta un œil sur l'horloge au mur.

— Il faut qu'on y aille, annonça-t-elle à ses parents. On est attendus chez les Beaumont dans vingt minutes.

— Pour la livraison de chatons ! s'écria Jimmy, tout sourire. Le meilleur travail du monde !

À leur arrivée, toute la famille Beaumont les attendait de pied ferme.

— Ça fait plaisir de te revoir, mon pote, dit Ben en serrant la main de Jimmy, et quelques instants plus tard, ils discutaient des travaux forestiers à effectuer à Running Wild.

Mandy porta les chatons à l'intérieur, déposa la cage sur le sol de la cuisine et en ouvrit la porte. Pendant une trentaine de secondes, les deux chatons restèrent immobiles, scrutant la cuisine de leurs grands yeux écarquillés, puis Goldie, maintenant baptisé Tigrou, suivi de près par Patchy – ou plutôt Winnie – se risquèrent sur le carrelage de la cuisine et commencèrent à explorer leur nouvel univers.

Vicky mit la bouilloire à chauffer et invita Mandy à s'asseoir à la table de la cuisine. Elodie et Connie semblaient complètement envoûtées devant les chatons qui s'aventuraient de plus en plus loin de la cage. Mandy leur avait dit de s'asseoir tranquillement sur le sol et d'attendre que les chatons viennent à elles, et quelques minutes plus tard, tous les quatre jouaient ensemble avec certains des jouets que les Beaumont avaient achetés.

— Quand est-ce que Herbie pourra venir ? demanda Elodie alors que Tigrou escaladait ses genoux.

— Bientôt, promit Vicky.

Elle souleva sa tasse, but une gorgée, puis la reposa sur la table.

— Je parie que tu es contente que Jimmy soit de retour, ajouta-t-elle à l'intention de Mandy. Ben partait toujours en expéditions sauvages quand nous étions plus jeunes. Il disparaissait avec son vélo et une tente sur le dos, et je ne savais jamais quand il allait revenir. Heureusement, quand les filles sont nées, il s'est un peu calmé…

Elle jeta un coup d'œil vers la porte, écoutant la voix de Ben, un sourire franc aux lèvres.

— Aujourd'hui, je dois le mettre dehors avec son vélo quand il me tape trop sur les nerfs.

Les deux hommes apparurent alors, discutant toujours des travaux que Ben allait réaliser. Vicky se pencha vers Mandy.

— Un conseil pour réussir votre mariage, dit-elle avec un petit rictus complice, assure-toi qu'il conserve bien ses loisirs !

Pendant un instant, Mandy voulut répondre qu'ils n'allaient pas se marier, mais ce n'était ni l'endroit ni le moment. Elle esquissa un sourire.

— Je suis sûre que Jimmy ne se lassera jamais de partir à l'aventure, concéda-t-elle.

Comme s'il l'avait entendue, Jimmy tourna la tête vers Mandy. Il sourit en croisant son regard, puis détourna à nouveau les yeux.

Vicky lança un clin d'œil malicieux à Mandy.

— Ça se voit qu'il est fou de toi. C'est flagrant.

Mandy attrapa sa tasse à deux mains et y enfouit le visage.

— C'est un mec super, oui, marmonna-t-elle.

Soudain, Tigrou, avide de s'offrir une meilleure vue de la cuisine que celle qu'il pouvait avoir depuis les genoux d'Elodie, grimpa le long de la jambe de Vicky jusqu'à son épaule gauche. Vicky laissa échapper un couinement et retira délicatement les petites griffes de Tigrou prises dans les mailles de son pull. Mandy soupira de soulagement – la conversation reprit sur un autre thème.

Lundi matin, elle fut ravie de quitter Jimmy et ses trois chiennes pour se rendre à la clinique, avec Sky comme unique copilote. Celle-ci semblait tout aussi heureuse d'avoir sa maîtresse pour elle toute seule à nouveau. Même si Mandy aimait être entourée d'animaux, elle appréciait vraiment l'intimité de sa relation avec son colley.

Geraldine arriva à l'heure, vêtue d'une salopette bleu foncé et d'une épaisse veste polaire, un foulard retenant ses cheveux écarlates en arrière. Mandy s'était sentie un peu nerveuse le lendemain de son altercation avec Geraldine et Emily, mais sa nouvelle assistante avait été si enjouée et professionnelle le vendredi matin que tout s'était en fait passé pour le mieux. Elle commençait déjà à s'imprégner des routines de Vert-Cottage, et grâce à elle, pour la première fois depuis longtemps, Mandy pouvait souffler. Elle avait été entourée de tellement de tension récemment, entre le retour de Jimmy et la maladie d'Emily, que la conversation fluide et sans complication avec Geraldine lui mettait du baume au cœur.

— Tu as l'air heureuse, commenta Geraldine en étudiant Mandy, la tête inclinée.

Elles se tenaient côte à côte dans le paddock, travaillant avec Moutarde.

— Ton petit ami est bien rentré ? Il a fait bon voyage ?

Mandy avait parlé de Jimmy à Geraldine vendredi. Pas vraiment en détail, mais assez pour qu'elle sache qu'il était parti un bon moment. La jeune femme hocha la tête.

— Il était parti dans un endroit intéressant ? reprit Geraldine. Si ma question n'est pas trop indiscrète, se hâta-t-elle d'ajouter. Dis-moi si je dépasse les bornes.

— Il a été en Arctique à la recherche d'ours polaires, répondit Mandy.

— Vraiment ? lança Geraldine, surprise et impressionnée. Quelle expérience passionnante à vivre. Et tu ne voulais pas y aller avec lui ? reprit-elle avant d'embrasser du regard le champ et le refuge. Bon, je suppose que ce n'est pas facile de s'échapper avec tout ce que tu as à gérer ici… Vous êtes ensemble depuis longtemps ?

Mandy se pencha pour ramasser la balle de Moutarde, puis se redressa et sourit à Geraldine.

— Ça m'aurait plu de partir avec lui, dit-elle en gardant une voix légère. Mais il n'y a aucun moyen de s'échapper, comme tu l'as bien compris. De toute façon, je ne suis pas sûre qu'il aurait voulu que je sois là, à traîner dans ses pattes.

Sa réponse sonna un peu plus amère que prévu.

— Nous sommes ensemble depuis un peu plus de deux ans, enchaîna-t-elle, espérant que Geraldine ne remarquerait pas son ton. Quand je l'ai rencontré, je me suis dit que c'était un horrible mec de la ville. Il est instructeur d'accrobranche, et j'étais persuadée qu'il allait détruire la forêt locale avec son étrange parcours de cordes ! Mais en fait, il est presque aussi fou des animaux que moi.

Elle lança la balle et Moutarde courut après, bondissant entre les feuilles mortes qui crissaient sous ses pattes.

— Tout cela a l'air très romantique, commenta Geraldine.

Mandy quitta Moutarde des yeux et jeta un coup d'œil à la main de Geraldine. Elle ne portait pas d'alliance, et aucune marque ne suggérait qu'elle en avait une habituellement. Mais tout le monde ne portait pas leur alliance, et beaucoup de gens avaient des partenaires de longue date sans se marier. Elle avait envie de lui demander, mais la question un peu intrusive lui fit réaliser à quel point elle en savait peu sur Geraldine. Mais après tout, que savait-on vraiment des autres ? Et finalement, son statut marital n'avait aucune importance. Geraldine était ici pour faire un travail et elle le faisait bien. Si elle voulait parler à Mandy de sa vie privée, elle en prendrait sans doute l'initiative. Rien ne pressait.

Moutarde se précipita à nouveau vers Mandy, déposa la balle à son pied et s'assit en la regardant, plein d'espoir et d'enthousiasme. Mandy tendit la balle à Geraldine.

— Voyons s'il la ramène pour toi aussi.

Susan Collins passa à l'heure du déjeuner, accompagnée de son fils de cinq ans, Jack. Susan travaillait à la crèche près de l'église, dans le centre-ville de Welford.

— On t'a apporté ça ! annonça-t-elle en entrant dans la réception ensoleillée, levant à bout de bras deux grands sacs remplis de boîtes de nourriture pour chats et chiens. Il en reste encore dans la voiture. On prévoit de faire une autre collecte avant Noël.

Mandy avait été amie avec Susan dans leur enfance, avant même que Mandy ne parte à l'université pour suivre son cursus de vétérinaire. Maintenant qu'elle était de retour à Welford, elle était très heureuse que Susan et elle aient rallumé la flamme de leur amitié. Susan et Jack donnaient souvent un coup de main à Vert-Cottage, et la crèche s'était révélée très efficace pour collecter des fonds, des dons de nourriture et de jouets pour animaux. Mandy aimait sociabiliser les animaux du refuge avec tous les gens qu'elle persuadait de venir les voir. Jack avait joué avec les chatons dès qu'ils avaient pu ouvrir leurs yeux, afin de les habituer aux enfants. Il adorait rendre visite aux animaux et posait un flot ininterrompu de questions qui laissaient Mandy convaincue qu'il en savait autant qu'elle, ou pas loin !

Geraldine resta à l'écart tandis que Mandy prenait la main de Jack et l'emmenait voir les animaux.

— Comment va Jasper ? demanda le petit garçon alors qu'ils entraient dans le chenil.

Mandy lui avait parlé des soucis de cœur de Jasper, et même si elle ne savait pas dans quelle mesure il avait compris son explication, il semblait conscient que Jasper était plus fragile que certains des autres pensionnaires.

— Il va bien, répondit Mandy. Sa toux a presque disparu maintenant. Tu veux le sortir ?

— Oui, s'il te plaît.

Les yeux foncés de Jack pétillèrent alors qu'il suivait Mandy pour aller chercher la laisse. Il voulait toujours aider les animaux faibles ou malades.

— Comment va Flocon ? lança Mandy en décrochant la laisse de Jasper.

Susan et Jack avaient adopté un chaton sourd à Vert-Cottage un an plus tôt. La petite boule de poils était devenue un beau matou blanc aux yeux très bleus.

Jack lui sourit.

— Super bien ! C'est son anniversaire la semaine prochaine. Maman m'a emmené au magasin de Walton et nous lui avons choisi des jouets. Maman a dit qu'elle ferait des gâteaux aussi. Un pour nous et un autre avec des ingrédients que les chats peuvent manger.

— C'est super, s'exclama Mandy en souriant. C'est un chat très chanceux.

Jack rayonnait.

— Tu devrais dire à Mandy ce que nous avons appris à Flocon, intervint Susan.

Ils étaient tous les trois dehors maintenant, faisant le tour du paddock, Jack tenant fermement la laisse de Jasper. C'était un si bon chien, et il semblait comprendre à quel point il était important de ne jamais tirer sur sa laisse quand Jack était avec lui.

La poitrine de Jack se gonfla de fierté.

— On a appris à Flocon quelques mots en langue des signes, annonça-t-il. Quand on lui montre du doigt le sol, il s'approche, et quand on tend la main, il vient frotter nos doigts avec son nez. On a essayé de lui apprendre à s'asseoir, mais il n'a pas l'air d'en avoir trop envie pour l'instant. Maman dit que je dois juste être très patient.

Mandy se surprit à sourire.

— Tu seras un jour un formidable dresseur d'animaux, dit-elle à Jack, qui soupira, comme si c'était la plus merveilleuse vision du monde.

— Quelle charmante jeune femme, commenta Geraldine après le départ de Susan et Jack, attendus à la crèche. Un adorable petit garçon aussi.

Mandy nettoyait les cages des cochons d'Inde. Elle avait ôté le couvercle et en frottait le fond, tandis que Geraldine était devant l'évier, occupée à laver les bols de nourriture et d'eau du matin.

— Oui, n'est-ce pas ? s'exclama Mandy.

Susan avait été l'une des premières de ses amies à avoir des enfants et, au début, Mandy avait presque eu peur de Jack, ce qui lui semblait vraiment inconcevable aujourd'hui.

— Tu as été très gentille avec lui, poursuivit Geraldine. Tu voudrais avoir des enfants à toi ?

Mandy ne savait pas trop quoi répondre – bien sûr, elle en avait vraiment envie, mais avec la situation toujours en suspens avec Jimmy, il valait mieux ne pas trop s'épancher.

— J'ai deux beaux-enfants, se contenta-t-elle de dire à Geraldine. Jimmy a des jumeaux, un garçon et une fille. Mais j'aimerais bien avoir mes propres enfants un jour.

Geraldine lui sourit.

— Je suis sûre que tu ferais une excellente maman. Rien n'est plus important que la famille.

— Et toi ? rebondit Mandy. Tu as des enfants ?

Le bol en porcelaine qui contenait l'eau des cochons d'Inde glissa alors des doigts de Geraldine et explosa au sol, en mille morceaux.

— Oh ! s'écria Geraldine, les yeux rivés sur Mandy, qui faillit rire devant l'expression de détresse de Geraldine.

— Ne t'inquiète donc pas pour ça, la rassura Mandy. Ça arrive tout le temps.

Geraldine secoua la tête.

— Je suis si bête, articula-t-elle d'une voix serrée.

Elle s'accroupit et entreprit de ramasser les morceaux. Mandy l'observa un moment, puis retourna au nettoyage du fond de la cage du cochon d'Inde. Juste avant que le bol ne tombe, Mandy avait cru entrevoir quelque chose dans les yeux de la femme âgée. De la tristesse ? Peut-être que Geraldine avait voulu des enfants, mais n'avait jamais pu en avoir. Ou peut-être avait-elle perdu un enfant… Si Geraldine était en deuil, la dernière chose que Mandy voulait faire était d'attiser des émotions difficiles. Si Geraldine voulait garder sa vie privée pour elle, c'était son choix.

Chapitre 12

Mandy se gara devant chez elle. La maison n'avait pas changé depuis la fin des travaux de rénovation que Jimmy et elle avaient effectués, un an et demi plus tôt. La façade était propre et blanche, le toit d'ardoises bas et accueillant. Pourtant, elle ne se sentait plus vraiment chez elle ici. Jimmy et elle avaient été si étroitement liés par le passé, mais cette magie avait l'air aujourd'hui fissurée. Contrairement à elle, il semblait parfaitement satisfait de leur vie. À son retour du Canada, il avait repris le fil de son existence comme s'il n'était jamais parti. Mais pour Mandy, tout avait changé.

Elle avait été submergée par une vague d'humiliation chez les Beaumont le week-end passé, quand Vicky leur avait offert des conseils non sollicités sur le mariage. Et dont ils n'auraient jamais besoin, avait pensé Mandy. Vicky les avait regardés et avait conjecturé sur leur avenir : le même que Mandy avait espéré et perdu.

Puis il y avait eu cette conversation à Vert-Cottage. La voix de Geraldine lui revint aux oreilles : « Je suis sûre que tu ferais une excellente maman. » Mandy se sentit encore plus triste. Si elle restait avec Jimmy, elle ne le saurait peut-être jamais.

Par-delà le pare-brise, les arbres pliaient sous la force de la tempête. D'ici quelques heures, ils seraient dépouillés de leurs dernières feuilles. Le vent secouait le côté de la voiture. Mandy savait qu'elle allait devoir lui parler. Elle n'avait jamais été du genre à se retenir. Elle repensa à Jimmy. Il avait toujours l'air si heureux de la voir. S'il y avait une chose qu'elle ne voulait pas faire, c'était le blesser. Et pourtant…

Il m'a blessée. Le souvenir de sa réaction à sa demande en mariage l'envahit. Il n'avait pas voulu la faire souffrir, mais c'était ce qui s'était produit. Elle s'était préparée psychologiquement, avait renforcé sa détermination. Il aurait dû dire oui.

Elle jeta un nouveau coup d'œil à la maison. De la fumée s'échappait de la cheminée, aussitôt chassée par les bourrasques. Jimmy était là, il l'attendait. Il l'aimait et elle l'aimait. Il serait si facile de laisser la situation perdurer comme si de rien n'était. Ils étaient ensemble, ils avaient Abi et Max, et les chiennes et leurs emplois respectifs. Si elle faisait tout exploser, rien ne lui garantissait un avenir meilleur.

Elle poussa la portière et le vent s'engouffra à l'intérieur. Il n'y avait aucune raison de repousser cette conversation, cela ne ferait que leur faire perdre du temps à tous les deux. Elle sauta à terre, dit à Sky d'attendre, et referma la portière d'une main légèrement tremblante. Quelques minutes, se dit-elle. Quelques minutes d'angoisse, et après, elle saurait. Pour le meilleur ou pour le pire.

Quand elle entra, Jimmy était debout devant la cuisinière. Avant son départ, il avait pris l'habitude de préparer le dîner la plupart des jours, et à son retour, il avait repris cette routine. Il la regarda par-dessus son épaule et lui sourit.

— Chili végétarien ! annonça-t-il, et il avait l'air si joyeux que pendant un instant le cœur de Mandy vacilla.

Oh ! comme il serait plus facile de se laisser tomber sur une chaise et de déguster le chili, de s'installer pour une soirée confortable devant le feu, puis de monter se coucher ensemble.

Elle s'efforça de déglutir.

— Ça a l'air appétissant, dit-elle, mais il y a quelque chose dont je veux parler d'abord. Tu veux bien baisser le feu quelques minutes ?

Jimmy se tourna vers elle, le visage ouvert, sourcils haussés.

— Oui, bien sûr, répondit-il.

Il ajusta le thermostat et laissa la casserole mijoter doucement.

Mandy passa au salon, l'adrénaline pulsant dans ses veines, et s'assit sur le canapé. Jimmy avait aussi allumé le feu. Tout était prêt pour son retour à la maison, là où elle était aimée. Mais ce n'était pas suffisant.

Jimmy s'installa dans l'un des fauteuils et la dévisagea, curieux. Mandy prit une profonde inspiration.

— Nous devons parler de l'avenir, commença-t-elle. De notre avenir…

Elle se tut, déjà essoufflée.

— J'ai eu beaucoup de temps pour réfléchir quand tu étais au Canada. À cette discussion que nous avons eue… sur le mariage, poursuivit-elle, incapable d'appeler cet épisode une demande en mariage, ce qui l'humilierait par-dessus tout. Quand je t'ai demandé de m'épouser, ce n'était pas juste une question de mariage…

La chaleur irradiait sur son visage, mais elle osa relever la tête pour le regarder bien en face.

— Il s'agissait de l'avenir… de ce que j'attends de la vie.

Jimmy avait l'air un peu méfiant.

— Et qu'est-ce que tu attends de la vie ?

Mandy resta muette quelques secondes. Comment exprimer le sentiment intense qui l'avait envahie ?

— Je veux que nous soyons une famille, articula-t-elle enfin. Une vraie famille. Je veux être mariée : une impression de stabilité. Et je veux un enfant.

J'aime Abi et Max. Tellement que ça me fait mal de penser que je pourrais les perdre. Mais ils ont une mère à eux. Je veux m'unir à toi. Et être une maman, avec toi comme père. Je sais combien tu es merveilleux comme père et je veux ça pour mon propre enfant.

Elle s'interrompit, étouffée par une boule grossissant dans sa gorge. La brûlure de la cheminée caressait sa joue, ajoutant au rougissement qu'elle sentait monter dans son cou.

Jimmy la fixait, des pensées invisibles voletant au fond de ses pupilles, les mains immobiles sur les genoux.

Dis quelque chose. S'il te plaît.

Jimmy se frotta le visage de la paume de la main.

— Je crois que tu sais déjà ce que je vais dire, répondit-il, d'une voix tellement plus posée que la sienne. Oh ! Mandy. Une partie de moi voudrait te donner ce que tu veux. Je t'aime vraiment énormément, et tout ce que je veux, c'est ton bonheur…

Il déglutit, et pour la première fois, ses lèvres tressaillirent comme s'il retenait ses larmes.

— Mais j'ai déjà été marié, et j'ai eu des enfants. Et aussi merveilleux qu'ils soient, je ne suis pas sûr de vouloir tout recommencer. Je pourrais changer d'avis plus tard, mais je ne suis pas prêt aujourd'hui. Si je devais le faire, alors tu serais ma partenaire idéale. Pour ce que ça vaut, je suis convaincu que tu serais une mère merveilleuse. Ce que nous avons vécu ces deux dernières années a été incroyable. Je t'aime, et Abi et Max aussi t'aiment. Je pense que je pourrais être heureux avec toi pour toujours. Mais il me semble qu'on se trouve là à une croisée des chemins.

Il se tut un instant et gratta maladroitement une maille usée de son jean. Mandy était sans voix. La pièce tout autour était floue et soudain elle avait beaucoup trop chaud.

— Je sais ce que tu me demandes, et j'aimerais te dire oui, reprit Jimmy, mais je refuse de te mentir, et je ne ferai pas de promesses que je ne pourrai pas tenir. Je peux seulement dire combien je suis désolé.

Il avait l'air sincère. Mais Mandy ressentit néanmoins un violent coup de poignard dans la poitrine et pendant un moment elle crut que son cœur allait exploser.

— Je ne veux pas te perdre, mais je respecterai ton choix, poursuivit Jimmy, quel qu'il soit.

Mandy se sentit étrangement vide. Tout avait été dit, il n'y avait plus rien à ajouter. Après quelques minutes gênantes, Jimmy se leva et retourna terminer le dîner. Il le servit sur des plateaux et ils s'assirent l'un à côté de l'autre sur le canapé. La distance entre eux semblait pourtant aussi flagrante que le froid en Arctique. Lorsqu'ils montèrent l'escalier étroit menant à la chambre, Jimmy aurait aussi bien pu se trouver sur la lune.

Il s'endormit à peine la tête posée sur l'oreiller, comme chaque soir, mais cette fois-ci, cela lui sembla presque indécent. Mandy écouta sa respiration régulière, devinant le contour de son visage au-dessus de la couette. Leur conversation résonnait toujours dans son esprit.

« Tout ce que je veux, c'est ton bonheur… Je ne suis pas sûr de vouloir tout recommencer. Je pourrais changer d'avis plus tard, mais je ne suis pas prêt aujourd'hui. »

Était-ce seulement la vérité ? songea-t-elle. Ces quelques semaines avec Aira lui avaient-elles rappelé à quel point il pouvait s'amuser seul, rencontrer de nouvelles personnes et explorer des horizons lointains ?

Ou est-ce de moi qu'il ne veut pas ?

À l'université, une amie à elle s'était fait rouler pendant des années par un jeune actif. Il l'aimait, répétait-il. Mais il ne croyait pas au mariage et n'avait jamais voulu d'enfants. Elle avait fini par le quitter et, l'année suivante, il s'était fiancé à une autre fille. Un an plus tard, ils étaient mariés et accueillaient un bébé. L'amie de Mandy en avait été dévastée.

Elle scruta à nouveau le visage endormi de Jimmy. *Il ne me ferait pas fait ça. Pas Jimmy. Il est trop honnête.*

Mais… l'était-il vraiment ? Pouvait-on véritablement connaître l'autre ?

Mandy soupira, Jimmy remua un peu et se tourna vers elle. Elle dut se retenir de tendre la main pour lui caresser le visage.

La vérité l'éblouissait, brillant comme une étoile de Noël. Si Jimmy ne voulait pas l'épouser, ils devraient se séparer quelque temps. Mandy n'était pas encore sûre de ce qu'elle allait décider à long terme. Peut-être qu'avec un peu de distance, il serait plus facile de décider si ce qu'il lui offrait était assez pour elle.

Elle avait trente ans – encore assez jeune pour rencontrer un autre homme et avoir des enfants. Mais si elle attendait auprès de Jimmy, espérant un revirement, et qu'elle découvrait des années plus tard qu'il pensait toujours la même chose, alors ses chances d'avoir une famille s'envoleraient.

L'espace d'une seconde, elle voulut le réveiller et lui dire : « J'ai pris ma décision. » Mais après tout, cela pouvait attendre le matin. Pour l'instant, qu'il dorme tranquille. Une larme coula sur la joue de Mandy et mouilla l'oreiller.

Elle décida que c'était à elle de déménager. Ce serait plus facile comme ça. L'ancien cottage où Jimmy avait vécu avait été reloué depuis. Entre Abi, Max et trois chiennes, ce ne serait pas aisé de trouver un endroit tout de suite. Certes, cette propriété appartenait à Mandy, mais pour l'instant elle pouvait retourner vivre à Animal Ark. Elle pourrait ainsi aider sa mère et tenir compagnie à son père. Même si c'était triste de partir, elle avait au moins un endroit sûr et douillet où se réfugier.

Elle essuya la larme salée qui lui démangeait la peau. L'épuisement la gagnait. Deux minutes plus tard, elle s'endormit, secouée d'un sommeil agité.

Quand elle se réveilla, Jimmy était déjà en bas. Mandy descendit lentement les marches de l'escalier étroit et pénétra dans la cuisine.

— Les chiennes sont déjà sorties, la prévint Jimmy en levant le nez de son bol de céréales. Il y a plein de porridge, si ça te tente.

Il désigna de sa cuillère la casserole posée sur la cuisinière. Il était le même que d'habitude, alors que Mandy se sentait vide, presque éthérée, comme si elle n'était pas vraiment là.

— Merci, répondit-elle en tirant la chaise face à lui, et en s'asseyant.

Il lui sourit.

— Tu as bien dormi ?

Mandy secoua la tête.

— J'ai pris ma décision.

Jimmy cligna des yeux, une réaction fugace qu'elle ne sut interpréter, puis son visage reprit un masque neutre.

— Et qu'as-tu décidé ?

— J'ai besoin d'espace. Tu as été honnête avec moi, et je t'en remercie, et je me dois d'être tout aussi honnête avec moi-même.

Il avait l'air triste, mais ne tenta pas de négocier.

— D'accord, je comprends. Je vais commencer à chercher un endroit où aller. Je pourrais demander à Jared si je peux squatter chez lui jusqu'à ce que je trouve une solution plus durable.

Jared Boone était le gérant du domaine agricole d'Upper Welford, où Running Wild était implanté. Mandy leva une main pour l'interrompre.

— Ce sera plus simple si je déménage. Sky et moi pouvons retourner à Animal Ark, mes parents n'y verront aucun inconvénient.

Jimmy fronça les sourcils.

— Mais c'est chez toi ici, remarqua-t-il. Ça ne devrait pas être à toi de partir.

Mandy esquissa un sourire forcé.

— Je sais que c'est chez moi, mais c'est plus facile si c'est moi qui pars. Ce n'est pas simple pour toi, avec les chiennes. Et si tu es ici, Abi et Max garderont un peu de stabilité. Je pourrais toujours venir les voir... et toi aussi, ajouta-t-elle.

Jimmy eut l'air brièvement troublé, et elle se dit qu'il allait refuser.

— C'est plus logique comme ça, insista-t-elle.

— Je vois que tu as déjà réfléchi à tout, lâcha-t-il en repoussant sa chaise avant de se lever. Mais si, à un moment ou à un autre, tu veux récupérer ta maison, je partirai sur-le-champ. D'accord ?

Il prit son bol vide sur la table et resta immobile un instant, les sourcils levés.

— D'accord, dit Mandy.

Elle se leva à son tour pour quitter la cuisine.

— Tu ne veux pas prendre un petit déjeuner avant de partir ?

Mandy secoua la tête.

— Je n'ai pas faim, murmura-t-elle.

Elle devait aussi faire son sac. Si elle devait partir, elle préférait autant arracher ce pansement rapidement.

Dès qu'elles furent en voiture, Sky sembla comprendre que quelque chose clochait. Allongée sur le siège passager, les oreilles plaquées en arrière, elle jetait de temps en temps un coup d'œil dans la direction de Mandy. Les yeux de Mandy restèrent secs tandis qu'elle remontait l'allée. Une moitié de son cerveau lui criait qu'elle devait faire demi-tour, revenir en arrière, dire à Jimmy que tout allait bien se passer. Accepter cette demi-vie qu'il lui offrait… Mais ça ne résoudrait rien. Si elle rebroussait chemin, elle devrait accepter que son rêve de mariage et d'enfants pourrait être perdu pour toujours. Et elle savait qu'elle était incapable d'y renoncer.

Dans le rétroviseur, elle aperçut le sac à dos rempli à la hâte, posé sur la banquette arrière. Devrait-elle dire à ses parents ce qui se passait ? La maladie de sa mère avait tout chamboulé.

Mandy caressa la tête douce de Sky tout en se garant sur le parking de la clinique.

— Il vaut probablement mieux ne rien leur dire pour l'instant, dit-elle à haute voix.

Elle pourrait tout leur expliquer quand – et si – elle décidait de rendre cette séparation permanente. D'ici là, il était préférable d'annoncer qu'elle revenait pour aider Emily.

Elle coupa le moteur, attrapa son sac de voyage et pénétra dans la maison. Il valait mieux en finir. Emily était assise dans l'un des fauteuils confortables installés près du poêle. Malgré la douceur de la journée, le feu était allumé.

— Bonjour, ma chérie, l'accueillit Adam avec un sourire, avant de se tourner pour sortir une autre tasse du placard.

Emily leva les yeux, ravie de voir sa fille, jusqu'à ce que ses yeux se posent sur le sac entre ses mains.

— Qu'est-ce que tu as là ?

Mandy sentit ses joues s'empourprer.

— Mes affaires. J'aimerais rester quelques jours. Si vous voulez bien de moi, bien sûr.

Emily dévisagea Mandy.

— Il n'y a pas de problème, n'est-ce pas ? Entre Jimmy et toi, je veux dire ?

L'inquiétude transparaissait dans sa voix. Malgré le rougissement qui irradiait sur son visage, Mandy secoua la tête.

— Pourquoi tu dis ça ? lança-t-elle avant de se forcer à déglutir.

Articuler des mots lui était difficile, mais elle s'efforça de reprendre comme si de rien n'était :

— Je voulais juste revenir pour te donner un coup de main. J'aurais dû le faire dès ta sortie de l'hôpital.

Emily lui adressa un sourire doux et tapota l'accoudoir du fauteuil à côté d'elle. Mandy se sentit de nouveau submergée d'angoisse. Quelques années auparavant, Emily aurait bondi de sa chaise. Là, qu'elle n'ait pas essayé de se lever était très révélateur. Mandy ravala la douleur, força un sourire sur son visage et se percha sur l'accoudoir.

Emily leva une main et la posa délicatement sur la joue de Mandy.

— Tu es une fille adorable, vraiment précieuse. Mais tu as ta propre vie maintenant. Tu as bien assez de choses à gérer, et la dernière chose que je veux, c'est que tu abandonnes ta vie pour moi.

Mandy prit une longue inspiration avant de souffler. Elle serra les poings, les ongles s'enfonçant dans ses paumes, s'efforçant de ne pas pleurer.

Adam s'approcha et déposa une tasse de café dans le creux de sa main.

— Ta mère a raison. Tu as bien assez à penser entre Jimmy, les jumeaux, ta maison et le refuge. Il n'y a que vingt-quatre heures dans une journée, ma chérie. Tu dois prendre soin de toi avant tout le monde, n'oublie pas.

Mandy eut l'impression d'avoir reçu un coup de pied dans le ventre. Qu'ils refusent son offre ne lui avait même pas traversé l'esprit. Les larmes qui avaient menacé de déborder un peu plus tôt gonflèrent à nouveau ses paupières, et elle les chassa, furieuse.

Emily l'observait, les sourcils légèrement froncés.

— Tu es sûre que tout va bien ?

Mandy secoua la tête.

— Je vais bien, mentit-elle. Je veux juste t'aider. Vraiment.

Adam lui tapota l'épaule.

— Je sais que c'est la vérité. Et on t'en est reconnaissants. On ne te fermera jamais la porte s'il y a un problème, et si tu as besoin de rentrer à la maison, tu es la bienvenue à tout moment, de jour comme de nuit. Mais ta mère et moi avons discuté de tout ça. C'est un défi, l'évolution de la maladie, mais nous devons apprendre à y faire face par nous-mêmes. Je te promets que nous te demanderons si nous avons besoin de quelque chose, mais pour l'instant nous avons besoin de temps pour trouver notre chemin. Tant que tout va bien, il vaut mieux que tu restes chez toi. Ce n'est pas comme si tu n'allais pas déjà nous voir tous les jours !

Emily acquiesça.

— Je sais que c'est difficile pour nous tous, mais tu ne peux pas tout laisser tomber dès que je fais une poussée. D'autres personnes ont besoin de toi, même maintenant, et à l'avenir peut-être davantage…

Mandy se sentit mal. Est-ce qu'Emily faisait allusion à une famille bien à elle ? Si seulement elle savait à quel point cette idée était éloignée de la réalité.

Emily se hissa hors de son fauteuil et Mandy se leva aussitôt pour l'aider. Elle semblait si menue. Mandy se souvenait encore de l'époque où elle devait tendre haut les bras pour entourer la taille de sa mère… Aujourd'hui, celle-ci devait ouvrir les bras vers Mandy pour la serrer.

— Tu es vraiment la meilleure fille qu'on puisse avoir, chuchota-t-elle. Mais il est temps pour toi d'être ta priorité. Quoi qu'il arrive, tu me promets de le faire, pour moi ?

Mandy enfouit le visage dans le creux de l'épaule d'Emily. Tant de force et d'amour émanaient de sa mère malgré sa fragilité et sa minceur. Pendant un instant, elle eut envie de s'effondrer, de pleurer comme elle l'aurait fait dans l'enfance, et s'épancher. Au lieu de cela, elle prit une profonde inspiration, se redressa et fixa Emily droit dans les yeux.

— Je vais faire de mon mieux, promit-elle.

Chapitre 13

En rangeant son sac dans la voiture, Mandy eut la nausée. Elle n'avait aucune idée de ce qu'elle devait faire maintenant. L'idée de retourner chez elle ce soir et de dire à Jimmy ce qui s'était passé était horrible, mais où pouvait-elle donc aller ? Elle ne voulait pas demander à Helen ou à Susan de l'héberger, aucune d'entre elles n'avait de chambre d'amis. Elle ne pouvait pas non plus aller chez ses grands-parents, la nouvelle remonterait directement aux oreilles de ses parents. Elle soupira. De toute façon, elle avait du travail à faire. Il fallait ouvrir Vert-Cottage puis aller à la clinique pour les consultations de la matinée.

— Bonjour !

Mandy fut surprise de tomber sur Geraldine devant le refuge. Elle avait complètement oublié que sa nouvelle assistante lui avait proposé de travailler ce mardi également.

— Oh… Bonjour, répondit-elle en déverrouillant la porte d'entrée et en la tenant grande ouverte.

Geraldine passa devant elle, puis se retourna et dévisagea Mandy.

— Tout va bien ?

Mandy sentit ses joues s'empourprer et vérifia sa montre.

— Je suis en retard. Les consultations commencent dans dix minutes.

Geraldine lui offrit un sourire rassurant.

— Pourquoi ne me laisses-tu pas commencer ici ? Je vais d'abord sortir les chiens, puis je nettoierai le chenil et préparerai les repas, et tu pourras repasser dès que tu auras un moment.

Mandy eut soudain envie de la serrer dans ses bras.

— Ce serait fabuleux, s'exclama-t-elle. Merci beaucoup.

Tandis qu'elle se retournait vers la porte, elle entendit l'unique aboiement qu'Olive lâchait chaque matin lorsque quelqu'un entrait dans le chenil, et la voix calme de Geraldine qui saluait chacun des chiens à tour de rôle.

Elle retourna au refuge à 11 heures pour voir comment Geraldine s'en était sortie. Mandy lui avait apporté un café de la clinique et elles s'assirent ensemble à l'accueil.

— Tout s'est bien passé ?

— Tout s'est bien passé, confirma Geraldine en souriant. Jasper a pris ses comprimés dans du fromage à tartiner. Et Moutarde a fait tout le tour du verger sans tirer sur sa laisse.

Mandy en fut impressionnée.

— Bon sang, tu es une véritable faiseuse de miracles !

Geraldine avait l'air satisfaite.

— J'ai emporté le tube de fromage avec moi. Quelques bouchées de cette délicieuse crème dc fromage et il ne me quittait plus des yeux !

Mandy gloussa.

— Génial ! J'ai déjà utilisé ce fromage pour l'entraînement, mais je n'avais pas essayé avec Moutarde. C'est toujours utile de savoir quelle carotte fonctionne le mieux.

— À part ça, poursuivit Geraldine, les chats vont bien, les cochons d'Inde aussi. Et j'ai nettoyé le frigo. Non pas qu'il était sale, bien sûr.

— Je n'arrive pas à croire tout le travail que tu as fait ! C'est vraiment super de t'avoir ici, dit Mandy, en toute sincérité. Je vais déjeuner au cottage tout à l'heure avec mes parents. Tu voudrais te joindrc à nous ?

Ce serait bien que Geraldine soit là, songea-t-elle. Non seulement pour éviter une autre conversation comme celle de ce matin, mais aussi pour dissiper tout malentendu au sujet de la dernière visite de Geraldine au cottage.

Geraldine resta silencieuse un instant.

— J'ai bien peur de ne pas pouvoir. Je dois faire un saut à Walton pour faire quelques courses quand j'aurai fini ici. Je suis venue en voiture aujourd'hui.

— Oh ! lâcha Mandy. Ça t'embêterait de me déposer en ville, s'il te plaît ? J'ai deux trois choses à acheter, moi aussi.

Elle avait oublié d'apporter sa trousse de toilette. Si elle ne restait pas à Animal Ark, elle ne pourrait rien emprunter à ses parents.

— Bien sûr. Dis-moi quand tu seras prête et nous irons ensemble.

Mandy se sentait un peu plus joyeuse en retournant à la clinique. Elle commençait à apprécier la compagnie de Geraldine, et aussi son soutien. Quoi qu'il dût se passer, elle décida de ne pas rentrer chez elle ce soir-là, quitte à trouver un hôtel ou une chambre d'hôte pour une nuit ou deux. Elle était si rarement sortie pendant l'absence de Jimmy qu'elle avait pas mal d'argent de côté, elle pouvait aussi bien en profiter. C'était plus simple que d'essayer de dormir sur le canapé d'une amie.

S'il avait été facile de discuter avec Geraldine à Vert-Cottage, où il y avait beaucoup à dire sur les petits protégés, la conversation ne fut pas aussi fluide en voiture. L'esprit de Mandy tourbillonnait de pensées contradictoires, elle ne savait plus où elle devait loger. Elle avait jeté un coup d'œil sur le site Airbnb, espérant trouver une bonne affaire, mais la seule propriété disponible dans un délai aussi court était un manoir pour six personnes avec piscine. Aussi jolie soit-elle, cette propriété ne convenait pas. Il y avait bien une maison d'hôtes dans le village avec une chambre libre, mais la salle de bains était partagée. Mandy n'était pas du genre à minauder, mais après une longue journée de travail, elle voulait avoir la liberté de se doucher à loisir. L'idée d'utiliser une salle de bains dont un inconnu pourrait avoir besoin en même temps ne la tentait pas le moins du monde.

Elles se garèrent derrière le supermarché.

— Tu penses pouvoir trouver ce dont tu as besoin ici ? demanda Geraldine.

— Oui, ce sera parfait.

Geraldine attrapa un panier et disparut entre deux allées. Mandy se dirigea vers le rayon hygiène, à la recherche d'une brosse à dents et de dentifrice. C'était vraiment stupide de sa part d'avoir oublié sa trousse, mais elle avait été tellement pressée de partir ce matin. Quitter ainsi Jimmy n'avait pas non plus été une partie de plaisir.

Elle recroisa Geraldine devant les shampoings. Geraldine soulevait une bouteille de Baume Crumble Rhubarbe. Ellc croisa le regard de Mandy qui s'apprêtait à prendre un autre flacon du même produit.

— Oh ! tu l'utilises aussi ? Je savais que tu étais une femme de goût !

Mandy s'esclaffa.

— Soit une femme de goût, soit une cinglée qui adore les produits capillaires qui sentent bon les desserts.

Geraldine lui sourit.

— Eh bien, qui n'aime pas le crumble à la rhubarbe ? répliqua-t-elle en déposant la bouteille dans son panier. En parlant de crumble, j'ai entendu dire que le Sheep from the Goats a un super crumble aux pommes au menu en ce moment. Et si je t'invitais à déjeuner pour fêter mon nouveau travail à Vert-Cottage ?

Le Sheep from the Goats était un pub haut de gamme pas loin du supermarché. En y allant maintenant, elles auraient juste assez de temps pour déjeuner avant de devoir rentrer.

— C'est très généreux de ta part, répondit Mandy.

— Super ! s'écria Geraldine, toute contente. Je vais aller payer et je te retrouve dehors.

Quelques minutes plus tard, Mandy ouvrait la porte du pub et laissait passer Geraldine. Elle avait passé des soirées avec Susan, Helen et Molly ici à plusieurs reprises. Elles s'asseyaient toujours à la même table près de la fenêtre, mais celle-ci n'était pas disponible aujourd'hui. Le serveur les conduisit à l'autre bout de la salle jusqu'à une table tranquille, dans un coin.

— Je vais vous installer ici, si ça vous convient ? Une grande tablée ne va pas tarder à arriver, vous serez plus au calme.

— Parfait ! dit Geraldine.

Mandy tira sa chaise incurvée en cuir blanc et s'assit. Le serveur lui tendit un menu et elle se surprit à le parcourir sans enthousiasme. Elle se rendit compte qu'elle n'avait pas si faim que ça. Mais Geraldine avait l'air si heureuse que Mandy ne voulait en aucun cas risquer de la décevoir. Quand le serveur revint à leur table, elle commanda une soupe tomates et basilic et une part de crumble aux pommes, en prenant une voix aussi enjouée que possible.

— Tu sembles très silencieuse aujourd'hui, dit Geraldine en déplaçant légèrement sa fourchette à dessert pour l'aligner avec la cuillère. Tout va bien ?

Son regard était si compatissant que Mandy sentit soudain les larmes gonfler. Geraldine était thérapeute, se souvint-elle. Elle devait être douée pour déceler les sentiments des gens, même s'ils tentaient de les dissimuler. Elle déglutit difficilement, puis prit une grande inspiration.

— Pas vraiment, admit-elle.

— Tu veux m'en parler ? Peu importe le sujet, tu peux me le dire. Ça restera entre nous.

— J'ai quitté la maison, avoua Mandy, les mots coulant de sa bouche comme un filet d'eau froide.

— Vous vous êtes disputés, Jimmy et toi ?

Le ton de Geraldine débordait tant de gentillesse que Mandy ne put s'empêcher de tout lui raconter. La demande en mariage désastreuse et ses conséquences, le voyage de Jimmy et l'absence de solution, le bon temps qu'il semblait passer avec Aira, et enfin leur discussion de la veille au soir.

— C'est tellement étrange, conclut Mandy. Je n'avais pas réalisé à quel point j'aimerais avoir une famille à moi. J'ai eu tellement de chance en grandissant d'avoir des parents aussi fantastiques. Je veux voir si je peux être aussi douée avec mes propres enfants. J'étais sûre que Jimmy était le bon, mais il ne semble pas vouloir de moi…

Sa voix commençait à chanceler, et elle se tut. Geraldine tendit la main et la posa délicatement sur le poing serré de Mandy.

— J'ai l'impression que ce n'est pas qu'il ne veut pas de toi, murmura-t-elle. On dirait que si, beaucoup, au contraire, mais que, vous deux, vous voulez des choses différentes. Je suppose qu'il est à une autre étape de vie que la tienne à bien des égards. Mais je suis sûre qu'il t'aime.

Mandy ferma les yeux un instant, se concentrant sur sa respiration. Elle les rouvrit, regarda Geraldine et s'efforça de sourire.

— Tu as raison, admit-elle. Il m'aime vraiment. Mais ça rend la situation presque pire, tu ne crois pas ? J'ai détesté faire ce choix, mais c'est ce que je devais faire.

Le serveur arriva avec sa soupe et la tarte au fromage de chèvre de Geraldine, et celle-ci attendit qu'il s'éloigne avant de reprendre la parole.

— Pour ce que ça vaut, dit-elle en prenant son couteau et sa fourchette, je pense que tu as raison de faire ça. De te donner du temps, je veux dire.

Mandy avala un peu de soupe.

— J'espère, répondit-elle en contemplant la vapeur s'échapper de la cuillère, mais même cette décision semble se retourner contre moi. Je devais rester avec papa et maman, mais je ne leur ai pas dit pourquoi… Ils pensaient que je venais seulement pour aider maman et ils ont refusé, arguant que je devais continuer à vivre ma propre vie. Je ne sais même pas où je vais dormir ce soir !

Elle reversa la soupe dans son bol et sentit ses yeux piquer à nouveau.

Geraldine la dévisageait, pensive.

— C'est juste Sky et toi ? Si c'est le cas, vous êtes toutes les deux les bienvenues dans le cottage que j'ai loué. Il y a une chambre d'amis que vous pouvez utiliser.

Mandy sentit le rouge lui monter aux joues.

— C'est très gentil, mais je ne cherchais pas à me faire inviter. Je suis désolée si je t'ai donné cette impression.

Geraldine sourit en secouant la tête.

— Ne t'inquiète donc pas, ce n'est pas du tout ce que j'ai compris. Mais j'ai une chambre libre et le cottage est vide la moitié de la semaine. Ça ne me gênerait pas du tout si Sky et toi restiez quelques semaines jusqu'à ce que tu saches un peu plus où tu en es.

Mandy ne savait pas quoi dire. Aussi surprenant que cela puisse paraître, l'idée d'emménager avec Geraldine était très tentante : plus facile, d'une certaine façon, qu'avec une personne qui la connaissait mieux, ou au contraire avec un parfait inconnu.

— Voilà ce que je te propose, reprit Geraldine. Tu n'es pas obligée de me répondre maintenant. Passe ce soir à la maison pour visiter. Et si l'endroit te plaît, tu pourras emménager immédiatement. L'hiver arrive à grands pas. J'ai déjà remarqué que la maison est un peu humide quand je suis revenue de Manchester. Ça ne ferait pas de mal de garder l'endroit occupé et chaud. Et je promets que je ne mords pas !

Mandy hésita. Qu'est-ce que ça ferait de vivre avec Geraldine et de travailler avec elle en plus ? Après tout, elle avait vécu avec Adam et Emily toutes ces années et travaillé avec eux aussi, et la situation ne l'avait jamais gênée. Et puis, si ça ne marchait pas, elle aurait au moins le temps de trouver un autre endroit.

Elle poussa un long soupir.

— Merci beaucoup de ta proposition. Je passerai plus tard, après le travail.

Geraldine parut ravie.

— J'ai déjà hâte d'y être.

La nuit tombait quand les consultations de l'après-midi prirent fin. En se dirigeant vers sa voiture, Mandy ne put s'empêcher de ressentir un léger malaise. Elle espérait que le cottage de Geraldine conviendrait. Sinon, il se faisait tard pour trouver un autre endroit. Et si Geraldine avait changé d'avis ?

Le cottage se trouvait au milieu de la lande, de l'autre côté de Kimbleton. Mandy se dit que la vue serait magnifique au matin, mais pour l'instant elle ne voyait que les lumières des maisons de la vallée. Lorsqu'elle sortit de la voiture, l'air froid lui piqua les poumons.

Novembre était bien entamé, réalisa-t-elle. L'hiver et Noël arrivaient à grands pas.

Est-ce que je vais passer Noël seule ?

Elle traversa les dalles de pierre de l'allée à grandes enjambées et frappa à la porte. C'est dans une ancienne grange rénovée que le Barn End Cottage avait été construit. Mandy se souvenait vaguement de ce bâtiment bas et robuste à l'époque où il était encore utilisé pour les animaux. L'année passée, le lieu avait été nettoyé et transformé en une rangée de trois élégants cottages de vacances. Ce soir, les seules lumières émanaient de celui occupé par Geraldine.

La porte s'ouvrit.

— Bonsoir, ma chère, l'accueillit Geraldine, rayonnante.

Mandy se surprit à sourire en retour, même si des images de Jimmy lui trottaient toujours dans la tête. Une douce odeur de pâtisserie atteignit Mandy lorsqu'elle entra dans la cuisine douillette.

— J'ai mis des scones au four, expliqua Geraldine.

Maintenant que Mandy se trouvait dans son espace personnel, Geraldine semblait presque timide, tandis que la jeune vétérinaire commençait déjà à se détendre. La cuisine était étonnamment accueillante pour une location de vacances. Des fleurs fraîches étaient disposées dans un vase sur la table en acajou. Une musique douce sortait des haut-parleurs suspendus dans les coins au plafond.

— Je vais te montrer la chambre et tu pourras décider si tu as envie de rester.

Elle guida Mandy vers un étroit escalier en bois partant de la cuisine. La petite chambre sous les combles était charmante, avec ses poutres apparentes, et meublée d'un lit une personne recouvert d'un édredon fleuri. D'autres fleurs se trouvaient sur la petite table de nuit.

— C'est très mignon, dit Mandy. Juste ce qu'il me faut.

Elle redescendit avec Geraldine et l'observa se pencher devant la vitre du four, puis l'ouvrir et sortir les scones parfumés. Geraldine fouilla dans un placard, saisit une grille de refroidissement et glissa dessus les petits gâteaux, avant de se retourner vers Mandy.

— C'est un endroit charmant, tu ne trouves pas ? lança-t-elle, ses yeux bleus brillants et les joues rougies par la chaleur du four.

Aussi charmant que soit le cottage, Mandy avait du mal à se réjouir. Jimmy devait déjà être rentré à la maison à l'heure qu'il était. Zoé et les autres chiennes devaient renifler partout, se demandant où Sky et elle avaient bien pu passer.

— J'ai une couverture sur laquelle Sky peut s'installer, ajouta Geraldine, comme si elle sentait la tristesse de Mandy. Elle dormira dans ta chambre, n'est-ce pas ?

Mandy se ressaisit. Elle se pencha et prit la clé posée sur la table de la cuisine.

— C'est pour moi ?

Geraldine acquiesça.

Je ne vais pas quitter ma maison pour toujours, se rappela Mandy. *C'est seulement pour me donner de l'espace pour réfléchir.* Elle se força à sourire, se demandant si Geraldine voyait clair dans son jeu.

— J'aimerais beaucoup rester, merci, dit-elle.

Geraldine ouvrit les bras et Mandy se laissa aller à l'embrassade. Le contact sembla un peu gauche et Mandy songea un instant que, peut-être, Geraldine n'en avait pas l'habitude. En même temps, elle ne pouvait s'empêcher d'être soulagée d'avoir trouvé un endroit aussi confortable et accueillant où se réfugier.

— Tout va bien se passer, murmura Geraldine, son souffle chaud caressant ses cheveux. Merci d'être venue, Mandy.

Chapitre 14

Une lumière d'un gris acier s'infiltrait entre les volets lorsque Mandy se réveilla. Le matelas était confortable, mais plus ferme que celui de chez elle, et beaucoup plus étroit.

Pendant un instant, elle pensa être à Animal Ark. Mais elle ouvrit les yeux sur les poutres et le plafond incliné, et les événements de la veille lui revinrent en mémoire, accompagnés d'une bouffée d'apitoiement. Elle avait quitté Jimmy. Elle était seule au monde, dormant dans la maison d'une inconnue.

Sky remua. Elle était allongée sur le lit, lovée derrière les genoux de Mandy, et quand elle s'aperçut que Mandy était réveillée, sa queue tapa la couette. Elle trouva une position plus confortable et se vautra en soupirant d'aise. Mandy l'observa un moment. Ça devait être merveilleux d'être Sky, avec sa vie tellement simple. En temps normal, elle n'avait pas le droit de dormir sur le lit, mais Mandy était ravie qu'elle soit tout près. Même si l'absence de Jimmy la faisait souffrir, Mandy éprouvait aussi un triste sentiment de paix. Elle avait suivi ce que sa conscience lui avait dit être la bonne décision. *Tu t'en remettras*, se répéta-t-elle. *Laisse-toi du temps.*

Elle entendit le bruit d'une porte qui s'ouvrait et se refermait au rez-de-chaussée. Contrairement à elle, Geraldine avait l'air heureuse. Elle fredonnait et Mandy entendit les cliquetis joyeux d'une table qu'on dressait.

Mandy s'assit, veillant à rester penchée en avant pour ne pas se cogner la tête contre le plafond bas, puis se faufila dans la petite salle de bains construite dans une alcôve sous l'avant-toit. C'était agréable d'avoir sa propre salle de bains, aussi petite soit-elle. Puis, suivie de près par Sky, Mandy dévala l'escalier raide et entra dans la cuisine.

— Bonjour, l'accueillit Geraldine avec un sourire. Tu as bien dormi ?

— Très bien, merci.

Exceptionnellement bien, même, songea-t-elle alors.

Sky se précipita vers Geraldine pour la saluer, la queue battant l'air. Mandy trouva sa réaction rassurante : Sky savait généralement bien cerner les gens. Geraldine s'accroupit pour caresser Sky, mais elle releva la tête pour regarder Mandy.

— Je ne savais pas si je devais laisser le chauffage allumé toute la nuit. As-tu eu assez chaud ?

— C'était parfait. Sky était sur le lit, j'espère que ça ne pose pas de souci.

— Bien sûr que non, la rassura Geraldine en passant la main sur la tête bombée de Sky. La chambre est à toi aussi longtemps que tu en as besoin, alors fais comme chez toi. Qu'est-ce qui te fait envie pour le petit déjeuner ?

— Une tasse de thé et une tranche de pain grillé, ce serait super, dit Mandy.

Une fois les toasts prêts, elles s'assirent ensemble autour de la table.

— J'aime vraiment cet endroit, dit Geraldine en se penchant sur sa chaise pour regarder par la fenêtre. Le sommet verdoyant et arrondi de la lande les surplombait et le ciel au-dessus irradiait d'une étonnante nuance étain.

— C'est tellement beau, reprit-elle. Ça fait ressortir l'artiste contrariée en moi.

— Artiste contrariée ? répéta Mandy. Tu veux dire que, lorsque tu dessines, le résultat te frustre, ou que tu ne dessines pas autant que tu le souhaiterais ?

Geraldine s'esclaffa.

— Plus jeune, j'ai toujours imaginé que je serais une artiste célèbre, mais me voilà aujourd'hui, thérapeute à mi-temps et assistante de refuge animalier à mi-temps, gribouillant à ses heures perdues. Ce n'est pas que je n'aime pas ma vie, bien sûr, mais elle ne s'est pas exactement déroulée comme je l'avais prévu.

— Accepterais-tu de me montrer certains dessins ?

Geraldine se leva et se dirigea vers une mallette posée dans le coin de la pièce. Elle en sortit un carnet de croquis à la couverture marbrée or et gris tourterelle, et le rapporta à table.

— C'est incroyable, s'exclama Mandy.

Le carnet regorgeait de magnifiques dessins au crayon représentant des paysages locaux. Elle reconnut l'affleurement rocheux d'Axwith Tor et une vue magnifique du Beacon. Geraldine avait dû passer quelques jours à explorer Silver Dale… Sur une page, la rivière Silver Force en pleine crue, et plus loin, quelques études de certaines formations rocheuses en amont de la vallée. En dernière page, l'esquisse d'un faucon. Contrairement à la plupart des autres dessins au crayon, celui-ci était en couleur. Son anatomie était parfaite, et le rendu si beau que Mandy en eut le souffle coupé.

Elle dévisagea Geraldine, submergée par une nouvelle vague d'admiration.

— Ça doit être merveilleux de savoir dessiner comme ça… Tu as beaucoup de chance. Je suis nulle avec un crayon, même mes bonshommes bâtons ont l'air gros !

Geraldine sourit.

— Le dessin me rend heureuse, même si je ne pense pas que mon talent soit si exceptionnel. Et mes rêves de célébrité sont depuis longtemps oubliés.

— Eh bien, je suis vraiment ravie d'avoir pu voir ce que tu créais, je te trouve incroyablement douée.

Geraldine ne devait pas travailler au refuge ce jour-là. Elle avait expliqué à Mandy, lors de sa première journée, qu'elle devrait retourner ponctuellement à Manchester.

— Mais je serai de retour ce soir, assura-t-elle.

Mandy prit seule la route d'Animal Ark. Elle ne put s'empêcher de comparer sa situation aujourd'hui, après une bonne nuit de sommeil chez Geraldine, avec celle d'hier, quand tout semblait en suspens. *Les choses pourraient être bien pires*, pensa-t-elle.

Son téléphone sonna au moment où elle se garait. Elle le sortit de sa poche et resta interdite, fixant longtemps l'écran sans bouger. C'était Jimmy. Une vague d'espoir l'envahit. Il appelait peut-être pour lui dire que tout cela n'était qu'une grosse erreur. Elle pourrait rentrer à la maison et ils se marieraient… Elle chassa cette idée, poussa un soupir et appuya pour accepter l'appel.

— Bonjour. J'appelais juste pour savoir si tu allais bien.

Malgré ses efforts pour s'y préparer, Mandy ressentit un choc physique en entendant sa voix. Elle se cala au fond du siège conducteur du RAV4, presque incapable de respirer. *Je veux rentrer à la maison.* Les mots tonitruaient dans sa tête.

— Tout va bien, dit-elle. Je vais bien… Merci de demander.

Elle se rendit compte à quel point sa voix était plate.

— Tout va bien avec tes parents ?

Bien sûr, elle reconnaissait la voix de Jimmy, mais elle avait l'impression d'avoir une discussion polie avec un parfait inconnu.

— Ils vont bien tous les deux, répondit Mandy, prétendant délibérément ne pas comprendre le sens de sa question.

— Super…

— Oui.

Elle tourna la tête vers la fenêtre tandis qu'une voiture s'arrêtait à l'autre bout du parking. Le début des consultations devait approcher.

— Je ferais mieux d'y aller. J'ai du travail, ajouta-t-elle brièvement.

Elle se sentait étonnamment encore plus vide qu'avant l'appel. Une conversation aussi brève qu'impersonnelle. Elle eut envie de le rappeler, de faire quelque chose – n'importe quoi – pour revenir à leur vie confortable ensemble, mais à moins que l'un d'eux ne change d'avis, cette vie n'existait plus.

Adam apparut alors que Mandy se dirigeait vers le refuge. Il ouvrit les bras pour l'enlacer, et Mandy le serra fort. Pendant un moment, elle resta accrochée à lui, puis relâcha son étreinte, espérant qu'il n'avait pas perçu à quel point elle se sentait perdue et vulnérable.

— Je voulais juste te dire un mot, pour m'assurer que tu ne prenais pas mal notre réaction d'hier, à ta mère et moi. Quand on t'a dit qu'il valait mieux que tu restes chez toi, commença-t-il en reculant d'un pas pour mieux la scruter. Je sais que je te le répète souvent, mais on est très fiers de toi et on t'aime depuis toujours. Mais on veut que tu vives ta propre vie ! C'est important pour nous que tu ne te sentes pas obligée de t'occuper de nous, il faut qu'on se débrouille seuls.

Mandy sentit un élan de culpabilité monter, ainsi que l'envie de lui dire la vérité. Il pensait qu'elle avait gentiment offert d'aider sa mère, mais la véritable raison de sa proposition était tout sauf désintéressée. Pour autant, l'idée de devoir lui annoncer qu'elle vivait chez Geraldine, et non chez elle, lui sembla impossible. Elle ne voulait pas parler de sa séparation, pas avant d'être sûre de ce qui se passait entre Jimmy et elle. Mais qu'arriverait-il, songea-t-elle, quand on commencerait à remarquer qu'elle ne rentrait pas chez elle le soir ? Elle ne pouvait qu'espérer que personne n'en parlerait à ses parents, ou du moins pas avant que la situation ne soit résolue. *Dans quel pétrin me suis-je fourrée*, pensa-t-elle, *moi qui n'ai jamais aimé les secrets.*

— Il faut que j'y aille, annonça Helen en regardant sa montre, après avoir aidé Mandy à préparer les repas de midi. Seb rapporte nos sandwichs dans quelques minutes.

— Merci pour ton aide.

Mandy avait avoué calmement à Helen ce qui s'était passé et où elle logeait, et à son grand soulagement, Helen avait tout digéré sans effroi.

— On se voit après le déjeuner, la salua Helen en sortant.

Mandy entreprit d'essuyer les plans de travail dans la salle de préparation des aliments.

— Comment vas-tu, ma puce ? Je me suis dit que je pourrais sortir un peu voir les chiens.

Mandy se retourna en entendant la voix d'Emily.

— Je vais bien, maman.

Elle remarqua avec un pincement au cœur qu'Emily utilisait ses béquilles. Elle étudia le visage de sa mère à la recherche de signes de douleur, mais bien qu'Emily soit pâle, elle semblait apaisée.

— Je vais emmener les chiens dans le verger. Tu peux aller sur l'herbe avec tes béquilles ?

— Oh ! je deviens une vraie pro ! s'exclama Emily en agitant une béquille en l'air. En avant !

Peu après, elles se tenaient côte à côte au bord du paddock, observant Moutarde, Olive et Jasper trotter autour des arbres, courant parfois ensemble, mais se séparant le plus souvent pour renifler le sol jonché de feuilles.

— Jasper a l'air en forme, commenta Emily. Est-ce qu'il tousse encore le matin ?

— Presque plus. Je pense que nous pourrons bientôt le mettre à l'adoption, il faudra lui trouver un foyer doux et patient.

— Emily ? résonna la voix de Rachel dans l'air immobile et un moment plus tard, elle apparut au portail. Je t'ai préparé un croque-monsieur pour le déjeuner. Le linge est fini, je l'ai plié et posé sur les lits.

Mandy sentit le désarroi s'emparer d'elle. Même si aider Emily n'aurait pas été la raison principale de son retour, elle aurait bien aimé être celle qui lui rendait service. Emily tendit une main et lui serra le bras, comme si elle sentait l'émotion de Mandy.

— Pourquoi ne viens-tu pas te faire un encas, toi aussi ? J'aimerais avoir de la compagnie pendant que je déjeune. En parlant de ça, je sais que ça ne s'est pas très bien passé la dernière fois, mais pourrais-tu inviter Geraldine à dîner un jour de la semaine prochaine ? Je sais que les conditions de notre première rencontre n'ont pas été idéales, mais j'aimerais vraiment apprendre à mieux la connaître.

— Pour dîner ? s'exclama Geraldine. Tu es sûre ?

Elle dévisagea Mandy de l'autre côté de la table. Geraldine avait acheté des lasagnes aux légumes surgelées à la boutique du domaine d'Upper Welford et elles étaient installées dans la cuisine confortable de

Barn End Cottage. Mandy se sentait plutôt détendue après un verre de vin rosé.

— Oui, pour dîner, répéta Mandy.

Elle leva son verre et but une autre gorgée de vin.

— Mes parents ne mordent pas, ajouta-t-elle avec un sourire.

— Oh ! j'en suis convaincue, répondit Geraldine, toujours incertaine.

— Que dirais-tu si je promettais de ne pas mordre non plus ? lança Mandy en se rappelant à quel point elle avait exagéré la dernière fois que Geraldine avait essayé de manger au cottage.

— Ça aiderait un peu, la taquina Geraldine, et les deux femmes échangèrent un sourire. Alors, ils m'ont vraiment invitée ?

— Absolument. Mais, histoire que la situation soit encore plus compliquée, sache que je n'ai pas dit à papa et maman que je vivais ici. Ils pensent que je suis retournée chez moi.

— Tu ne leur as pas parlé de Jimmy ?

Mandy secoua la tête.

— C'est trop difficile. Maman pense que Jimmy est merveilleux et que j'ai de la chance de l'avoir…

Elle s'interrompit, soudain amère :

— Bien sûr, je pourrais l'avoir, si j'acceptais simplement qu'il ne veuille pas la même chose que moi.

Geraldine posa une main sur le bras de Mandy.

— Non, tu ne pourrais pas. Pas vraiment. Ça ne marcherait pas, insista-t-elle en tapotant la manche de Mandy. Je vois bien que tu es une personne généreuse et altruiste. Toujours disponible pour aider un animal ou une personne dans le besoin…

Elle prit une gorgée de vin, puis reposa le verre, sans jamais quitter Mandy des yeux.

— Mais tu as trop d'intégrité pour faire une chose quand tu sais que ce n'est pas bien. C'est inhabituel chez quelqu'un d'aussi jeune, mais j'admire vraiment cette qualité chez toi…

Elle prit une grande inspiration, comme si un souvenir revenait à la surface.

— Et ne t'inquiète pas, je peux dîner avec tes parents sans rien leur dire. Ton séjour ici peut être notre secret. Je ne gafferai pas.

Mandy s'adossa à sa chaise, tentant de se convaincre que c'était exactement ce qu'elle avait demandé. Mais elle ne pouvait s'empêcher d'être tiraillée par les mots de Geraldine. Elle n'était pas à l'aise à l'idée de mentir par omission à ses parents. D'un autre côté, elle faisait confiance à Geraldine. Si elle pensait que Mandy faisait ce qu'il fallait, alors c'était probablement le cas, même si un tel secret la gênait.

Ce fut plutôt agréable d'aller ensemble jusqu'à Vert-Cottage le samedi matin. Elles purent ainsi discuter des corvées de la journée et prévoir différents exercices d'entraînement pour chacun des chiens. Même si Jimmy lui manquait d'une force à lui couper parfois le souffle, Mandy se rendit compte que Geraldine était une excellente colocataire. Mandy avait préparé le petit déjeuner ce jour-là, et Geraldine avait semblé ravie, même si Mandy avait trop cuit les œufs brouillés.

Alors qu'elles conduisaient les chiens dans le verger, Mandy entendit des voitures entrer et sortir du parking. *Papa doit avoir une matinée chargée à la clinique*, pensa-t-elle, se sentant très chanceuse au grand air. Le vent s'était à nouveau levé, comme c'était souvent le cas à l'arrivée de l'hiver, mais malgré le ciel gris, la pluie ne semblait pas près de tomber. Olive et Jasper exploraient lentement les environs, leurs oreilles ébouriffées par la brise. Geraldine se tenait prête avec le tube de fromage pour récompenser les signes de bon comportement.

Mandy entendit une voix lui crier « Bonjour ! » et elle se retourna. Une jeune femme aux cheveux noirs bouclés et un grand jeune homme au crâne rasé avançaient vers elles, tous deux affublés de manteaux assortis.

— J'espère que ça ne vous ennuie pas qu'on vienne à l'improviste ? demanda la femme une fois qu'ils furent assez proches pour discuter facilement. Je sais que c'est un peu soudain, mais nous regardions votre site web et nous avons vu une adorable petite chienne croisée. Elle s'appelle Olive. Serait-il possible de la rencontrer, s'il vous plaît ?

Mandy se sentit un peu décontenancée – d'habitude, elle essayait de fixer les rendez-vous par téléphone, et préparait une liste de points à passer en revue en amont.

Geraldine sembla comprendre sa gêne.

— Mandy, pourquoi n'emmènerais-tu pas M. et Mme… ? intervint-elle en se tournant vers le couple, un sourcil haussé.

— Anderson, répondit le jeune homme. Richie et Bridget.

— … M. et Mme Anderson à la réception, continua Geraldine, et je rentrerai les chiens dans quelques minutes.

— Merci, lui lança Mandy, reconnaissante que Geraldine ait pris les choses en main, avant de s'adresser à Bridget Anderson : Suivez-moi, s'il vous plaît.

Quand Geraldine arriva avec Jasper et Olive, Mandy avait l'impression d'avoir la situation sous contrôle. Et si le jeune couple semblait sympathique, elle commençait à penser qu'ils n'étaient pas prêts à accueillir un chien. Aucun d'eux n'avait possédé d'animal auparavant, et Mandy n'était pas sûre qu'ils aient suffisamment réfléchi à l'adéquation entre leur style de vie et les besoins de l'animal.

— Bref, dit Mandy tandis que Geraldine entrait, voici Olive, si vous souhaitez toujours la rencontrer ?

— Ce serait avec plaisir, s'enthousiasma Richie.

— Elle est assez timide, prévint Geraldine en regardant Mandy. Tu leur as expliqué comment la saluer ?

Mandy acquiesça.

— Oui, je m'en suis occupée. Tu veux mener la présentation ?

— J'adorerais, s'exclama Geraldine, ravie.

Mandy se surprit à scruter la scène avec intérêt. Elle avait pris le temps de donner à Geraldine de nombreuses consignes pour bien présenter les chiens aux adoptants potentiels, et Geraldine avait observé une ou deux fois comment Mandy avait accueilli des clients. Il serait utile de voir comment elle s'en sortait toute seule avec les présentations.

Tout se passa à merveille, mais Mandy n'était toujours pas convaincue d'avoir trouvé les nouveaux propriétaires d'Olive. Elle fit part de ses réserves à Geraldine quand le couple repartit.

— Vraiment ? Ils m'ont semblé adorables. Bridget a un visage très doux.

— C'est vrai, admit Mandy, avant de prendre quelques instants pour réfléchir.

Si son instinct lui disait de se méfier, peut-être que l'esprit de Geraldine était plus stable que le sien ces jours-ci. Et puis, Geraldine s'était chargée des présentations. Peut-être qu'elle en avait vu plus que Mandy, dont l'attention s'était plutôt concentrée sur Geraldine elle-même.

— Qu'est-ce qui te fait penser qu'ils iraient bien ensemble, à ton avis ? insista-t-elle. Un visage doux, c'est un bon point, mais ça ne suffit pas.

Geraldine plissa les yeux, concentrée sur la question.

— C'est vrai, un visage doux ne suffit pas… Bridget semblait très attachée à son mari, dit-elle lentement, et lui semblait ressentir la même chose. Leur relation m'a paru positive et solide. Et ce n'est pas comme s'ils avaient décidé sur un coup de tête d'adopter un chien. Ils sont peut-être venus voir Olive, mais ils savaient déjà qu'ils voulaient un chien de races mêlées…

Elle inclina la tête avant de reprendre :

— En plus, je suis persuadée qu'ils t'ont écoutée très attentivement. Ils ne se sont pas penchés sur Olive, ni ne lui ont mis la pression. Ils ont attendu qu'elle vienne à eux. Et quand la femme a vu qu'Olive avait aplati les oreilles, elle lui a parlé très doucement, comme si elle savait qu'Olive risquait d'avoir peur.

L'esprit de Mandy se dénoua tout à coup. Les observations de Geraldine méritaient d'être prises en compte, et son avis donnait vraiment des points positifs aux Anderson. En fait, elle avait simplement remarqué ce que Mandy aurait normalement dû voir elle-même. Est-ce qu'elle laissait ses problèmes avec Jimmy interférer avec son jugement ?

— Je pense que tu as raison, conclut-elle en souriant à Geraldine. Merci pour ton analyse ! Je parie que tu es une brillante thérapeute.

Geraldine lui rendit son sourire.

— Je fais de mon mieux. Ce n'est pas facile de tout réussir du premier coup dans la vie, mais nous devons tous continuer à nous battre. Et parfois, tout se passe finalement mieux que ce que nous aurions pu espérer.

Mandy hocha la tête.

— C'est vrai, dit-elle. Je téléphonerai aux Anderson demain matin pour savoir s'ils veulent organiser une visite à domicile.

Chapitre 15

Mandy sortit de la grange et passa au coin de la cour du domaine de l'Upper Welford. Elle jeta un coup d'œil sous l'arche menant à la grande cour pavée qui avait été jadis le cœur du domaine. Aujourd'hui, elle abritait des boutiques d'artisans et de fermes locales. D'ici une semaine environ, elles regorgeraient de cadeaux et de décorations de Noël, mais aujourd'hui, il n'y avait qu'une poignée de lumignons d'un blanc chaud habillant les arbres en pot éparpillés partout.

Elle retourna lentement vers sa voiture, flânant devant les vitrines. Elle avait été appelée pour voir une vache malade et devait rentrer bientôt à la clinique, mais c'était presque l'heure du café. Elle balança la bouteille de Dex dans le coffre, puis se retourna pour admirer le paysage. Running Wild, le centre d'accrobranche de Jimmy, se trouvait juste en contrebas de la ferme, hors de sa vue, mais il ne lui faudrait qu'une minute pour le rejoindre en voiture.

Elle se laissa tenter – après tout, ce n'était pas comme si elle l'avait complètement quitté, se dit-elle. Elle avait déménagé pour se donner le temps de réfléchir. Peut-être que le voir l'aiderait à se décider dans un sens ou dans l'autre. Deux minutes plus tard, elle se garait sur le parking à côté du bâtiment en bois.

Jimmy était là, debout devant le bureau en préfabriqué, s'adressant à un cercle d'hommes et de femmes.

Cela ressemblait à l'un de ces séminaires d'entreprise et les participants écoutaient tous attentivement Jimmy leur parler du déroulé de la journée. Mandy se surprit à le dévorer des yeux. Il avait toujours l'air si sérieux lorsqu'il faisait une présentation. Ses cheveux bruns courts étaient coiffés sur le côté. Ses yeux verts balayèrent la clairière avant de s'arrêter sur Mandy, et l'espace d'un instant, son visage fut traversé par un éclair de bonheur simple, avant de reprendre une posture professionnelle.

— C'est tout ce que j'avais à dire au sujet du parcours d'accrobranche, annonça-t-il. Je vais maintenant laisser la parole à Kim Davey, mon assistant, qui va vous expliquer quelques points de sécurité pour le quad.

Il se dirigea vers Mandy et elle se dit brièvement qu'il allait l'embrasser, mais il s'arrêta net et lui offrit un sourire prudent, un peu sur la réserve.

— Je suis content de te voir. Tu nous manques à la maison, aux chiennes et à moi.

Mandy réussit à sourire en retour.

— Désolée de te déranger au travail. J'étais à Upper Welford pour voir une vache.

— Tu as le temps de prendre un café ? proposa Jimmy. On peut aller dans le préfa, si tu veux. Il y fait plus chaud.

Il la mena dans ce que Mandy avait baptisé, sur un ton un peu taquin, le QG de Running Wild. L'espace y était très pratique : trois chaises en plastique regroupées autour d'une table, une petite bibliothèque contenant des cartes et des brochures, et une bouilloire un peu plus loin sur une autre petite étagère, à côté d'un pot de café instantané et d'un autre de crème.

Jimmy mit la bouilloire en marche, versa du café et de la crème dans deux tasses et s'assit en face de Mandy. Maintenant que Mandy l'observait de plus près, elle le trouvait fatigué. Même s'il souriait, elle remarqua les petites rides qui se formaient au coin de ses yeux lorsqu'il n'avait pas assez dormi.

— Comment vas-tu ? demanda-t-il.

— Pas trop mal, répondit Mandy. Et toi ?

Jimmy lui adressa à nouveau ce sourire trop poli.

— On va tous bien…

Il la dévisagea un moment, comme s'il réfléchissait à ce qu'il allait dire ensuite.

— As-tu réfléchi à ton retour à la maison ? Ou est-ce que tu veux que je déménage ?

Mandy perçut de la douleur dans ses yeux, mais elle n'aurait pas su dire s'il était bouleversé par leur relation ou s'il trouvait juste la conversation pénible. Les sujets trop personnels avaient toujours été difficiles à aborder pour lui.

Elle fut submergée par une vague de lassitude à l'idée de ressasser ces sujets difficiles, mais à quoi s'était-elle donc attendue ? Ils pouvaient difficilement discuter de la pluie et du beau temps.

— Je ne suis toujours pas sûre, admit-elle. Je sais ce que je veux et je sais que tu veux quelque chose de différent…

Elle poussa un soupir triste.

— Je ne veux pas te perdre.

Au moment même où elle prononça ces mots, sa poitrine lui brûla comme si elle l'avait déjà perdu.

— Je peux te prendre dans mes bras ? demanda Jimmy.

Mandy le dévisagea, surprise. Non pas qu'il ne soit pas branché câlin, mais en temps normal, c'était plutôt elle qui lui ouvrait les bras.

— Bien sûr, dit-elle en se levant et en avançant vers lui.

Il l'entoura de ses bras et la serra contre lui pendant un long moment, la tête posée sur la sienne. Mandy respira son parfum en s'efforçant de ne pas pleurer.

Quand ils s'écartèrent l'un de l'autre, elle se sentit plus vide que jamais.

— Je suis désolé, dit Jimmy. Je dois retourner au travail. Ça va aller ?

Mandy acquiesça.

— Appelle quand tu veux, lui lança-t-il en descendant les marches du bureau. Je sais que ce n'est pas facile, mais je suis là ou à la maison si tu as besoin de moi.

Des larmes se mirent à couler sur le visage de Mandy tandis qu'elle roulait vers Welford. Elle allait devoir prendre une décision, Jimmy ne pouvait pas toujours être là pour elle, à moins qu'elle ne choisisse d'accepter de vivre selon ses conditions à lui. Mais plus ils étaient séparés, moins elle sentait que c'était ce qu'elle voulait. Pourtant, il lui était impossible d'imaginer un avenir avec un autre homme que Jimmy. Ces pensées tourbillonnèrent, encore et encore, jusqu'à ce qu'elle ait envie de hurler à pleins poumons.

— Tu peux tenir ça, s'il te plaît ? demanda Toby. Mandy et lui opéraient un labrador afin de stabiliser l'articulation de son genou.

En voyant le gros chien noir arriver en boitant à la clinique ce matin-là, Mandy s'était souvenue de Blackie, le chien de James quand il était petit. Leur patient du jour avait de grands yeux bruns et une démarche plutôt chaloupée causée par une rupture du ligament de son genou gauche.

Mandy attrapa les poignées des pinces à artères et les éloigna de Toby. C'était un chirurgien très doué, et il était toujours intéressant de l'aider à opérer.

— Presque fini, marmonna Toby.

Il se redressa, attendant qu'Helen rapporte un autre kit de suture Vicryl pour refermer la zone opérée. Une fois Helen sortie, il se tourna vers Mandy avec un regard plus sérieux.

— Juste pour info, j'étais au Fox and Goose hier soir et j'ai entendu dire que tu avais quitté ton domicile.

Mandy eut l'impression d'avoir été plongée dans un bac d'eau froide. Elle voulait lui demander qui lui en avait parlé, mais ça n'avait pas vraiment d'importance. Elle hocha la tête, la bouche figée en une ligne dure.

— Je ne compte pas être indiscret, poursuivit Toby. Je voulais juste que tu saches que la rumeur court déjà.

Les doigts de Mandy s'agrippaient fort aux pinces. Si Toby savait, combien de temps faudrait-il à Adam et Emily pour le découvrir ?

— La personne que j'ai entendue habite près de chez toi. Je leur ai dit que tu voulais être là pour tes parents tant que ta mère n'allait pas bien. Je sais que tu ne dors pas ici, mais j'ai pensé que ça pourrait les faire taire pour l'instant.

— Merci, souffla Mandy, soudain faible.

Une toile de secrets et de mensonges semblait s'étendre autour d'elle, la piégeant comme une mouche.

— Je ne sais pas ce qui se passe, murmura Toby gentiment, mais j'espère que vous pourrez régler ça. Jimmy est un bon gars.

La colère monta dans la gorge de Mandy.

— Je sais que c'est un bon gars. Mais ça ne suffit pas ! s'écria-t-elle avant de se taire, se mordant la langue. Désolée… La situation est un peu compliquée.

Toby lui offrit un sourire compatissant.

— Laisse-lui un peu de temps. En général, les choses finissent toujours par s'arranger d'elles-mêmes.

Mandy ne parvint pas à lui rendre son sourire. Elle ne voyait pas trop comment leur problème pourrait se régler de lui-même.

La porte claqua derrière eux et Helen s'approcha, le matériel de suture dans les mains.

— Merci, Helen, lui lança Toby.

— C'est toujours un plaisir de travailler avec toi, sourit l'infirmière en retour avant de reprendre sa place à côté de la machine d'anesthésie.

Toby fit un petit signe de tête à Mandy, comme pour la rassurer tacitement.

Mandy ressentit un étrange soulagement en traversant le parking ce soir-là avec Geraldine. Elles avaient fini au refuge et allaient dîner avec Adam et Emily. Au moins, si des yeux curieux l'épiaient, ils la verraient rentrer au cottage après le travail. Le temps qu'elles retournent au Barn End Cottage, il ferait bel et bien nuit. *Non pas qu'on m'espionne*, se dit Mandy à la hâte. Elle n'était vraiment pas un sujet de rumeur digne de ce nom, même pour les standards de Welford !

Geraldine avait insisté pour apporter un gâteau au chocolat pour le dessert. Elle semblait déterminée à faciliter le travail pour Emily, aida à débarrasser la table et à faire le café aux côtés d'Adam après, et insista finalement pour partir tôt, laissant Mandy passer la soirée avec sa mère et son père.

— Elle a l'air très gentille, commenta Adam en aidant Emily à s'installer au salon.

Le feu était allumé et l'atmosphère très confortable.

— Oui, je suis d'accord, dit Emily, mais suis-je la seule à avoir l'impression d'avoir été interrogée par une journaliste ?

Adam s'esclaffa.

— C'était un peu ça, en effet.

Clairement, Geraldine avait posé beaucoup de questions. Elle leur avait demandé comment ils s'étaient rencontrés et quels étaient les moments marquants de leur carrière. Elle avait aussi fait l'éloge de Mandy, expliquant à quel point elle était douée avec les animaux et combien le refuge était bien géré. Mandy s'était sentie aussi ravie que gênée. Une ou deux fois, elle s'était demandé si l'invitée allait révéler qu'elle logeait chez elle, mais à chaque fois, Geraldine avait ramené la conversation sur des terrains plus sûrs.

Mandy essaya de se détendre et de profiter de la chaleur du feu, mais se trouver ici entre son père et sa mère n'était pas aussi relaxant que d'habitude. Elle détestait leur cacher des choses et craignait qu'ils lui demandent si Jimmy l'attendait à la maison. À 21 heures, soulagée, elle prit congé. Rentrer à Barn End Cottage s'avéra étonnamment réconfortant. Geraldine l'avait attendue et une casserole de lait fumait sur la cuisinière.

— Un chocolat chaud avant de nous coucher ? proposa Geraldine. C'est un peu mon poids faible, j'en ai peur.

— À moi aussi ! avoua Mandy. Papa et maman n'arrivent pas à croire que j'aime encore savourer une bonne tasse de chocolat. Je crois qu'ils espéraient que ça me passerait en grandissant !

— On n'est jamais trop vieux pour le cacao, déclara Geraldine en versant du lait chaud sur des palets de véritable chocolat dans deux tasses.

Submergée de gratitude, Mandy prit la sienne et l'entoura de ses mains. Malgré la distance qui la séparait de ses parents et de Jimmy, elle se sentait de plus en plus à l'aise, comme chez elle, ici à Barn End Cottage auprès de Geraldine.

Au fil des jours, cette impression que Barn End Cottage était un havre de paix loin de tout le malheur du monde de Mandy se confirma. Pendant la semaine,

Mandy n'avait qu'à s'occuper de Sky et elle. Le cottage lui-même était adorable. Elle aimait sa petite chambre sous les combles et, quand le temps se refroidissait, la manière dont la cuisinière à huile gardait tout le cottage bien au chaud.

Quand Geraldine était là le week-end, c'était encore mieux. Elle se révélait de bonne compagnie, toujours de bonne humeur et généreuse, sans jamais être envahissante. Comme Mandy, la solitude ne la gênait pas, et elle n'insistait pas pour accompagner Mandy chaque fois qu'elle emmenait Sky en promenade ou qu'elle voulait lire en paix.

Mandy se leva tôt le samedi et remonta le store du Velux. Le soleil blanc scintillait contre le verre givré, et le ciel bleu clair s'arquait au-dessus de la bruyère d'hiver d'un vert profond. L'herbe éparse s'était drapée d'une pâleur glaçée. Mandy ouvrit la fenêtre et passa la tête à l'extérieur. Les tuiles rouges du toit étaient recouvertes d'un givre duveteux et immaculé. Mandy se laissa gagner par la joie en entendant les cloches de l'église résonner dans l'air pur, si froid et immobile.

Elle rentra la tête et ferma la fenêtre. Après avoir pris une douche et s'être habillée en veillant à bien superposer les couches de vêtements, elle descendit avec Sky. Elle fut heureuse de constater qu'elle avait été exceptionnellement plus matinale que Geraldine. Son hôtesse faisait toujours plus que sa part de cuisine, et Mandy se dit qu'elle aimerait bien lui faire plaisir pour une fois.

Mandy enfourna une plaque de muffins faits maison. Geraldine avait préparé la pâte aux raisins secs hier soir, et les gâteaux fleuraient délicieusement bon la cannelle et les épices de Noël. Mandy sentit monter en elle les prémices de l'excitation festive. Elle adorait l'hiver et, malgré quelques inquiétudes sur le déroulé du 25 décembre cette année, elle se réjouissait des préparatifs saisonniers et de leur insouciance joyeuse.

Elle alluma la cafetière quand elle entendit Geraldine se lever et se déplacer. À son arrivée dans la cuisine, Mandy avait mis la table et sorti les muffins du four.

La jeune femme fut récompensée par l'expression de plaisir flagrant de Geraldine.

— Oh ! tu es vraiment adorable !

Elles prirent chacune un muffin bien chaud et Mandy servit le café, avec un peu de crème pour la gourmandise.

— Je commence à aimer les matins de week-end, déclara Geraldine. C'était un vrai régal, merci.

Mandy sourit.

— C'est moi qui devrais te remercier. Tu pâtisses merveilleusement bien.

— C'est agréable à entendre, répondit-elle, rayonnante. Je peux t'apprendre si tu veux. J'aimerais beaucoup qu'on fasse quelque chose ensemble cet après-midi – après avoir été à Vert-Cottage, bien sûr.

Mandy était ravie. Toby était de garde ce week-end, et elle ne savait pas comment occuper sa journée.

— Que dirais-tu d'une promenade avant qu'il ne fasse nuit ? suggéra-t-elle. Peut-être pourrions-nous remonter Silver Dale jusqu'à la rivière ?

— Ça serait super, confirma Geraldine. Comme ça nous aurons bien faim pour tout ce que nous allons cuisiner !

Elles accomplirent les corvées du refuge en un temps record.

— Est-ce qu'on emmène certains des chiens avec nous ? demanda Geraldine alors qu'elles se tenaient debout dans le chenil.

— Bonne idée, prenons Jasper et Olive.

Elle avait rendu visite aux Anderson pendant la semaine, et si tout se passait bien, Olive serait adoptée d'ici quelques jours. L'instinct de Geraldine s'était avéré juste, et même si le couple était plutôt jeune et novice, Mandy était convaincue qu'il donnerait à Olive un excellent foyer. Une longue promenade aujourd'hui permettrait à Olive d'acquérir une précieuse expérience de la laisse et l'aiderait à prendre confiance dans un environnement peu familier.

Adam et Emily sortirent tandis qu'elles faisaient grimper les chiens dans la voiture. Mandy fut ravie de constater que sa mère se déplaçait sans béquilles aujourd'hui, même si elle s'appuya lourdement sur Adam pour descendre les deux marches devant la porte de la cuisine.

— Tu les emmènes faire un tour ? lança Adam en voyant Mandy aider Jasper à monter à l'arrière de la voiture, avant d'attacher son harnais de sécurité.

— Comment va Olive ? intervint Emily, en s'adressant à Geraldine, pour le plus grand plaisir de Mandy.

Même si les deux femmes semblaient désireuses de mieux se connaître, il y avait toujours une certaine tension entre elles. Mandy regrettait d'être intervenue ainsi lors de leur première rencontre.

Geraldine et Emily discutaient encore d'Olive lorsque Mandy sentit son portable vibrer au fond de sa poche : un texto de Jimmy.

J'espère que tu passes un bon week-end.

Elle ressentit une pointe de douleur. Il essayait tellement d'être amical, de rester en contact. Mandy ne savait pas vraiment quoi faire. Il vivait toujours chez elle, et même si elle se demandait s'il fallait lui dire de déménager, c'était si agréable de vivre à Barn End Cottage qu'elle ne se sentait pas pressée.

Elle décida de rédiger un message de réponse et l'envoya aussitôt, pour ne pas trop y réfléchir.

En route pour une randonnée avec G + les chiens ! Bien emmitouflées !

Elle fut soulagée de voir ses parents rentrer au cottage, leur permettant ainsi d'entreprendre le court trajet jusqu'à Six Oaks où elles allaient se garer.

Molly se trouvait dans la cour à leur arrivée. Mandy lui fit un signe de la main et la propriétaire des écuries lui répondit. Quelques minutes plus tard, Geraldine et Mandy remontaient à grandes enjambées le sentier longeant la rivière en lisière de vallon.

— Je sais que tu es déjà venue ici grâce à ton carnet de croquis, dit Mandy à Geraldine, qui cheminait à côté d'elle, leurs pas synchronisés, mais connais-tu bien le vallon lui-même ?

Geraldine secoua la tête.

— Je suis tombée dessus plus ou moins par accident, admit-elle.

Mandy montra du doigt la plus haute des collines refermant l'extrémité de l'étroite vallée.

— Celle-là, là-bas, avec la longue crête au sommet, s'appelle Lang Crag. Et celle-là, reprit-elle en désignant la pente raide sur leur gauche, c'est Guldale Peak. C'est l'un des sommets de la course annuelle de Welford Hill. Et là-bas, c'est Silver Tor.

Elle pointa le plus reconnaissable de tous les monts. Une longue empreinte d'éboulis coulait presque de haut en bas et un rocher trônait au sommet, là où la Silver Force déversait ses eaux brunes tourbeuses.

— Pourquoi ce nom, Silver Dale, la vallée argentée ? demanda Geraldine.

Elles avaient quitté la large piste et se faufilaient sur un chemin étroit à travers la bruyère. Le gel s'accrochait encore à l'herbe partout où l'ombre régnait. Mandy entendait l'eau serpenter dans le ravin rocheux un peu plus loin sur leur gauche. Olive courait devant et Jasper trottinait à côté d'elles. L'air était frais sur les joues de Mandy et elle se mit à sourire en répondant.

— La rivière qui traverse le vallon s'appelle la Silver Beck. J'avais l'habitude de venir ici avec mes grands-parents quand j'étais toute petite. Mamie m'a dit qu'elle ne s'appelait pas Silver Beck à cause de sa couleur, mais parce qu'il y a des années des prospecteurs cherchant du plomb ont trouvé des pépites de minerai d'argent au fond du lit.

Geraldine sourit.

— C'est captivant de t'entendre parler des collines, tu es manifestement à ta place ici.

— Tu as tout à fait raison. Mes racines sont profondes ici, à Welford. J'ai dû partir à l'université, bien sûr, puis j'ai vécu à Leeds pendant quelque temps, mais j'ai fini par revenir là où tout a commencé.

— Tu as d'autres souvenirs de ton enfance ?

Mandy était toujours ravie de parler de son enfance à Animal Ark.

— Tu n'as pas encore rencontré mon ami James, dit-elle à Geraldine, mais lui et moi étions inséparables quand nous étions petits. C'était génial de vivre à côté du travail de papa et maman. James était aussi fou des animaux que moi. On emmenait son chien Blackie faire de longues promenades dans la lande. Il y avait toujours plein de choses à faire à la clinique et, entre deux coups de main, nous faisions plein de trucs, on sauvait des animaux sauvages, et bien sûr pas mal de bêtises !

— Oh ! je n'arrive pas à croire que tu aies fait des bêtises, protesta Geraldine. Cette enfance me paraît idyllique.

Mandy acquiesça.

— C'est vrai. J'ai eu la meilleure enfance du monde !

Elle se surprit à se demander où Geraldine avait grandi – elle ne savait presque rien de son passé. Le chemin s'était un peu rétréci et elle dut tourner la tête pour regarder par-dessus son épaule.

— Et toi ? osa-t-elle. Qu'est-ce que tu faisais quand tu étais petite ?

Geraldine haussa les épaules.

— Mon enfance n'avait rien d'excitant. J'ai grandi en banlieue de Manchester et les seules aventures animales que j'y ai vécues consistaient à repousser les chats du voisinage qui m'empêchaient de dormir la nuit.

Elles atteignirent finalement Silver Force, essoufflées par la montée abrupte jusqu'au sommet. Mandy laissa le rugissement de la chute d'eau emplir ses oreilles. L'onde cascadait à la verticale sur des centaines de mètres, se déversant dans un bassin entouré d'une zone d'herbe plate où les familles venaient se baigner l'été. Après s'être régalées de la vue, les deux femmes redescendirent jusqu'à Six Oaks tandis que le soleil se couchait. Olive avait encore beaucoup d'énergie, mais Jasper semblait fatigué. Ils allaient tous deux bien dormir ce soir, pensa Mandy.

— Ça te dérange si on fait un crochet par les écuries ? demanda Mandy à Geraldine alors qu'elles arrivaient dans la cour pavée. Un de mes anciens protégés vit ici et il n'est pas très en forme ces temps-ci.

— Bien sûr que non, lui assura Geraldine. J'aimerais bien rencontrer les chevaux.

Molly sembla heureuse de les accueillir.

— Viens voir les jumeaux Biscuit, proposa-t-elle à Geraldine.

Elle lui présenta Bourbon et Mini-Donut, toujours aussi vifs et adorables. Alors qu'elles remontaient la piste, laissant les deux hongres gallois derrière elles, Mandy entendit Olive aboyer dans la voiture.

— Je ferais mieux d'aller voir ce qui se passe, dit-elle à Molly. Je reviens dans une minute pour voir Bill.

— Je m'en occupe, intervint Geraldine. Ça ne me dérange pas de rester dans la voiture pendant que tu examines le cheval.

— Tu es sûre ? insista Mandy, et Geraldine hocha la tête, sûre d'elle.

— Promis, ça va aller, dit-elle, et elle partit au trot en direction du RAV4.

— Bill a l'air d'aller beaucoup mieux, annonça Molly en guidant Mandy à travers la cour.

En effet, Mandy fut soulagée de constater que sa respiration s'était considérablement améliorée.

— Il semble aller mieux quand le temps se rafraîchit, ajouta Molly.

Mandy sortit son stéthoscope de la poche de sa veste. Les poumons de Bill crépitaient encore légèrement, mais il semblait stabilisé.

— Peut-être qu'une sorte de pollen d'automne le dérangeait, suggéra-t-elle.

— Ou de la moisissure ou autre chose, concéda Molly en remettant la couverture de Bill en place avant de boucler les sangles, et de se tourner vers Mandy en fronçant les sourcils. Je sais que ce ne sont pas vraiment mes affaires, mais c'est vrai que tu as quitté Jimmy ?

Mandy sentit son visage s'empourprer.

— Je suis vraiment si fascinante que ça ? répliqua-t-elle. Qui joue les commères ?

Molly eut l'air un peu gênée.

— Je ne savais pas que c'était un secret. J'ai l'impression que tout le monde est au courant.

Mandy soupira.

— Désolée d'avoir été un peu brusque… J'en ai juste un peu marre de ne pas pouvoir faire quoi que ce soit sans que quelqu'un en parle au Fox and Goose.

Molly gloussa.

— Tu devrais faire comme moi. Donne-leur une information croustillante pour qu'ils se fassent les dents. Je vais à une soirée de *speed dating* à York la semaine prochaine. Pourquoi ne pas m'accompagner ?

— Ce n'est pas vraiment mon truc.

Molly posa les mains sur ses hanches.

— Mais comment le sauras-tu si tu n'essaies pas ? Donne-toi un jour ou deux, tu pourrais changer d'avis !

Mandy secoua la tête.

— Contrairement à toi, je suis strictement végétarienne. Je te laisse le soin de dévorer les hommes.

Molly haussa les épaules.

— Eh bien ! Tant pis pour toi. Faudra pas m'en vouloir si tu deviens une vieille fille.

Chapitre 16

Les premiers jours après sa séparation et son départ de chez elle, les jours avaient semblé passer comme au ralenti. Soudain, ils filaient à toute vitesse. En se rendant à Animal Ark mardi matin, elle réalisa avec stupeur que cela faisait exactement trois semaines qu'elle avait quitté sa maison. Elle savait qu'il ne fallait pas s'attendre à aller mieux tout de suite, mais certains jours elle se sentait aussi désorientée et perdue qu'au tout premier. Peut-être qu'elle devrait accompagner Molly pour sa prochaine sortie speed dating, se dit Mandy, se surprenant à sourire à cette idée. Le speed dating ne serait jamais son truc, même si elle était sans complexe et libre.

Elle se dirigea vers la clinique et fut surprise de voir que la lumière de la salle d'attente n'était pas encore allumée. Quand elle essaya d'ouvrir, la porte était toujours verrouillée. Une voiture vide, et que Mandy ne reconnut pas, était garée sur le parking.

Aujourd'hui, c'était à son père d'ouvrir Animal Ark. Était-il déjà à l'intérieur, occupé avec un client ? Peut-être avait fermé à clé en attendant l'arrivée d'Helen, mais lorsque Mandy frappa à la porte vitrée, personne ne répondit. La panique commençait à la gagner tandis qu'elle se dirigeait vers la porte de la cuisine. Heureusement, celle-ci s'ouvrit facilement. La cuisine, en revanche, était également vide. Mandy poussa la porte donnant sur le couloir.

— Maman ? Papa ?

Un lourd grincement résonna à l'étage, puis des pas.

— Mandy ?

C'était la voix d'Adam, qui semblait tendu et inquiet. Mandy sentit sa panique monter d'un cran. Elle grimpa les escaliers deux par deux et Adam la rejoignit sur le palier.

— Qu'est-ce qui se passe ?

— Ta mère ne va pas bien. La Dr Grace est là, mais tu peux entrer.

Mandy pénétra dans la chambre, Emily était allongée dans son lit, le visage trempé de sueur, d'une pâleur mortelle. Lorsqu'elle vit Mandy, elle tenta de sourire et de se redresser, mais sa tête retomba sur l'oreiller.

— Doucement, murmura la jeune médecin, assise au bout du lit, une main autour du poignet d'Emily pour vérifier son pouls. La morphine va bientôt faire effet, mais la gabapentine prendra un peu plus de temps.

Elle avait l'air calme et imperturbable, ses cheveux bruns soigneusement coiffés, sa chemise blanche impeccable.

Mandy observa avec horreur sa mère luttant pour respirer malgré la douleur des spasmes secouant son corps. Emily tendit une main vers sa fille.

— Je suis désolée, balbutia-t-elle. Je ne voulais pas que tu me voies comme ça.

Les yeux de Mandy se remplirent de larmes.

— Oh ! ma petite maman…

Elle voulait dire à Emily qu'elle n'avait pas à s'excuser, mais les mots restèrent coincés dans sa gorge. Elle s'assit à côté de sa mère et prit délicatement sa main dans les siennes, aussi frêle qu'une aile d'oisillon entre ses doigts.

La Dr Grace dut partir voir un autre patient, mais elle demanda à Adam de la rappeler si l'état d'Emily ne s'améliorait pas. Adam s'assit de l'autre côté du lit et pressa un gant de toilette humide sur le front de son épouse. Au rez-de-chaussée, Mandy entendit Helen et Toby ouvrir la clinique. Son père leur avait envoyé un message pour leur expliquer où ils étaient, et comme d'habitude, ils avaient la situation sous contrôle.

Peu à peu, la respiration d'Emily s'apaisa et la douleur disparut de ses yeux.

— Ça va mieux maintenant... Vous n'avez pas de consultations, ce matin ?

Sa voix s'affaiblissait doucement à cause des analgésiques.

— On ne va pas te laisser seule, répliqua Mandy doucement, et Adam caressa les cheveux d'Emily.

Dans ses yeux se lisait l'inquiétude et Mandy se demandait s'il avait réussi à dormir cette nuit.

Des pas légers résonnèrent dans la cage d'escalier et Rachel passa la tête par la porte.

— Helen m'a appelée. Je peux rester avec Emily, dit-elle à Adam et Mandy. Est-ce que ça te conviendrait, Emily ?

Emily hocha la tête, les yeux un peu perdus dans le vide, comme si elle était tout autant épuisée que désorientée.

— Appelle-moi dès que son état change, ordonna Adam, et Rachel sourit.

— Bien sûr.

Une fois dans la cuisine, Adam se frotta le visage à deux mains, appuyant ses index sur ses tempes comme pour soulager une migraine.

— La docteure pense que c'est quelque chose appelé « douleur centrale », en lien avec la lésion nerveuse, expliqua-t-il à Mandy. Mon Dieu, elle était à l'agonie. Même le poids de la couette était insupportable... Espérons que les comprimés de gabapentine soulageront les spasmes musculaires. Le Dr Grace ne veut pas encore la mettre sous morphine en continu.

— Elle allait bien ce week-end ? demanda Mandy, qui se sentait coupable d'avoir passé du bon temps avec Geraldine alors que sa mère aurait pu avoir besoin d'elle.

— Elle allait bien jusqu'à hier soir, la rassura Adam. Je t'aurais appelée sinon.

— Merci. Je veux être là pour vous deux, tu le sais.

Adam se pencha et déposa un baiser sur le sommet de sa tête.

— Je le sais, bien sûr. Nous avons beaucoup de chance de t'avoir. Maintenant, enfilons notre blouse blanche et allons soigner nos patients à quatre pattes !

Mandy eut du mal à se concentrer sur ses cas, et ressentit un profond soulagement en voyant Vicky Beaumont dans l'encadrement de la porte de sa salle de consultation.

— J'ai amené Winnie et Tigrou pour un contrôle.

— Comment vont-ils ?

— Tout va très bien ! Ils ont escaladé les rideaux du salon et déchiré un rouleau de papier toilette entier sur le sol du salon, mais ils font déjà partie de la famille. Les filles les adorent, et même moi, je m'habitue à eux, ajouta-t-elle avec un clin d'œil.

Mandy s'efforça de sourire, mais Vicky fronça les sourcils.

— Tout va bien ?

— Je suis désolée, s'excusa Mandy en attrapant Winnie et en portant le petit corps noir et blanc contre sa joue, où il se blottit en ronronnant. Maman a passé une mauvaise nuit, c'est tout. Je sais que c'est égoïste, mais je déteste la voir comme ça.

Vicky posa une main sur l'épaule de Mandy, la serrant doucement.

— Je suis navrée d'entendre ça. Je n'ai jamais rencontré ta mère, mais elle a l'air d'être une femme exceptionnelle.

— Oui, vraiment.

— La sclérose en plaques est si difficile… J'ai soigné quelques patients atteints de cette maladie. C'est tellement compliqué de ne pas savoir ce qui va se passer.

Elle fit un pas en avant et enveloppa Mandy de ses bras, son étreinte sûre et amicale. Mandy se sentit vraiment réconfortée, mais résista à l'envie de sangloter sur l'épaule de Vicky.

— Ce n'est jamais facile de franchir ce cap… quand tes parents cessent de s'occuper de toi et que c'est à toi de t'occuper d'eux, murmura son amie.

Mandy se souvint de la maison de Vicky et des équipements pour personne handicapée. À quel âge Vicky avait-elle commencé à s'occuper de sa mère ? se demanda-t-elle.

— Soyez honnêtes l'une envers l'autre sur ce que vous traversez, et l'amour vous aidera à faire le reste du chemin, reprit Vicky. Votre famille est forte et unie, ça saute aux yeux.

Mandy renifla et repassa quelques mèches derrière ses oreilles.

— Merci.

— Je suis là si tu as besoin, ajouta Vicky avec un doux sourire.

Mandy dormit étonnamment bien à Barn End Cottage cette nuit-là. Elle s'était attendue à rester éveillée, à s'inquiéter pour sa mère. Mais au réveil, l'anxiété retomba comme une pierre froide au fond de son estomac. Il n'était que 7 heures, trop tôt pour téléphoner à ses parents au cas où ils feraient la grasse matinée.

Si seulement Jimmy était là. Avec lui, tout irait mieux, pensa-t-elle. Elle regarda son téléphone, espérant à moitié y voir un message en attente, en vain. Devrait-elle lui envoyer un message à propos d'Emily ? Elle s'était retenue hier, mais maintenant, allongée ici, elle ressentait le besoin de lui parler. Ne voudrait-il pas savoir, après tout ? Elle se mit à rédiger une phrase. Elle ne voulait pas paraître trop dramatique, mais la crise d'Emily avait été si effrayante qu'il était difficile de feindre la sérénité. Elle cliqua sur « Envoyer », puis resta là, immobile sur le matelas, un peu mal à l'aise. Jimmy et elle étaient toujours amis, mais il était beaucoup trop tôt pour envoyer un message aussi intense.

Elle repoussa la couette, s'extirpa du lit et se dirigea vers la petite salle de bains. Elle était sur le point d'entrer dans la douche quand son téléphone sonna.

— Tu vas bien ? demanda Jimmy en guise de bonjour.

Mandy s'assit sur le lit, tremblante.

— Je vais bien, articula-t-elle avant de s'éclaircir un peu la gorge. Maman allait un peu mieux hier soir, mais c'était horrible de la voir souffrir autant.

— Ça a dû être terrifiant pour vous tous… Peux-tu leur dire que je les embrasse et que je pense bien à eux, quand tu les verras ?

— Promis.

Mandy réalisa soudain que ses parents pourraient se demander pourquoi Jimmy ne venait pas les voir en personne.

— Dis-moi si je peux faire quoi que ce soit, poursuivit Jimmy. Appelle-moi, de jour comme de nuit.

Mandy sentait les larmes lui monter. Comment pouvait-il être si généreux et aimant, et pourtant si déterminé à ne pas l'épouser ? Ferait-il la même chose pour n'importe qui dans le besoin ? Sa voix avait semblé remplie d'amour et de compréhension face à ce qu'elle traversait. *Je t'aime*. Elle voulait le crier, mais ces mots étaient interdits. Il voulait un avenir différent, se rappela-t-elle. Il pourrait bien porter tout l'amour du monde, si elle voulait un mariage et des enfants et pas lui, alors il n'était pas fait pour elle.

Mandy balança le perfide téléphone sur le lit et retourna dans la salle de bains. Elle ouvrit le robinet et resta un long moment sous le jet d'eau chaude. Quand elle en sortit enfin, Sky l'attendait derrière la porte. Elles logeaient ici depuis près de quatre semaines, pourtant Sky ne s'était pas acclimatée aussi bien que Mandy l'avait espéré au début. Elle n'aimait ainsi pas perdre Mandy de vue. *Toutes ses copines doivent lui manquer*, pensa Mandy.

Elles descendirent ensemble prendre le petit déjeuner. Geraldine accueillit Mandy d'un sourire bienveillant.

— Tu as bien dormi ?

— Mieux que je n'aurais pensé.

Geraldine posa la cafetière sur la table.

— Tu sais quel jour on est ?

Mandy secoua la tête.

— C'est le jour où il faut commencer à penser à Noël ! s'exclama Geraldine. Le mois de décembre a débuté il y a déjà une semaine, et je ne sais pas pour toi mais, moi, je n'ai même pas songé aux achats de Noël, reprit-elle en s'asseyant pour verser du café dans deux tasses. Je sais que c'est une période difficile pour toi, mais je me suis dit qu'on pourrait peut-être te changer les idées. J'aimerais faire quelque chose pour célébrer le début de notre Avent personnel ! Si ça te dit, pourquoi ne pas aller faire des courses de Noël à York ce week-end ?

Mandy se surprit à trouver l'idée tentante. Elle n'avait rien de prévu samedi, et York était agréable en toute saison. Tout ce qui pouvait la distraire de Jimmy était bon à prendre, et elle savait que son père l'appellerait si l'état de sa mère devait se dégrader.

À 10 heures le samedi matin, elles laissèrent Sky aux bons soins de Rachel à Animal Ark, après s'être occupées des petits résidents du refuge. Mandy passa voir sa mère et fut soulagée de la trouver assise dans son lit, petit-déjeunant d'un bol de muesli. Elle semblait heureuse que Mandy sorte pour la journée et lui demanda de lui rapporter des cartes de Noël.

Alors qu'elles traversaient Welford en voiture, Geraldine sembla vouloir remarquer chaque élément prouvant que Noël était au bout du calendrier. Des guirlandes d'étoiles dorées et vertes étaient suspendues à la fenêtre du bureau de poste. Le Fox and Goose était habillé de guirlandes vertes sur chaque porte et fenêtre, une décoration de bon goût ressortant contre l'ancien bâtiment noir et blanc. Et lorsqu'elles passèrent devant l'église, Mandy aperçut deux hommes manœuvrant un énorme sapin dans le bâtiment, à travers les grandes portes en bois.

Le trajet passa à toute allure, coupant le paysage hivernal.

— Ça ne t'embête pas si je préviens James ? demanda Mandy à Geraldine alors qu'elles se garaient sur le parking proche du centre-ville. On pourrait déjeuner avec son compagnon Raj et lui, si ça te va ?

Geraldine eut l'air enchantée.

— J'adorerais les rencontrer !

Mandy envoya un message à James, qui les invita aussitôt à déjeuner au café. Mandy lui avait dit qu'elle logeait chez Geraldine, et elle savait qu'il mourait d'envie de rencontrer sa nouvelle colocataire.

Alors qu'elles atteignaient les ruelles sinueuses du centre-ville, regorgeant de petites boutiques et d'artistes de rue, Geraldine sembla prise d'une frénésie festive suffisante pour elles deux – même si le moral de Mandy remonta aussi. Geraldine montrait du doigt toutes sortes de cadeaux charmants et raffinés exposés en vitrine.

Mandy rit lorsqu'elle lui montra une robe élégante qui, selon elle, lui irait à ravir.

— J'aimerais avoir ton sens du style, dit-elle. Je n'ai jamais laissé tomber mes goûts d'enfance pour les jeans et les bottes.

— Qui sont très pratiques pour ton travail ! renchérit Geraldine. Je pense plutôt que tu es très élégante, mais qu'on ne t'a jamais donné l'occasion d'exprimer ce côté de ta personnalité. Ce n'est pas étonnant, quand on grandit entourée d'animaux nuit et jour.

Mandy se hérissa. Le commentaire de Geraldine sonnait comme une critique de l'éducation qu'elle avait reçue. Elle était sur le point de défendre ses parents quand Geraldine s'immobilisa devant la vitrine d'une élégante boutique de souvenirs et attrapa le bras de Mandy.

— Regarde-moi ce pendentif ! s'écria-t-elle en se penchant vers une fine chaîne en or au bout de laquelle pendait un fer à cheval en or blanc d'une facture exquise, orné de saphirs en guise de clous. Il t'irait à merveille.

Geraldine l'observa de plus près, puis se redressa et adressa à Mandy un sourire malicieux.

— Je vais l'acheter, annonça-t-elle. J'adorerais te voir la porter, les saphirs feraient ressortir le bleu de tes yeux.

Mandy déglutit. Aussi beau que soit le pendentif, elle ne portait pas souvent de bijoux et, même si Geraldine et elle s'entendaient vraiment bien, leur amitié restait toute récente : ce n'était pas du tout un cadeau approprié. Elle sentit ses joues brûler.

— S'il te plaît, ne fais pas ça. C'est beaucoup trop cher.

Geraldine balaya les mots de Mandy d'un geste de la main.

— Mais non, ce n'est pas un problème. De toute façon, j'ai vraiment envie de te l'offrir. C'est la première fois que je fête vraiment Noël depuis des années et je suis déterminée à en profiter.

Sans attendre de réponse, elle ouvrit la porte du magasin et y pénétra à grandes enjambées.

Mandy s'efforça de détourner le regard quand des mains soulevèrent le pendentif en vitrine, le placèrent dans une boîte pour l'emballer dans du papier de soie violet et argenté. Geraldine s'attendrait-elle à ce que Mandy lui achète un cadeau aussi extravagant ? Mandy n'avait pas la moindre idée de ce qui lui plairait, même si elle ressentait maintenant le besoin de lui offrir quelque chose. Jusqu'à présent, cette idée ne l'avait même pas effleurée.

Elle avait supposé que Geraldine viendrait au dîner annuel du nouvel an de la clinique au Fox and Goose, offert chaque année en guise de cadeau à tout le personnel, en plus des primes. Mais là, il s'agissait d'un cadeau onéreux, bien plus qu'un menu de trois plats avec une demi-bouteille de vin par personne.

Quand elles tournèrent dans la ruelle menant au café de James, Mandy commença à se détendre à nouveau. Encouragée par l'enthousiasme de Geraldine, elle avait acheté quelques babioles pour Abi et Max, et choisi un panier joliment emballé de produits pour le bain parfumés au muguet pour sa maman – le genre de présent qu'on offrait aux femmes âgées qui ne sortaient plus guère. Mais sa mère avait pris l'habitude de prendre de longs bains tièdes le soir. Elle ne pouvait pas supporter l'eau trop chaude qui exacerbait ses symptômes, mais elle aimait se détendre dans la baignoire.

Sur le seuil de la porte du café-librairie de James, elles furent surprises par un cri venant de la rue. Mandy se retourna, et aperçut James et Raj remonter le trottoir en courant vers elles. Raj poussait Taresh en poussette et, pour le plus grand plaisir de Mandy, Taresh se penchait en avant, ses petites mains accrochées à la barre de la poussette, criant : « Plus vite, plus vite ! »

Mandy sourit à Raj.

— Dis donc, son anglais s'améliore !

Raj imita le crissement des freins en arrêtant la poussette à côté de Mandy, avant de la serrer dans ses bras.

James se débattit avec les nombreux sacs qu'il portait et fit de même. Mandy s'aperçut que Geraldine était restée en retrait, et elle la présenta rapidement aux hommes et à Taresh.

James la salua chaleureusement.

— Vous avez été une bouée de sauvetage pour Mandy, merci ! Je ne sais pas comment elle fait pour tenir le coup avec deux emplois à plein temps !

Geraldine sourit.

— C'est un plaisir absolu de travailler avec elle. J'apprends tellement de choses !

Sherrie, la gérante du café de James, se tenait derrière le comptoir quand ils entrèrent tous les cinq.

— Bonjour ! lança-t-elle à la ronde, avant de s'avancer et de s'accroupir devant la poussette pour taper dans la main de Taresh. Bonjour, mon joli ! Tu as impressionné des dames aujourd'hui ?

James sourit à Mandy.

— C'est un aimant à femmes, promis !

Ils s'installèrent autour d'une table près de la fenêtre. Raj rapprocha une chaise haute pour Taresh.

— Je commence à apprécier les cafés qui proposent des chaises hautes décentes, déclara James à Mandy.

Sherrie s'approcha, un bloc-notes à la main.

— Vous avez envie de quelque chose en particulier ? Ou est-ce que je vous apporte une sélection de nos plats de fête ?

— Ce serait parfait, répondit Mandy.

Sherrie rangea son bloc-notes et disparut en cuisine. Elle revint quelques minutes plus tard chargée d'un plateau de paninis à la dinde et aux airelles.

— Tiens, une version farcie aux légumes pour toi, Mandy, ajouta-t-elle en posant un gros sandwich devant elle.

Elle apporta à Taresh un petit bol de morceaux de dinde, de la farce et une compote de pommes. L'espace d'un instant, Mandy se demanda si elle n'aurait pas dû prévenir Geraldine que James avait une famille non conventionnelle. Mais elle semblait parfaitement détendue, même si elle resta silencieuse pendant que les autres bavardaient et que Taresh babillait au-dessus de son déjeuner.

— Tu vas chez les parents de James pour Noël, n'est-ce pas ? demanda Mandy à Raj. Premier Noël avec la belle-famille. Tu as intérêt à bien te tenir.

Raj leva les yeux au ciel.

— Je pense que mon seul sujet d'inquiétude, c'est de savoir si on va réussir à faire rentrer tous les cadeaux de Taresh dans la voiture pour le retour.

— Ce ne sont pas mes parents qui risquent de gâter notre fils, ajouta James. J'espère vraiment que ta famille se rend compte que Taresh n'a pas encore besoin d'un vélo.

Raj fit mine d'être choqué.

— Tout lc monde sait que tous les enfants veulent un vélo pour Noël !

Sherrie apporta un cookie à Taresh, et Raj sortit son téléphone pour prendre une photo de lui en train de le réduire en miettes.

Geraldine intervint pour la première fois.

— Quelle chance de pouvoir prendre autant de photos. L'enfance passe si vite…

Elle soupira et, pendant une seconde, Mandy perçut une émotion qu'elle ne sut interpréter.

— Vous avez un fils magnifique, ajouta-t-elle à l'intention de James et Raj. Chérissez-le de tout votre cœur.

Le regard de Taresh glissa sur ses deux papas, puis, sans lâcher Raj des yeux, il jeta le reste de son biscuit sur le sol et éclata de rire.

James haussa les épaules.

— Tant pis pour mes gâteaux de Noël, je vais chercher une balayette, annonça-t-il en repoussant sa chaise. Mandy, tu crois que tes parents aimeraient goûter nos tartelettes ? J'ai essayé une nouvelle recette avec du citron et de la canneberge, un peu plus légère que la recette habituelle.

Il se dirigea vers la cuisine et Mandy se leva pour le suivre.

L'endroit lui parut vide et tranquille après l'agitation du café. James sortit une boîte et entreprit d'y empiler quelques tartelettes.

— C'est vraiment sympa de rencontrer enfin Geraldine. Vous vous entendez manifestement très bien, c'est super.

— Oui ? osa Mandy, sentant un « mais ».

James essuya quelques miettes de gâteau avec un chiffon.

— Je sens un truc chez elle… Rien de méchant, mais j'ai l'impression qu'elle est terriblement triste. Chaque fois qu'elle regarde Taresh, une lueur scintille dans ses yeux. Je suis sûr de ne pas l'avoir imaginée. Elle t'a parlé un peu de son histoire ?

— Pas vraiment, admit Mandy. Elle est psychothérapeute. Elle travaille à Manchester et elle aime dessiner… À ses propres oreilles, ces informations semblaient bien minces. Je pense que c'est une personne assez réservée.

— Je me suis demandé si elle avait perdu un bébé, peut-être ? suggéra James. Elle n'a jamais parlé d'enfants ?

Mandy secoua la tête.

— Elle m'a dit qu'elle pensait que je ferais une bonne mère. Je n'ai vraiment pas remarqué qu'elle essayait d'éviter ce genre de sujet… Elle travaille bien et c'est une bonne amie.

Mandy se sentait sur la défensive, comme si James insinuait qu'elle était passée à côté d'un élément flagrant et incontournable.

Mais James se contenta de refermer le couvercle de la boîte remplie de tartelettes, et d'attraper une pelle et une balayette avant de retourner dans la salle du café. Quand ils arrivèrent près de la table, Geraldine était assise à côté de Taresh, lui racontant une histoire en se servant de la salière et de la poivrière. Mandy l'observa, soulagée. Geraldine n'avait aucun problème avec les enfants, James avait dû se faire des idées.

Chapitre 17

Lundi matin, Mandy nettoyait l'abri en bois à l'arrière de Vert-Cottage quand un mouvement à la périphérie de son champ de vision attira son attention. L'agneau qu'Adam avait hospitalisé après une opération de la patte venait de rentrer chez lui et Mandy préparait le cabanon, au cas où du bétail arriverait au refuge en urgence. Elle se tourna et vit Emily, toujours sur ses béquilles, mais visiblement plus en forme, et l'air déterminée, traverser le terrain vers la grange.

— Bonjour, ma chérie !

— Salut, maman, lui lança Mandy en étalant sa veste sur le banc en bois près de l'abri. Viens t'asseoir.

— Merci, répondit sa mère en s'installant. Ça fait du bien de prendre enfin un peu l'air.

Elle leva le visage vers la lumière froide du soleil dissimulée derrière un voile nuageux.

Mandy vida la brouette et partit chercher une nouvelle botte de paille. Elle la déposa sur le bord de l'abri, prête à être ouverte si un animal devait être accueilli, puis rejoignit sa mère sur le banc.

— Comment vas-tu, ma puce ? demanda Emily en se tournant vers elle. Y a-t-il quelque chose dont tu voudrais me parler ?

Mandy cligna des yeux.

— Qu'est-ce qui te fait dire ça ? s'étonna-t-elle.

Emily lui adressa un sourire aimant.

— Je sais que tu ne vis plus chez toi, que tu loges chez Geraldine, et c'est très bien. Elle a l'air d'être très gentille, et elle pense manifestement beaucoup de bien de toi. Mais si tu veux me parler de quoi que ce soit, je suis toujours là pour toi, expliqua-t-elle avant de frapper le sol du bout d'une béquille. Je suis peut-être en train de décliner, mais je suis toujours ta maman.

Mandy se sentit coupable d'avoir caché sa nouvelle adresse à ses parents.

— J'aurais dû vous dire où j'habitais, je suis désolée. Je ne voulais pas que vous vous inquiétiez. Et tu seras toujours ma mère, ajouta-t-elle férocement avant de soupirer. Jimmy et moi faisons une pause…

Elle déglutit, retenant les larmes qui lui piquaient les yeux, déterminée à ne pas pleurer devant sa mère.

— Nous… nous ne voulons pas la même chose. Ce n'est pas facile, mais nous essayons d'être réalistes quant à notre avenir, c'est tout.

Emily fronça les sourcils.

— Mais cette maison est toujours la tienne, rappela-t-elle à Mandy. Pourquoi est-ce toi qui as déménagé et pas Jimmy ?

Mandy appuya les doigts sur la surface froide du banc.

— Quand je suis partie, c'était pour me donner le temps de réfléchir. Ça m'a semblé plus facile comme ça. Je n'ai pas besoin de beaucoup de place, et lui a Abi et Max, et toutes les chiennes.

Emily tapota la jambe de sa fille.

— Je ne vais pas te faire subir un interrogatoire. Je sais que, quoi qu'il se passe, tu trouveras un moyen d'avancer. C'est toujours une bonne idée de prendre du recul pour savoir ce que tu veux vraiment. On n'a qu'une seule vie.

Elle ouvrit les bras et Mandy se laissa aller à cette étreinte maternelle. Malgré tous ses efforts, le visage de Mandy était mouillé lorsqu'elles se reculèrent.

— Je sais que je fais ce qu'il faut, mais Jimmy me manque tellement.

— Oh ! ma douce. Ce n'est pas surprenant. Vous étiez si proches tous les deux. Mais je suis fière de toi. Tu ne peux pas le forcer à vouloir les mêmes choses que toi, et il y a des moments où tu dois faire passer tes propres besoins en premier.

Elle observa Mandy un moment, la tête inclinée.

— Je suis désolée que tu n'aies pas eu l'impression de pouvoir nous parler plus tôt, à ton père et moi. Je sais que tu ne veux pas nous inquiéter, mais tu n'y pourras jamais rien, nous sommes tes parents ! Pourquoi ne pas venir ce soir, laisser ton père nous préparer à dîner, et nous passerons une belle soirée ensemble ?

Mandy essuya ses joues et se força à sourire. Bizarrement, maintenant que sa mère était au courant, elle avait la sensation que toute la situation était un peu plus facile à supporter.

— Merci, maman. J'en serais ravie.

Mandy sortit de la douche. Elle était retournée au Barn End Cottage après le travail pour se changer avant le dîner avec ses parents. Elle fut surprise d'entendre frapper doucement à la porte de sa chambre – Geraldine ne la dérangeait presque jamais.

— Entre !

Geraldine passa la tête dans l'entrebâillement, les joues rosies.

— Je sais que j'aurais dû te demander avant, mais j'espère que tu n'as rien de prévu ce soir ! s'exclama-t-elle en brandissant deux tickets. J'ai acheté des places pour un concert de Noël à Walton ! Joyeux Avent !

Mandy fronça les sourcils.

— Tu ne rentres pas à Manchester ce soir ?

Geraldine partait habituellement tôt le lundi soir.

— Je me suis arrangée pour voir mes clients demain après-midi, répondit-elle en secouant la tête. Je peux remonter à Manchester dans la matinée. Je voulais vraiment te faire plaisir.

Mandy lui adressa un sourire qu'elle voulait sympathique.

— En fait, je devais voir maman et papa ce soir.

L'expression joyeuse de Geraldine s'évanouit aussitôt.

— Oh ! je suis désolée, souffla-t-elle, embarrassée, tout en s'avançant dans la pièce, repliant les billets entre ses mains. J'aurais dû t'en parler avant... Oh ! après tout, je suppose que je peux y aller toute seule.

Mandy ne supportait pas de la voir si désemparée.

— Non, non, s'empressa-t-elle de dire en tendant une main pour toucher le coude de Geraldine. Ne fais pas ça. Ce n'est qu'un simple dîner, ils comprendront ! C'était très gentil de ta part de penser à moi.

Geraldine rayonna.

— Eh bien, si tu es certaine... Je crois que le concert en vaudra la peine !

Mandy s'assit sur son lit et composa le numéro de son père. Adam se montra très compréhensif quand il entendit parler du concert.

— Tu sais que nous sommes toujours là, mais c'est important que tu aies aussi des amis. De toute façon, poursuivit-il – et il y avait maintenant une pointe d'humour dans sa voix –, je peux toujours cuisiner un autre soir... Et c'est une menace, tu sais, pas une promesse ! ajouta-t-il en riant.

Mandy sourit à l'autre bout de la ligne.

— Je t'aime, papa.
— Je t'aime aussi, ma chérie. Passe une bonne soirée.

Le concert s'avéra épouvantable au point d'en être presque drôle. Mandy n'avait aucun mal à admettre qu'elle était probablement dotée de l'oreille la moins musicale du monde, mais même à la sienne, l'orchestre donnait l'impression d'en être à sa toute première répétition. La voix était fausse, mais le chanteur déterminé à corriger ce défaut par le seul volume. Mandy en était persuadée : une poignée de spectateurs s'étaient fourré des bouts de mouchoirs dans les oreilles. À son grand étonnement, Geraldine sembla adorer chaque mesure. Elle fredonnait et applaudissait avec enthousiasme à chaque chanson.

Mandy ressentit un profond soulagement à la fin du concert. Alors qu'elles quittaient la salle, Geraldine serra le bras de Mandy.

— Merci beaucoup d'être venue ! Quelle soirée amusante !

Elle soupira comme si elle avait été réellement émue par l'expérience. Lorsqu'elles atteignirent le trottoir, Geraldine se tourna vers Mandy, les yeux brillants.

— À ton tour maintenant de prévoir notre prochaine douceur de l'Avent !

Elle prit Mandy par le bras et ne la lâcha pas jusqu'à la voiture. Mandy commençait à se sentir un peu mal à l'aise. D'abord le collier, maintenant les tickets de concert. Les parents de Mandy étaient tous deux enfants uniques, mais elle se demandait si c'était ce qu'on éprouvait face à une tante trop affectueuse. Même si Mandy appréciait Geraldine, cette soirée avait été de trop. Pour la première fois, elle se demanda s'il n'était pas temps de penser à quitter Barn End. Peut-être qu'il valait mieux qu'elles ne vivent pas ensemble, si elles devaient déjà se voir au travail presque tous les jours. Toute cette relation lui paraissait un peu trop intense.

Mandy referma la grande porte vitrée de Vert-Cottage et la verrouilla. Elle venait d'accompagner Olive dans sa nouvelle maison, chez les Anderson, et se laissait gagner par cette sensation de satisfaction familière de voir partir un de ses protégés, espérant en même temps que le jeune couple accepterait qu'elle vienne vérifier comment il se portait.

Tête baissée, elle fouillait son sac à la recherche de ses clés tout en avançant vers le parking. Elle s'arrêta net quand elle releva les yeux. La Land Rover de Jimmy se garait dans l'allée. À côté d'elle, Sky se mit à aboyer, et trois silhouettes à fourrure reconnaissables s'élancèrent à l'assaut des vitres arrière tout en aboyant de joie. Jimmy coupa le moteur, ouvrit la portière, et un instant plus tard, Mandy se trouva engloutie dans un tourbillon de chiennes enthousiastes.

En revanche, Jimmy, lui, semblait un peu emprunté. Il garda les mains au fond des poches, indiquant clairement qu'il n'allait pas saluer Mandy en la serrant contre lui. Au lieu de ccla, il lui adressa un petit sourire en coin.

— Je passais juste, marmonna-t-il. Tu as déjeuné ? Je me suis dit qu'on pourrait aller au Fox and Goose.

Mandy cligna des yeux. Avait-il quelque chose à lui dire ? Peut-être allait-il lui annoncer qu'il allait déménager ? Des nœuds serrèrent son estomac. Si elle ne se sentait plus aussi à l'aise chez Geraldine, l'idée qu'il quitte la maison qu'ils avaient partagée lui semblait terriblement définitive.

Elle le dévisagea, s'efforçant de décrypter son expression, mais il ne lâcha pas des yeux les chiennes.

Il n'y avait qu'un seul moyen de savoir ce qu'il voulait.

— Un déjeuner serait parfait.

C'était très étrange de descendre le chemin à pied à ses côtés. Les chiennes semblaient ravies d'être à nouveau ensemble, mais la conversation avec Jimmy lui parut étrangement guindée.

— Comment va ta mère ?

— Pas trop mal, merci.

— Et comment c'est de retourner vivre chez ses parents ?

Mandy grimaça.

— Je ne suis pas vraiment revenue chez mes parents, avoua-t-elle. Je loge chez Geraldine Craven, ma nouvelle assistante au refuge.

Jimmy haussa un sourcil.

— Pourquoi ne restes-tu pas à Animal Ark ?

Un éclair d'agacement la traversa : était-il vraiment stupide ?

— Parce que je ne voulais pas leur parler de nous. C'est bien la dernière chose dont maman a besoin en ce moment.

— Je suis désolé. Ça doit être dur de garder ça pour toi.

— Oh ! ils sont au courant maintenant, balaya Mandy. Tu sais que les rumeurs vont bon train par ici.

— Je sais bien, lâcha-t-il avec une moue un peu dégoûtée.

Ils arrivèrent au pub et se faufilèrent jusqu'au bar. Mandy déglutit : ses rétines se trouvaient assaillies de toutes parts. Elle avait oublié à quel point Bev et Gary Parsons décoraient à l'excès en période de Noël. Si le feu de cheminée était assez festif, pendaient au-dessus et partout sur les murs bas des couronnes et des guirlandes, et des mètres et des mètres de branches de sapin et de houx, parsemées de lumignons colorés et scintillants.

— On dirait que le repaire du Père Noël a explosé, murmura Jimmy à l'oreille de Mandy, qui s'efforça de ne pas ricaner.

Bev eut l'air surprise de les voir, mais retrouva rapidement son sourire.

— Qu'est-ce que je vous sers, mes chéris ?

— Nous sommes là pour déjeuner, annonça Jimmy.

Bev leur tendit un menu à chacun.

— Je vous recommande la soupe au potiron et à la coriandre. Gary l'a préparée ce matin et elle part à toute vitesse.

— Ça m'a l'air parfait, confirma Mandy en posant le menu.

— Je vais prendre la même chose.

Ils s'installèrent à une petite table dans un coin près de la cheminée. Au moins, ils ne subiraient pas les oreilles trop curieuses ici. Un arbre de Noël se dressait juste derrière la tête de Mandy. Étouffé de guirlandes, il préserverait leur conversation des clients du bar. Les chiens se serrèrent sous la table, et Sky se vautra de tout son poids sur les pieds de Mandy, qui se pencha pour enfouir les doigts dans la douce fourrure. C'était toujours réconfortant de l'avoir là.

La soupe arriva et Mandy se força à manger. Ils discutèrent de tout et de rien jusqu'à ce que Jimmy repose sa cuillère dans son bol vide et la fixa de l'autre côté de la table.

— Je suppose que je ferais mieux d'en venir au fait. Je voulais te parler en face à face, plutôt qu'au téléphone.

Mandy sentit son cœur s'emballer.

— Je voulais juste savoir si tu avais déjà pris ta décision, reprit-il. Quand tu es partie, je vais être honnête, je pensais que tu reviendrais aussitôt. Mais si ce n'est pas le cas, alors je dois penser à quitter la maison. C'est chez toi, même si j'aime y vivre.

Mandy le dévisagea, une boule grossissant dans la gorge. Impossible pour elle de revenir tant que Jimmy était là ! Il croirait que leur situation actuelle lui convenait, qu'elle était heureuse sans mariage, sans enfants, sans projets pour leur avenir. Mais l'idée de lui dire que c'était fini – complètement et sans équivoque – lui semblait d'une tristesse accablante. Elle ne se résolvait pas à la rendre réelle en prononçant ces mots à voix haute.

— Je suis vraiment désolée, souffla-t-elle, la voix épaissie par l'effort de ne pas pleurer. Je sais que c'est stupide, mais j'ai besoin de plus de temps. Je ne sais pas ce que je veux.

Ce n'était qu'une demi-vérité. Après tout, elle savait précisément ce qu'elle voulait, elle ne pouvait simplement pas l'avoir.

Jimmy lui adressa un sourire triste.

— Ce n'est pas stupide. Si tu as besoin de plus de temps, c'est bien sûr possible. Mais on ne peut pas vivre dans les limbes pour toujours. Ce n'est juste ni pour toi ni pour moi, déclara-t-il avant de jeter un œil à sa montre. Je suis vraiment désolé, mais je dois y aller.

Il repoussa sa chaise et claqua des doigts pour appeler les chiennes.

Mandy voulut le supplier de se rasseoir. S'ils en parlaient, s'ils en discutaient vraiment en profondeur, sûrement trouveraient-ils une solution ?

Jimmy se pencha et déposa un baiser sur sa joue. Elle huma le parfum de son après-rasage et enfonça ses ongles dans la paume de ses mains. Non, elle n'allait pas pleurer devant lui.

— Tu veux que je te raccompagne ? proposa-t-il.

Il avait laissé sa voiture à la clinique, se rappela-t-elle. L'idée de rentrer à pied avec lui parut soudain insupportable.

— Non, merci, répondit-elle, soulagée d'entendre sa voix posée et stable. Je pense que je vais prendre un café avant de rentrer.

— D'accord.

Jimmy avait l'air tout aussi mal à l'aise – la situation devait être difficile pour lui aussi, songea Mandy. C'était un homme décent et gentil, il ne devait pas être aisé pour lui de rester à la maison alors qu'elle devait cohabiter avec une quasi-inconnue. Il passa la porte et elle scruta son dos tandis qu'il rebroussait chemin vers Animal Ark. Derrière elle, les lumières du sapin de Noël se mirent à clignoter, leur exubérance festive se riant de son triste sort.

Chapitre 18

Mercredi, l'aube apparut sous un ciel clair, sec, habillée d'un froid glacial. Le départ des chatons et d'Olive donnait un peu plus d'espace libre à Mandy au refuge. Son téléphone sonna alors qu'elle sortait de la chatterie.

— Salut, Mandy !

Elle fut heureuse d'entendre la voix de James. Il pourrait peut-être l'aider à décider ce qu'elle devait faire avec Geraldine et Jimmy, et comment se dépêtrer de tout ce qui la tiraillait dans différentes directions.

— Raj est parti voir un ami à Lancaster, reprit-il. Je me demandais si je pouvais passer avec Taresh aujourd'hui.

Mandy sentit son moral remonter.

— Ce serait super, j'ai mon après-midi de libre. Tu pourrais l'emmener déjeuner au cottage de Geraldine, si tu veux ?

Elle lui donna les indications pour aller à Barn End et raccrocha, ravie.

Le matin, les consultations furent chargées, la clinique accueillant plusieurs nouveaux patients, et Mandy dut se dépêcher de retourner au cottage de Geraldine une demi-heure avant l'arrivée de James. Elle eut tout juste le temps de se laver et de se changer avant d'enfourner des petits pains aux saucisses végétales pour les réchauffer.

Le salon à côté de la cuisine était un peu froid, Mandy alluma donc le poêle à bois et plaça un pare-feu autour pour la sécurité de Taresh. Les flammes scintillaient à travers la porte vitrée, donnant à la pièce une ambiance instantanément plus chaleureuse. Geraldine avait décoré le rebord de la fenêtre et les étagères d'angle avec des bougies dénichées à York. Leur parfum de cannelle embaumait les lieux et un petit arbre de Noël trônait sur la table basse, orné de minuscules boules de Noël vertes, écarlates et dorées. La pièce était douillette et accueillante, et Mandy eut un pincement au cœur à l'idée de participer au premier Noël britannique de Taresh.

On frappa à la porte tandis que Mandy redressait l'ange miniature au sommet du sapin. James se tenait sur le seuil et Mandy fut enchantée de voir que Taresh était debout à côté de son papa, très fier de lui-même. Un peu chancelant et solidement accroché à la main de James, il leva les yeux vers Mandy et lui sourit, et elle l'imita.

— Il a très bien compris qui tu étais et il se souvient de toi, lança James.

— Mais bien évidemment, s'exclama Mandy. Je suis sa tata préférée !

Sky parut méfiante en voyant Taresh entrer dans la cuisine.

— Et si on allait dans le salon ? proposa Mandy. J'ai allumé le feu.

Ils déjeunèrent de roulés aux saucisses végétales assis par terre sur le tapis, où il serait plus facile de nettoyer les miettes laissées par Taresh. Mandy débarrassa les assiettes dès la fin du repas, et mit la bouilloire en route pour faire du thé pour James et elle. Elle retourna au salon et laissa l'eau chauffer.

James avait apporté un sac à dos rempli de jouets pour Taresh, mais le garçonnet semblait bien plus fasciné par l'arbre de Noël sur la table. Il se tenait à côté, se balançant sur ses pieds, parlant à l'une des boules en forme de pingouin.

Mandy écoutait, mais elle n'arrivait pas à comprendre ce qu'il disait.

— Est-ce qu'il parle punjabi ? demanda-t-elle à James, qui secoua la tête, parfaitement installé dans l'un des fauteuils en cuir brun.

— Raj dit que non. C'est juste du babillage de bambin, apparemment.

Taresh quitta la table basse et se dirigea en titubant vers la porte donnant sur l'entrée. James se leva et le suivit.

— La porte de la cuisine est fermée, dit Mandy, quand il disparut dans le petit vestibule. Il n'y a pas d'autres pièces à part la chambre de Geraldine, et elle garde sa porte fermée à clé.

James réapparut peu après.

— Ça a l'air plutôt sécurisé.

Il reprit sa place et prit des nouvelles des animaux actuellement hébergés au refuge.

Elle était en train de le tenir au courant de l'état cardiaque de Jasper lorsqu'un fracas résonna dans le couloir et, plus alarmant encore, un cri de Taresh. Mandy et James bondirent de leurs sièges et se précipitèrent dans le couloir. À la grande surprise de Mandy, la porte de la chambre de Geraldine était ouverte. Elle suivit James et fut soulagée de voir Taresh debout au milieu de la pièce, indemne, mais visiblement choqué. À côté de lui, le contenu d'une petite bibliothèque était éparpillé sur le sol et l'étagère couchée sur le côté.

— Il va bien ? demanda Mandy à James quand il souleva son fils.

— Il va bien, confirma son ami en soufflant longuement par la bouche, avant de baisser les yeux sur les livres et les papiers éparpillés sur le tapis. Tu peux le garder, s'il te plaît ? Je vais ranger ce désordre.

Mandy prit Taresh dans les bras et le porta jusqu'à la fenêtre.

— Tu vois des moutons ? lui demanda-t-elle. Regarde, il y a un oiseau ! ajouta-t-elle avant de jeter un coup d'œil par-dessus son épaule.

Geraldine a dû oublier de verrouiller sa porte... Bon, au moins, il n'y a rien de cassé.

James était à genoux, le regard rivé sur un grand album ouvert devant lui, comme paralysé.

— James ? Quelque chose ne va pas ?

Lentement, James attrapa l'album.

— C'est... Tout là-dedans est sur toi ! s'étrangla-t-il en tendant la main pour ouvrir un autre album identique. Et celui-là, regarde...

Il lui tendit le premier album et commença à en feuilleter les pages pour que Mandy puisse bien regarder.

Soudain, la pièce se mit à tourner. Chaque page était remplie de coupures de presse la concernant. Il y avait la photo de sa remise de diplôme dans la *Gazette de Walton*. Puis, un article sur l'ouverture de Vert-Cottage. Mandy fut prise de panique quand elle reconnut un article sur Stuart Mortimore et son arrestation. Geraldine était-elle liée à l'homme qui les avait attaquées, son refuge et elle ?

James leva les yeux vers elle, sérieux.

— Je pense que Geraldine te traque !

— Je ne comprends pas, bredouilla Mandy. Si Geraldine savait qui j'étais quand elle est venue à Vert-Cottage, pourquoi ne l'a-t-elle pas dit ?

James se releva.

— La vraie question, c'est : pourquoi s'intéresse-t-elle autant à toi ?

Mandy se laissa lourdement tomber sur le lit de Geraldine. Taresh commença à se tortiller, alors elle le déposa par terre et il courut vers James, qui l'entoura d'un bras protecteur tout en continuant à empiler les dossiers dans la bibliothèque de son autre main.

— Je ne comprends pas, répéta Mandy. Pourquoi Geraldine a-t-elle fait ça ? Elle avait l'air si gentille au début !

James finit de ranger les livres sur les étagères, cala Taresh sur sa hanche et tendit la main à son amie.

— Nous devrions sortir de sa chambre.

Mandy accepta sa main et le laissa la guider vers le salon.

— Tu as dit qu'elle était gentille au début. Est-ce qu'il s'est passé quelque chose qui t'a fait changer d'avis ?

Sans quitter Mandy des yeux, il s'assit et sortit des cubes colorés de son sac à dos pour occuper Taresh.

Mandy secoua la tête.

— Elle était charmante quand j'ai emménagé. Elle l'est toujours, mais c'est comme si elle devenait un peu… envahissante.

— Dans quel sens ?

— Rien de très concret, admit Mandy. Mais quand on était à York, elle m'a acheté un cadeau qui semblait un peu exagéré, puis elle a pris des billets pour un concert et voulait que je l'accompagne.

James passa la main dans ses cheveux.

— Rien de méchant, donc. Mais c'est très étrange. Je sais que c'est gênant, mais il va falloir que tu lui parles.

Mandy lâcha un petit rire creux.

— Ce sera vraiment une conversation simple !

— Dis-lui la vérité. Franchement, ce n'est pas toi qui as des explications à donner.

— Je ne peux plus rester ici, dit-elle en luttant contre l'angoisse qui la dévorait, les mains tremblantes.

James plaça un cube vert sur un cube bleu et regarda Taresh démonter son édifice sommaire.

— Je ne pense pas que Geraldine soit une meurtrière en série, mais tu as raison. Tes parents vont bien accepter de t'héberger, non ?

Mandy se mordit la lèvre.

— Je ne pense pas pouvoir y aller… Ils voudront savoir pourquoi, et ils sont déjà assez inquiets pour moi à cause de Jimmy.

Au fond de sa poche, son portable sonna. Mandy sursauta, aussitôt soulagée de lire le nom de Molly Future.

— Je suis désolée de te déranger. Je sais que c'est ton après-midi de congé, mais tu pourrais venir voir Bill ?

— Bien sûr. Donne-moi… hmm… une demi-heure.

— Quelque chose ne va pas ? la pressa Molly. Tu as l'air bizarre. Qu'est-ce qui se passe ?

Mandy laissa échapper un rire aigu, au bord de l'hystérie.

— Rien d'important. Je cherche simplement un nouvel endroit où vivre, c'est tout.

— Eh bien, viens ici, répondit Molly sans réfléchir. J'adorerais avoir de la compagnie, et il y a plein de place. Tu me ferais une faveur, honnêtement. Tu peux garder un œil sur les chevaux pendant que je fais du speed dating !

Sa voix était si calme que Mandy se sentit se détendre un tout petit peu, comme un cheval effrayé.

— Merci. Ce ne sera pas pour longtemps, je te le promets.

— Reste aussi longtemps que tu le souhaites, lui confirma Molly, toujours pragmatique. Enfin, sauf si j'ai un rendez-vous galant qui se finit très bien !

Elle gloussa avant de raccrocher.

Mandy avait le vertige, comme si le monde avait basculé de son axe.

— On dirait que je vais déménager à Six Oaks.

James parut soulagé.

— Bien, conclut-il en se levant. Allez, je vais t'aider à faire tes bagages.

Mandy hocha la tête. Il faudrait bien qu'elle parle à Geraldine à un moment donné, mais ce face-à-face pouvait bien attendre. Elle se précipita dans la petite chambre sous les combles pour ranger ses affaires dans son sac à dos et débarrasser la salle de bains de ses produits de toilette.

— Je dois emmener ce petit bonhomme faire une sieste, annonça James en berçant Taresh, qui blottit la tête sous le menton de James en mâchouillant le coin de son doudou jaune. Ça ira si je te laisse ?

— Bien sûr que oui, le rassura Mandy en les enveloppant de ses bras et en les serrant tendrement. Désolée que cette visite n'ait pas été la plus amusante du monde…

— Ne t'inquiète pas. Je suis sûr qu'il y a une explication très logique pour Geraldine et ses albums. Nous avons vécu bien assez d'aventures quand on était petits, inutile d'en rajouter !

Mandy tenta de sourire, mais toute cette histoire n'avait rien d'une aventure. Ça ressemblait plutôt à un univers parallèle effrayant.

— Geraldine ne sera pas de retour avant quelques jours, je vais rester chez Molly jusque-là, et réfléchir à ce que je vais lui dire.

— Bon plan ! approuva-t-il en portant Taresh jusqu'à la porte d'entrée et en l'ouvrant de sa main libre. Appelle-moi quand tu veux, insista-t-il, et Mandy acquiesça.

Elle les salua de la main jusqu'à ce qu'ils disparaissent de sa vue, puis elle monta à l'étage pour défaire sa literie. Elle était en train de charger la machine à laver quand elle entendit une voiture se garer devant le cottage – James avait dû oublier quelque chose. Elle retourna dans l'entrée et ouvrit la porte. À son grand désarroi, Geraldine grimpait les quelques marches, un ours blanc sous un bras et un morceau de tissu enroulé sous l'autre.

— Regarde ce que j'ai trouvé ! annonça-t-elle en passant devant Mandy pour entrer dans le salon.

Elle posa l'ours polaire sur la table basse et déplia le tissu brodé représentant une scène enneigée avec des daims.

— J'ai pensé que ça irait bien au mur, expliqua-t-elle avant de replier le tissu et de le ranger sur le dossier du canapé. J'ai acheté d'autres guirlandes, aussi ! Oh ! s'écria-t-elle, ravie. Tu as allumé le feu.

Mandy se tenait dans l'embrasure de la porte, incapable de parler. Elle avait l'impression de se noyer dans des sables mouvants.

Geraldine détailla Mandy.

— Qu'est-ce qui ne va pas ? C'est ta mère ? Un des animaux ? proposa-t-elle avant de froncer les sourcils en découvrant les sacs de Mandy à côté de la porte d'entrée. Qu'est-ce qui se passe ?

Mandy sentit son cœur battre la chamade.

— Je déménage. Je… je suis désolée de ne pas t'avoir prévenue avant.

— Tu allais partir comme ça ? Pourquoi ? J'ai fait quelque chose de mal ?

Mandy prit une grande inspiration.

— J'ai vu les albums, lâcha-t-elle dans un seul souffle. Ceux qui sont dans ta chambre. Je ne fouillais pas. Taresh est entré et a fait tomber la bibliothèque…

Elle se tut. Geraldine avait pâli, les yeux écarquillés. Elle tendit une main à l'aveugle et se laissa tomber dans un fauteuil.

— Tu n'es pas obligée de m'expliquer quoi que ce soit, enchaîna Mandy, effrayée par l'expression horrifiée de Geraldine. Pas si tu n'en as pas envie. Sincèrement, je vais juste te laisser un peu d'espace, et nous pourrons parler une autre fois.

Geraldine avait l'air d'être sur le point de s'évanouir.

— Je peux t'apporter de l'eau ? proposa Mandy. Et puis je vais te laisser tranquille.

Elle commençait à se sentir coupable d'avoir plongé Geraldine dans une telle détresse. Mais que diable faisait-elle avec ces satanés albums ?

Mais Geraldine leva une main.

— Ne pars pas, s'il te plaît, souffla-t-elle d'une voix saccadée. Tu ne peux pas partir, pas maintenant. Pas après que je t'ai cherchée pendant si longtemps...

Mandy sentit son sang se glacer dans ses veines. Sky s'appuya contre sa jambe et gémit. Mandy se pencha pour effleurer des doigts la tête de la chienne.

— Je pense vraiment que je devrais y aller.

Les mots semblaient rauques et distants.

Geraldine la fixa, les yeux presque affamés.

— Tu ne peux pas partir, murmura-t-elle. As-tu peur de moi ? Je t'en prie, n'aie pas peur. Je veux seulement te parler.

Mandy secoua la tête.

— Peu importe de quoi il s'agit, je ne veux rien savoir. Ce... ce n'est pas le bon moment.

Elle dut se forcer à rester immobile, chaque os de son corps lui criant de quitter immédiatement le cottage.

Geraldine baissa les yeux sur ses mains.

— Il n'y aura jamais de bon moment, répondit-elle doucement. Je commence à m'en rendre compte...

Elle releva la tête vers Mandy et la fixa avec tant de désespoir que la jeune femme tressaillit.

— Il n'y a pas de manière facile de le dire... Je peux seulement l'annoncer et espérer que tout ira bien. Je suis ta mère, Mandy.

Chapitre 19

Mandy se laissa tomber lourdement sur le canapé. La pièce tournait et elle avait vaguement conscience que Sky posait une patte sur son genou en poussant un gémissement inquiet.

— Ce n'est pas possible, murmura-t-elle. Ma mère est morte.

Les yeux de Geraldine, remplis de compassion, étaient maintenant très sérieux.

— Je suis ta mère, Mandy, répéta-t-elle. Je t'ai donné la vie.

Mandy secoua la tête.

— C'est impossible, sa voix était plus forte maintenant. Il doit y avoir un terrible malentendu. Je suis adoptée, certes, mais mes parents sont morts dans un accident de voiture quand j'avais trois mois…

Elle ressentit une pointe de pitié pour la femme assise en face d'elle, toujours aussi livide.

— Je suis vraiment désolée, mais je ne suis pas ta fille.

Geraldine parut soudain interdite, comme si un coup de poing dans le ventre lui avait coupé la respiration.

— Non, non, c'est faux. Nous ne sommes pas morts dans un accident de voiture. Nous étions tous les deux en vie quand tu nous as été enlevée…

Elle marqua une pause, serrant et desserrant les mains sur ses genoux.

— Je sais que cela doit paraître incroyable. J'ai essayé de réfléchir à la façon dont je pourrais te le prouver. Je ferai un test ADN, bien sûr.

Mandy cligna des yeux.

— Un test ADN ?

Mais dans quel mauvais feuilleton de l'après-midi était-elle tombée ? se demanda-t-elle.

— Je... je..., reprit-elle, mais Geraldine l'interrompit.

— Notre tache de naissance familiale ! s'exclama-t-elle.

— Notre tache de quoi ?

Geraldine la dévisagea.

— Tu as une tache de naissance près de ton nombril, non ? Toute petite, marron clair, avec des bords carrés ? Je l'ai vue quand tu es née. Je l'ai cherchée tout particulièrement. J'ai la même, et mon père aussi.

Comment pouvait-elle être au courant pour cette tache ?

— Oui, j'en ai une, acquiesça Mandy, mais...

La tache de naissance était bien le cadet de ses soucis : si Geraldine disait la vérité, alors un autre secret bien pire allait devoir être affronté.

— Papa et maman devaient savoir que tu n'étais pas morte dans un accident, chuchota-t-elle. Et ça veut dire que...

Geraldine l'observa, les yeux débordant de compassion.

— Ça veut dire qu'ils t'ont menti, Mandy. Je suis vraiment désolée.

Non, non, non, non, non...

Mandy réalisa soudain qu'elle parlait à voix haute et qu'une autre personne était assise à côté d'elle sur le canapé. C'était Geraldine, qui lui serrait les mains comme si elle n'allait jamais les lâcher.

— Je n'en veux pas à Adam et Emily, reprit Geraldine en dessinant des cercles du bout pouce sur le dos de la main de Mandy, comme Emily le faisait aussi quand elle voulait la réconforter. Ils t'ont protégée de la vérité, c'est tout. Je suis sûre qu'ils ont été doux et gentils avec toi. C'est le cas, n'est-ce pas ?

Mandy ne pouvait détourner les yeux de ce pouce qui tournait lentement. Elle avait l'impression de se désintégrer, de se briser tel un millier de morceaux de verre. Si elle bougeait, des fragments s'étaleraient partout sur le tapis et elle ne serait jamais plus entière.

Une larme glissa sur sa main. Mandy leva les yeux et vit que Geraldine s'efforçait de ne pas pleurer, grimaçant de retenue.

— Ton père et moi…, expliqua-t-elle en frottant plus fort encore la main de Mandy, que celle-ci se sentait incapable de retirer. Nous étions si jeunes quand tu es née. Nous n'étions pas prêts pour un bébé, je n'étais pas prête. Mais je te voulais quand même ! Je t'aimais tellement !

— Pourquoi m'as-tu abandonnée ? murmura Mandy.

— Je… On ne nous a pas laissé le choix. Nous avions un petit problème de… drogue, avoua-t-elle, et pour la première fois, Mandy lut la honte dans ses yeux. D'héroïne, ajouta Geraldine avant de prendre une profonde inspiration. Nous étions des toxicomanes, ton père et moi, et quand tu es née… eh bien, tu y étais accro toi aussi.

Autour de Mandy, les murs semblaient se rapprocher et la pièce devint soudain insupportablement étouffante. Elle avait lu des articles sur des bébés nés avec tous les symptômes de la dépendance après avoir été exposés à des drogues dures pendant la grossesse. Ils avaient besoin d'un traitement immédiat à la méthadone pour supporter ce long et pénible processus de sevrage. Cette épreuve avait dû prendre des mois, et il n'y avait aucun moyen d'expliquer à un petit bébé que tout le mal qu'il ressentait était finalement pour son bien.

Adam et Emily avaient-ils vécu cela avec elle ?

— J'étais si heureuse le jour où tu es née. Je n'avais jamais été aussi heureuse de ma vie. Je t'ai appelée Briony.

J'étais tellement sûre de pouvoir arrêter la drogue pour toi. Je savais à quel point tu le méritais…

Geraldine lui sourit, mais Mandy n'avait qu'une envie : mettre les mains sur ses oreilles. *Je ne veux pas entendre ça*, pensa-t-elle, mais Geraldine était trop déterminée à raconter son histoire.

— Ils t'ont enlevée à moi le jour suivant. Je n'étais pas assez en forme pour m'occuper de toi, je le sais. Nous n'avions même pas de maison. Mais j'aurais pu aller mieux ! Si quelqu'un m'avait donné une chance, un traitement pour arrêter la drogue…

Elle se tut pour la première fois, elle sembla remarquer l'horreur gravée sur les traits de Mandy.

— Les gens sont parfois très, très dépendants, mais ils peuvent quand même changer de vie s'ils sont correctement aidés. Ils doivent juste le vouloir suffisamment, et je sais que c'était mon cas, poursuivit-elle, une note implorante dans la voix qui fit reculer Mandy. Mais je n'ai jamais eu cette aide, alors je t'ai perdue… Mon bébé, ma précieuse et magnifique fille. Briony.

Mandy sentit Sky frissonner contre sa jambe.

— Et mon père ? souffla-t-elle.

Geraldine soupira.

— Il s'appelait Paddy. Il était beau, lui aussi. Tu lui ressembles beaucoup quand tu souris.

— Où est-il ? Est-ce qu'il sait que tu es là ?

Geraldine poussa un petit soupir triste.

— Mandy, ma chérie. Paddy est mort d'une overdose, raconta-t-elle, des rides marquant son front, peut-être trois ou quatre ans après ta naissance ? Je n'étais plus vraiment en contact avec lui à ce moment-là. Il aurait été si fier de toi, tu sais, j'en suis convaincue.

Tu n'en sais rien, pensa Mandy. Avait-il seulement su qu'il avait eu une fille ? Elle retira ses mains et les glissa contre ses cuisses, s'accrochant au bord du coussin. Elle ressentait le besoin de s'ancrer dans un environnement bien réel. Ce n'était pas le passé qu'elle voulait. Non, elle refusait cette horrible histoire de jeune couple de drogués qui ont un bébé par accident.

— Mais je me suis soignée, reprit Geraldine en repoussant une mèche de cheveux derrière son épaule et en fixant Mandy. Pas tout de suite, pas pendant longtemps. Mais j'en ai eu assez d'être sans-abri, de dépenser tout ce que j'avais pour ma prochaine dose... Je me suis inscrite à un programme de désintox, j'ai trouvé un emploi et un appartement à Manchester, j'ai obtenu un diplôme de psychologie à l'Université ouverte afin de pouvoir aider les personnes qui vivaient ce que moi aussi j'avais traversé. Je n'aurais jamais cru pouvoir faire tout ça, mais j'y suis arrivée.

Elle avait l'air fière, mais Mandy était glacée jusqu'aux os. Était-elle censée être heureuse pour Geraldine ? Impressionnée ? Toute cette histoire lui semblait lointaine et étrange. Comme si elle était arrivée à quelqu'un d'autre.

— Je suis sobre depuis dix-huit ans. J'ai un super boulot – et je le fais très bien, je le sais. J'ai mon propre appartement, des amis, une vie sociale ! La seule chose qui me manquait, c'était toi, alors j'ai commencé à te chercher.

Un léger bourdonnement grossissait dans la tête de Mandy.

— Comment m'as-tu trouvée ?

Elle savait que les agences d'adoption ne donnaient jamais de détails sans contacter l'autre personne concernée pour obtenir son consentement.

Geraldine rougit.

— Juste après ta naissance, j'ai entendu une assistante sociale parler à une des infirmières. Elle disait qu'ils avaient déjà un couple en tête pour toi, et que comme ils étaient vétérinaires, ils seraient certainement plus à même de t'aider pendant le sevrage. J'ai… j'ai attendu qu'elle soit sortie de ma chambre et j'ai regardé dans son sac. J'ai trouvé le nom Hope et une adresse avec le mot Yorkshire, mais elle est revenue sur ses pas avant que je ne puisse en apprendre davantage. Au final, j'avais assez d'informations pour trouver les gens qui t'ont adoptée assez facilement, une fois que j'ai commencé à te chercher.

Mandy resta interdite : Geraldine aurait pu la trouver des années plus tôt. Qu'est-ce qui l'en avait empêchée ?

— Je n'avais même pas l'intention d'entrer en contact avec toi quand je t'ai retrouvée, expliqua Geraldine. Je voulais juste savoir si tu allais bien. Pendant des années, j'ai consulté et lu des articles sur toi en ligne, suivi toutes les histoires des animaux que tu as recueillis. Et j'ai su que tu étais exactement la fille que j'avais rêvé d'avoir. J'avais l'impression que tu m'attirais vers toi comme un aimant ! Je savais que je devais te rencontrer, et quand je suis arrivée à Vert-Cottage, tu étais tout ce que j'avais imaginé, et plus encore. J'avais passé des années à attendre, et tu étais là.

Elle regarda Mandy droit dans les yeux.

— Je sais que j'aurais dû te le dire tout de suite, mais j'avais peur de ce que tu penserais de moi. Mais je suis contente que tu le saches maintenant. J'espère seulement qu'il n'est pas trop tard pour tout recommencer. Je veux reconstruire ma vie, Mandy. Et je voudrais que tu en sois au cœur, comme tu aurais toujours dû l'être.

Mandy avait beau connaître par cœur la route, elle faillit manquer le virage serré menant à Welford. Elle écrasa le frein et grimaça en voyant dans le rétroviseur Sky glisser vers l'avant sur la banquette.

— Désolée, ma chérie, murmura-t-elle en essayant de ne pas croiser son regard effrayé dans le miroir.

Elle réussit à tourner, puis tenta de garder un œil sur la vitesse tout en remontant la voie étroite. Elle se souvenait à peine d'avoir quitté Barn End. Toute cette histoire lui semblait encore irréelle. Il était impossible qu'Adam et Emily lui aient menti comme ça. C'était forcément une erreur. Sans aucun doute.

Si Geraldine avait été en larmes de la voir partir, les yeux de Mandy étaient eux restés secs. Elle se sentait complètement engourdie, comme si les sables mouvants avaient pénétré son corps par ses pieds et remplissaient maintenant tout son corps.

Elle traversa Welford en trombe et se força à ralentir à nouveau. Elle s'arrêta en atteignant l'allée remontant vers Animal Ark. Devrait-elle rentrer chez elle ? se demanda-t-elle pendant une fraction de seconde. Mais la révélation de Geraldine était toujours là, toujours plus envahissante, noyant toutes ses autres pensées. Adam et Emily lui avaient-ils vraiment menti ? Si oui, alors ce mensonge avait été répété, encore et encore, pendant des années et des années. Mandy ne pouvait tout simplement pas leur faire face, pas pour le moment.

Mandy était épuisée en arrivant aux écuries Six Oaks, malgré la brièveté du trajet. Ses phares transpercèrent l'obscurité grandissante, laissant deviner les murs de pierre de chaque côté de la route alors que la voiture gravissait la dernière montée abrupte. Elle se gara dans la cour pavée et coupa le moteur. Il lui fallut toute la volonté du monde pour se hisser hors de l'habitacle, et elle resta là, debout sur les pavés humides, rassemblant ses forces, avant de laisser Sky sortir et de prendre son sac à dos.

La cuisine était vide, mais la porte d'entrée n'était pas verrouillée. Molly lui avait dit de faire comme chez elle, mais Mandy se rappelait encore l'urgence dans la voix de la propriétaire des écuries lorsqu'elle avait appelé. Il y avait un problème avec Bill. Molly ne l'aurait pas appelée autrement.

Elle abandonna ses affaires dans la cuisine puis retourna dans la cour. Une lumière brillait dans le box de Bill. Elle se fraya un chemin sur les pavés glissants et passa la tête par-dessus la demi-porte. Molly se trouvait près de la tête de Bill, parlant à voix basse, caressant son nez de velours. Il était évident que la situation de Bill avait empiré. Même depuis le seuil, Mandy voyait ses flancs se soulever et s'abaisser dans le double souffle caractéristique de la BPCO. Ses narines étaient dilatées dans une vaine tentative de faire entrer plus d'air dans ses poumons abîmés. Pire encore, il avait perdu du poids et semblait plus frêle. Ses yeux étaient enfoncés dans leurs orbites et sa croupe osseuse sous la couverture matelassée.

Bill avait posé la tête sur l'épaule de Molly, les yeux mi-clos, écoutant sa voix. Il souffrait peut-être et avait du mal à respirer, mais il était en paix, sachant qu'il était avec une personne qui l'aimait. Mandy connaissait à peine Molly lorsqu'elle avait offert un dernier foyer à Bill, mais elle aurait pu chercher un million d'années sans trouver un meilleur endroit pour lui.

Molly se retourna, comme si elle avait senti sa présence. Elle eut l'air troublée puis se ressaisit et lui sourit.

— Oups, lança-t-elle, les yeux plissés. Prise en flagrant délit de moment intime avec ce grand type !

Elle haussa les sourcils.

— Tu vas bien ? J'ai eu l'impression que la situation était un peu tendue quand j'ai appelé.

Mandy haussa les épaules – hors de question de discuter de ce qui s'était passé cet après-midi-là.

— Un peu fatiguée, c'est tout, dit-elle en se passant la main sur le visage.

Pour la première fois depuis qu'elle avait vu l'album, elle commençait à reprendre pied dans sa véritable vie. Tout ici lui semblait familier : l'odeur du cheval, la chaleur du grand corps de Bill, aussi diminué soit-il. Elle passa les mains sur le hongre, sentant la paix couler en elle. C'était ce qu'elle était, après tout.

— J'ai peur que son état ait bien empiré, finit par chuchoter Molly. Je ne veux pas qu'il ait mal.

— Je te promets que je ne le laisserai pas souffrir, répondit doucement Mandy. Et je sais que toi non plus.

— J'ai essayé de lui offrir les meilleures années possibles, ajouta Molly, l'air fière et triste à la fois.

— Je sais que tu as fait de ton mieux, la rassura Mandy d'une voix tremblante. Et quand le moment viendra, je ferai en sorte que tout se passe le mieux possible.

Stupéfaite, elle se rendit compte que son visage était mouillé.

Molly posa une main sur son épaule, compatissante.

— Ne t'inquiète pas. Il mange encore et se lève tout seul. Je pense qu'il a encore un peu de temps devant lui. Nous ne devons pas le laisser partir tout de suite.

Mandy déglutit et essuya ses joues d'un revers de main, étalant encore un peu les larmes.

— Je suis désolée. Je sais que ce n'est pas encore le moment.

Molly vérifia la gamelle d'eau de Bill, éteignit la lumière, puis conduisit Mandy à l'intérieur sans dire un mot. Mandy se sentit profondément reconnaissante de ce silence amical. Même si elle avait voulu parler, elle n'aurait pas su par où commencer.

— J'ai préparé la chambre avec le grand lit, annonça Molly. Mandy souleva son sac à dos et laissa Molly la guider à l'étage. C'était une vieille maison, et tandis qu'elle suivait Molly dans un couloir faiblement éclairé, elle dut baisser la tête pour passer une porte voûtée.

— Fais attention, prévint Molly. La maison n'est pas faite pour une personne aussi grande que toi !

Une image de la silhouette élancée de Geraldine traversa l'esprit de Mandy. *Grande comme ma mère.* Elle chassa cette pensée. Geraldine n'était pas sa mère.

Elle jeta son sac à côté du lit.

— La salle de bains est là, reprit Molly en lui montrant une autre porte du couloir. J'ai bien peur que le débit de la douche soit un peu faible, sembla-t-elle s'excuser. Mais l'eau finit généralement par être bien chaude.

Les deux femmes redescendirent à la cuisine et Mandy s'affala dans l'un des fauteuils près de la cuisinière. Molly enfourna une pizza surgelée, puis débarrassa rapidement la table. Elle rangea une pile d'horaires de concours hippiques et balaya quelques miettes de biscuits pour chiens dans la paume de sa main. Mandy ne put s'empêcher de sourire. Dehors, dans la cour, tout était parfaitement en ordre. Le bureau de Molly était immaculé et elle payait ses factures vétérinaires à l'avance. Mais sa maison avait toujours été un peu plus chaotique, et Mandy réalisa que ce désordre douillet était exactement ce dont elle avait besoin pour se changer les idées.

Whiskers, le gros chat roux de Molly, s'agita autour des pieds de Mandy. Elle le prit sur les genoux et commença à le caresser. Il avait le plus doux des ronronnements. Sky était recroquevillée par terre, tout près d'elle, le museau replié sous sa queue. Mandy s'étonna qu'elle parvienne à dormir, après avoir été tant perturbée par le déménagement et l'état émotionnel de Mandy.

Molly continua à s'affairer. Elle téléphona à l'une de ses écuries de louage au sujet de la visite du maréchal-ferrant, puis sortit des assiettes et servit la pizza. Elle entretint la conversation pendant tout le repas, parlant de Bourbon et de Mini-Donut, et de ses plans pour réorganiser le centre équestre en plein air. Le silence de Mandy en réponse à la plupart de ses commentaires ne sembla pas la déranger. Mandy se souvint de la façon dont Molly avait parlé à Bill dans l'écurie, le remplissant de mots qui n'avaient pas même besoin d'avoir un sens. C'était paisible, finalement.

Après le repas, Molly invita Mandy au salon. Elle alluma le feu, utilisant joyeusement le soufflet jusqu'à ce que la pièce soit à moitié enfumée, puis, à la surprise de Mandy, s'endormit à peine installée sur le canapé recouvert de poils de chien, Bertie le jack russell ronflant à côté d'elle.

Mandy resta assise quelques minutes devant le spectacle des flammes. Elle devrait probablement envoyer un message à James, pensa-t-elle, pour lui raconter ce que Geraldine avait dit suite à la découverte des albums. Mais son téléphone était là-haut dans sa chambre et elle se sentait trop fatiguée pour envisager de grimper les escaliers. Au moins, papa et maman ne se demandaient pas où elle était ; pour autant qu'ils le sachent, elle logeait toujours confortablement à Barn End avec Geraldine. Mandy se demanda ce qu'elle allait dire à Adam et Emily quand elle les reverrait. Elle chassa ces pensées. Demain arriverait bien assez tôt.

Elle se réveilla en sursaut dans la chambre inconnue. Il faisait encore sombre derrière les épais rideaux de velours dissimulant la fenêtre. La tête lui tournait. *Je suis chez Molly*, se rappela-t-elle, et toutes les horreurs de la veille lui revinrent en mémoire. La chambre était glaciale. À peine quelques semaines auparavant, elle s'était réveillée dans sa propre chambre, dans sa propre maison. Un sentiment de nostalgie l'envahit pour la première fois. Toute cette situation aurait été tellement plus simple si elle avait pu juste rentrer chez elle !

Une pensée s'imposa, claire et déterminée, et elle prit une décision : Jimmy allait devoir déménager. Même si elle l'aimait beaucoup, elle ne pouvait plus tenir ainsi. Elle voulait rentrer chez elle.

Elle ne se sentait toujours pas capable de parler à qui que ce soit de Geraldine, d'Adam ou d'Emily, mais elle pouvait s'occuper de son lieu de vie. Elle sortit son portable et commença à taper une phrase.

Il faut qu'on règle ça, non ? On peut se parler bientôt ?

Mandy prit une profonde inspiration et ajouta :

Je ne veux pas rester loin de chez moi pour toujours.

Chapitre 20

Mandy sortit du lit et ses pas grincèrent sur le palier jusqu'à la douche. Molly n'avait pas menti sur son caractère capricieux. Elle eut droit à trois minutes d'eau glacée ruisselant sur la tête, suivies d'un faible jet assez chaud pour faire du thé. Après avoir réussi à rincer, espérait-elle, la majeure partie du savon, elle enfila des vêtements propres et sortit dans la cour. Molly nettoyait la cour et les écuries, aidée par un jeune garçon silencieux du nom de Paul. Il lui sembla bourru et maladroit, refusant de croiser son regard quand elle lui dit bonjour, mais une fois hors de portée de leurs voix, Molly lui assura qu'il était génial avec les chevaux.

— Surtout avec les jumeaux Biscuit, ajouta-t-elle.

Mandy le regarda conduire les petits poneys vers leur enclos d'hiver. Molly avait raison : Paul les manipulait avec une douce autorité, leur apprenant les bonnes manières tandis qu'ils cheminaient à ses côtés. Mandy lui ouvrit le portail et il hocha la tête.

— Merci, dit-il d'une voix plutôt grave.

Les petits poneys avaient l'air robustes et duveteux dans leurs manteaux d'hiver et Mandy se réjouit que Molly ne les ait pas rasés. Ils seraient bien plus heureux sous leur propre fourrure bien épaisse. Les poneys d'Angleterre étaient conçus pour rester dehors, résistant même à l'hiver dans le Yorkshire, et ces deux-là avaient suffisamment de réserves de graisse pour les protéger des pires intempéries.

— Je suis désolée d'avoir été de si mauvaise compagnie hier soir, lança Molly en mangeant une tartine de pain grillé recouvert de marmelade, à la table de la cuisine. Je n'ai pas été une très bonne hôtesse, à m'endormir comme ça !

— Ne t'inquiète pas, la rassura Mandy. Je ne me sentais pas d'humeur très sociable de toute façon.

Molly l'étudia un instant, puis retourna à son café. Aussi difficile que cette conversation puisse sembler, Mandy se surprit à souhaiter pour la première fois que Molly lui demande ce qui se passait. Elle devrait bientôt affronter Adam et Emily, qu'elle le veuille ou non. En parler avec son amie l'aiderait à voir les choses autrement, mais Molly se contenta de terminer son petit déjeuner, avant de s'essuyer les mains sur ses jodhpurs et de bondir de sa chaise.

— À plus tard ! lança-t-elle en se dirigeant vers la porte.

Mandy poussa un soupir, ramassa son assiette et la mit dans le lave-vaisselle. L'anxiété la rongeait de l'intérieur, et les tartines n'avaient rien arrangé. Pour autant, elle refusait de repousser davantage l'inévitable : elle travaillait toujours à la clinique, et elle devait affronter ses parents.

Elle sentit le nœud d'angoisse grossir dans son ventre en descendant la colline. Allait-elle vraiment avoir cette conversation avec Adam et Emily aujourd'hui ? Il était hors de question qu'elle leur dise qui était Geraldine. Et aussi tentant que cela puisse être de faire comme si rien ne s'était passé, Geraldine pouvait difficilement disparaître sans autre forme de procès.

Elle entra dans la salle d'attente, prise de vertiges. C'était comme si, d'un côté, tout était toujours pareil et, d'un autre, tout avait changé. Elle avait l'impression de regarder le monde par le mauvais bout d'un télescope : tout et tout le monde semblait lointain. Rachel et Helen installaient les décorations de Noël et, pendant un moment, ces préparatifs lui parurent aussi absurdes que tout le reste.

Rachel surprit Mandy qui les scrutait. Elle rougit, prenant manifestement la confusion de Mandy pour de la désapprobation.

— Je sais qu'on n'est que début décembre, mais on n'a pas pu résister ! se justifia-t-elle en ajustant une étoile bancale au sommet du sapin de Noël artificiel. J'adore cette période de l'année !

Helen s'immobilisa, les bras levés tandis qu'elle enroulait une guirlande autour des branches.

— Ça va ? s'inquiéta-t-elle en dévisageant Mandy. Tu n'as pas attrapé un virus hivernal ou un truc du genre ?

— Je vais bien, mentit Mandy.

— Je reviens à 11 heures pour le café ! cria Adam à Emily tout en franchissant la porte communicante entre le cottage et la clinique.

Une vague de panique envahit Mandy. Elle ne voulait pas le voir, pas encore. Elle ouvrit la porte d'entrée et s'éclipsa, Sky sur les talons.

Elle traversa le parking jusqu'au refuge, ne s'arrêtant pour respirer que lorsqu'elle eut refermé la porte derrière elle. Pour elle, Vert-Cottage était chez elle autant que sa propre maison. Mandy parvint à se ressaisir et, après quelques respirations apaisantes, elle plongea dans sa routine matinale familière, trouvant du réconfort dans l'alimentation et le ménage, et toutes ces tâches qui rendaient la vie des animaux un peu meilleure.

À la fin, elle se sentait beaucoup plus calme. Puis elle reçut un message de Geraldine. Mandy s'obligea à prendre trois grandes respirations avant de le lire. Très court, il allait droit au but.

On peut parler ?

Mandy hésita. Elle avait encore besoin de temps pour se remettre les idées en place. Geraldine allait devoir attendre.

Bientôt, mais pas tout de suite.

Elle observa son message, puis décida d'ajouter « Désolée » avant de l'envoyer. Si sa tête était un peu plus au clair, sa gorge restait sèche et douloureuse. Il ne serait pas facile de faire face à une matinée chargée de patients, et l'espace d'un instant, elle se demanda si elle ne pourrait pas juste rentrer, arguant qu'elle était malade. Mais ce serait pire de rester seule chez Molly, avec tout ce qui lui trottait dans la tête.

La vague d'étrangeté la submergea à nouveau dès son entrée dans la clinique. Adam fredonnait un chant de Noël et Emily était assise au bureau, ouvrant des cartes de vœux.

— Certaines personnes sont super organisées, commenta-t-elle. Oh ! ils vont devoir s'y faire, les nôtres seront en retard cette année !

Elle sourit en voyant Mandy.

— Bonjour, mon amour. Comment tu vas ?

Mandy parvint à conserver une expression neutre.

— Bien, merci.

Elle ressentit un frisson de malaise lorsque le mensonge coula de sa bouche. Peut-être que, si elle mentait assez souvent, elle s'y habituerait, pensa-t-elle. Peut-être que les mensonges commençaient à se confondre avec la vérité si on les prononçait assez souvent. Était-ce le secret qu'Emily et Adam avaient découvert ?

Elle vérifia ses rendez-vous sur l'agenda. Elle était occupée toute la matinée, mais heureusement elle était d'astreinte pour les visites, plutôt que coincée à la clinique. Peut-être que, lorsqu'elle serait dehors, elle recommencerait à se sentir plus normale. Elle avait toujours l'impression bizarre de faire partie du public et d'assister à une pièce de théâtre plutôt que de faire partie intégrante de la troupe. Adam chantonnait *Il est né le divin enfant* en vérifiant la liste des opérations prévues. Toby arriva, et Rachel lui montra une photo du sapin que Brandon et elle avaient décoré ensemble. Helen lui accrocha une paire de boules de Noël aux oreilles et Emily se moqua gentiment d'elle.

Dans cette pièce pourtant bondée, Mandy se sentit incroyablement seule. Pour la première fois de sa carrière ici, elle commença à regretter d'être revenue à Welford.

Chapitre 21

Mandy emporta une tasse de thé à Vert-Cottage à l'heure du déjeuner. Elle avait trouvé une excuse pour éviter d'aller chez ses parents pour déjeuner, et si elle avait senti le regard d'Helen sur elle à plusieurs reprises, elle avait décidé de l'ignorer. Le refuge était à ses yeux ce qui se rapprochait le plus d'un sanctuaire en ce moment. La douce lumière grise de décembre filtrait à travers les immenses fenêtres, offrant à la réception une atmosphère sereine. Mandy contempla les montagnes au loin, ce paysage la réconfortait toujours.

Elle alluma l'ordinateur, ouvrit le site du refuge et commença à rédiger sa chronique annuelle expliquant pourquoi il ne fallait pas offrir d'animaux en cadeau de Noël. La page Facebook de Vert-Cottage était déjà submergée de demandes de visite des résidents actuels. Combien de ces internautes cherchaient des idées de cadeaux ? se demanda-t-elle.

Elle s'arrêta d'écrire au bout de quelques minutes et entreprit de se relire. Son ton très grincheux la surprit, et l'espace d'un instant, elle eut envie de rire.

Elle lâcha un « Foutaises ! » à haute voix et fit défiler le texte pour remplacer « Il ne faut jamais offrir d'animaux en cadeau de Noël » par « Il convient de toujours bien réfléchir pour savoir si un animal est un cadeau approprié ». Après cette correction, elle conseilla aux lecteurs de bien vérifier si le destinataire potentiel du cadeau avait réellement envie d'avoir un animal et s'il était prêt à le recevoir avant de le mettre au pied du mur.

Elle relut sa page. Bon, même si ce message avait clairement pour objectif de décourager tout le monde, à part peut-être les personnes les plus déterminées, de considérer les animaux de compagnie comme des cadeaux, elle n'avait au moins plus l'air de détester toute l'humanité. Elle inséra une petite image de brin de houx pour faire bonne mesure et publia l'article.

Un coup à la fenêtre la fit sursauter. James et Raj se tenaient sur le bord du chemin de graviers longeant le verger. Raj portait Taresh, vêtu d'un adorable costume de lutin vert vif, et lui-même portait un bonnet de Père Noël perché sur son turban. James, quant à lui, avait vaillamment enfilé un pull moche de Noël constellé de sapins.

— Salut ! s'exclama James en poussant la porte de derrière. On se demandait si tu aimerais te joindre à ton lutin de neveu pour la fête de Noël de la crèche.

— Susan nous a tous invités, expliqua Raj à Mandy.

Taresh tendit la main et tira sur le pompon blanc au bout du bonnet de Raj qui, avec une patience apparemment infinie, reprit le pompon, le jeta par-dessus son épaule et remit le couvre-chef en place, le tout d'une seule main. Mandy crut comprendre que ce petit jeu durait déjà depuis un moment.

Mandy se sentit légèrement en colère contre James. Il aurait peut-être été plus délicat qu'il vienne la voir seule, après ce qui s'était passé la veille. Non pas qu'il sache tout, bien sûr, mais il en avait sûrement vu assez pour deviner que la situation était grave ?

— Je ne suis pas sûre d'être d'humeur à faire la fête, répondit-elle.

James la dévisagea un moment, puis se rapprocha. Raj se détourna pour montrer la lande à Taresh.

— Désolé, murmura James, sentant la tension de Mandy. On peut essayer de trouver un coin tranquille, et tu pourras me dire quelle excuse Geraldine a sortie pour les albums.

Un muscle se contracta dans la mâchoire de Mandy – James avait l'air compatissant.

— Si tu ne peux vraiment pas affronter la fête, ajouta-t-il, on pourra en parler plus tard.

Mandy soupira. Même si elle n'avait guère envie d'aller à la fête de la crèche, ce serait mieux que de rester ici, avec les seuls animaux du refuge comme témoins de sa lente plongée vers la folie.

— Je suppose que je peux m'accorder quelques heures de pause.

James lui adressa un sourire reconnaissant.

— Eh bah voilà !

Il fut impossible aux deux amis de discuter sur le chemin de la crèche, installée dans le parc du village. Taresh insista pour quitter le bras de son père et marcher seul. Bien sûr, Raj aurait probablement pu le surveiller tout seul, mais James semblait incapable de détacher ses yeux du petit garçon. Ils dénichaient sans cesse des merveilles dans la haie et, à chaque fois, Taresh voulait les montrer à Mandy. Malgré ce qu'elle traversait, Mandy ne put s'empêcher d'être fascinée par le gland marron ou l'églantier ratatiné qu'il lui présentait, tout sérieux.

— Il y en a d'autres ici, lui dit-elle en ouvrant les bras, heureuse qu'il lui permette de le porter un peu pour découvrir des cynorhodons plus haut dans le feuillage.

C'était tellement bon de le tenir contre elle. Son petit corps se courbait contre le sien, son poids chaud et stable sur sa hanche. Mandy sourit en se rappelant à quel point elle avait été certaine de ne jamais vouloir d'enfants. Si Taresh était partant, elle serait ravie de le garder comme ça pour toujours.

Quand ils atteignirent le parc, Taresh se tortilla pour descendre. Ils remontèrent la pelouse jusqu'à la grande maison victorienne qui servait de crèche. Les fenêtres étaient recouvertes de flocons de neige découpés, et Mandy aperçut des guirlandes de papier et des serpentins accrochés dans chaque recoin.

Susan les accueillit sur le seuil, visiblement un peu essoufflée, une trace de paillettes sur la joue. Elle leur sourit néanmoins lorsqu'ils entrèrent.

— Merci d'être venus ! Je suis désolée que ce soit si tôt, je sais que Noël est encore loin, mais tous nos parents sont tellement occupés. C'était la seule date possible pour la fête !

Raj déposa Taresh, et Susan prit son manteau pour l'accrocher à une patère décorée d'un canard.

— Entrez, les invita-t-elle en les précédant dans le hall. Douglas va commencer à chanter, ajouta-t-elle en souriant. Mais en y réfléchissant bien, vous feriez peut-être mieux de rester dehors pendant cette partie du spectacle…

Les portes accordéon séparant la salle des bébés de celle des tout-petits étaient grandes ouvertes. Une longue table garnie d'amuse-bouches avait été calée le long d'un mur et toute la pièce était illuminée par des peintures de Noël scintillantes. Douglas était déguisé en gigantesque elfe, avec un chapeau de feutre rouge et un pantalon vert. Mandy n'arrivait pas à savoir s'il était drôle ou un peu terrifiant, mais les enfants ne semblaient pas partager ses doutes. Ils se tenaient autour de lui tandis qu'il jouait sur un clavier électronique et chantait *Vive le vent* à tue-tête. La plupart d'entre eux chantaient aussi, et certains gloussaient quand Douglas se retournait pour leur faire des grimaces entre chaque couplet.

Harriet Ruck, une autre ancienne amie d'école de Mandy, déposait des biscuits au chocolat sur une assiette en carton sur le buffet. Ses triplées avaient dix-huit mois maintenant et se trémoussaient sans aucun complexe – Mandy commençait à adorer cette manière de faire.

Susan s'affairait dans la pièce. Si les paillettes avaient disparu de sa joue, elle portait désormais une auréole en guirlande faite main, nonchalamment posée sur le sommet de son crâne.

— Tu crois que tu pourrais nous donner un coup de main pour notre « Main de la Chance », Mandy ? s'enquit-elle en la conduisant vers un énorme panier. Et rappelle-toi, lui chuchota-t-elle à l'oreille, le panier n'est en aucun cas rempli de copeaux de bois. Ce sont de véritables flocons de neige.

De nombreuses petites mains impatientes attendaient de plonger dans le panier pour trouver un cadeau, et pendant les quelques minutes qui suivirent, toute l'attention de Mandy fut accaparée par la surveillance de la longue file d'enfants goguenards. Elle fut ravie de voir arriver Vicky Beaumont accompagnée de sa fille Connie, qui l'aidèrent à organiser au mieux la file d'attente. De nombreux lots colorés furent ouverts à la hâte et Mandy s'amusa de constater qu'il s'agissait de tubes de bulles de toutes les couleurs. Le temps que tous les enfants trouvent leur trésor, l'air de la pièce fleurait bon le savon et certains des plus grands bambins couraient dans tous les sens, s'efforçant d'attraper les bulles avec leurs mains.

— Quelle excellente idée, commenta Vicky. Au moins, les enfants seront propres pour rentrer chez eux !

Mandy éclata de rire. Ce joyeux chaos festif était la meilleure distraction possible, songea-t-elle. Lorsque Susan annonça que c'était l'heure de manger, elle se mit à essuyer les mains et les visages, et aida à distribuer les roulés à la saucisse et les bâtonnets de carottes. Elle se trouva même à consoler Simon, deux ans et demi, désemparé devant son assiette en carton. Il s'assit sur les genoux de Mandy, les larmes coulant sur ses joues, tentant de lui expliquer, entre deux sanglots, ce qui n'allait pas.

— Il dit que Connie lui a fait croire que les olives étaient des yeux de renne, chuchota Mandy à Vicky, quand elle comprit enfin d'où venait cet immense malheur.

Vicky parut embarrassée.

— C'est la faute de Ben. Il a préparé pour la fête un plat de têtes de rennes comestibles en macaronis à la tomate et aux légumes…

Roo Dhanjal était là avec son fils Kiran. Elle s'était occupée d'organiser une partie de chaises musicales. Roo avait décoré les sièges de jolis rubans découpés dans des saris et Douglas supervisait l'activité, allumant et éteignant la musique à chaque tour et s'assurant que les enfants ne trichent pas. La musique reprit et Mandy jeta un coup d'œil à sa montre. Son cœur se serra – il était déjà temps de rentrer pour ses consultations de l'après-midi. Elle se leva discrètement, salua Raj et Taresh, assis en face d'elle, et se dirigea vers la porte.

Susan la raccompagna jusqu'à l'entrée.

— Merci d'être venue, lui souffla-t-elle.

— Merci à toi, répondit Mandy. J'ai passé un très bon moment.

— Si tu peux attendre juste quelques minutes, je te donnerai deux parts de gâteau de Noël pour tes parents. Quelqu'un en a apporté, mais aucun des enfants ne semble vouloir y goûter, expliqua-t-elle avant de partir à la hâte, revenant peu après avec une boîte en plastique remplie.

Mandy la saisit avec un sourire un peu crispé. « Maman et papa » n'était pas l'expression adéquate quand elle pensait à Adam et Emily. Elle soupira intérieurement.

Elle ne pourrait pas les éviter plus longtemps, écrasée comme elle l'était par le poids de trop de secrets.

Elle remontait l'allée vers le jardin public quand elle entendit des pas derrière elle. C'était James.

— Je t'ai vue partir, lâcha-t-il en soufflant fort. Je peux te raccompagner à la clinique ? Aussi sympa que soit la fête, mes oreilles ont bien besoin d'une pause !

Mandy acquiesça.

— Je vois tout à fait ce que tu veux dire. Je vais avoir *Vive le vent* dans la tête toute la journée.

— Geraldine est déjà rentrée ? demanda James dès qu'ils eurent franchi le portail de la crèche. Tu as pu lui parler ?

Mandy ne savait pas comment expliquer simplement tout ce qui s'était passé depuis que Taresh avait renversé la bibliothèque. Elle prit une profonde inspiration.

— C'est ma mère.

James s'arrêta et dévisagea Mandy.

— Quoi ?

— C'est ma mère biologique.

— Mais non, c'est impossible, protesta James. Tes parents sont morts dans un accident de voiture quand tu étais bébé.

Mandy haussa les sourcils.

— Tu crois que je ne me suis pas dit la même chose ? Mais Adam et Emily ont menti. Mes parents étaient encore en vie quand j'ai été adoptée. Geraldine m'a dit que les services sociaux m'avaient placée parce que mon père et elle étaient des drogués.

Le visage de James s'empourpra.

— Tu es sûre que c'est vrai ? Tu en as parlé à tes parents ?

Une vague de colère déferla en elle : elle les avait appelés Adam et Emily délibérément. James avait préféré dire ses « parents ».

— Je ne sais pas quoi dire, répondit-elle en secouant la tête, et ils marchèrent en silence pendant une minute. Je ne sais même pas comment entamer la conversation, admit-elle. Pourquoi ne m'ont-ils jamais dit la vérité ?

— Peut-être qu'ils ont pensé que c'était trop difficile à entendre. Tu n'étais qu'un bébé, après tout.

Mandy repoussa la rage qui montait en elle.

— Je sais que je n'étais qu'un bébé. Évidemment, ils ne pouvaient pas me le dire tout de suite. Mais ils n'avaient pas besoin de continuer à mentir toutes ces années. Ils n'avaient pas le droit de me faire croire que ma mère était morte !

James se passa la main dans les cheveux.

— Je comprends que tu sois bouleversée, mais ton père et ta mère ont probablement estimé qu'il serait plus facile de te laisser croire à cette version. Ils devaient penser que Geraldine était une droguée, totalement incapable d'être une mère. Est-ce qu'elle était sobre pendant la grossesse ?

Mandy serra les poings et accéléra le pas. Comment James pouvait-il se mettre à défendre ce que les Hope avaient fait ?

— Il ne s'agit pas de ce que ma mère a fait, s'offusqua-t-elle. Elle est sobre aujourd'hui. Et non, elle n'a pas réussi à arrêter la drogue quand elle était enceinte. Mais ça ne rend le mensonge d'Adam et Emily que pire encore. Je méritais de savoir que je suis née avec le syndrome de sevrage néonatal. Ça aurait pu jouer sur ma santé.

James tourna la tête et la fixa sans ralentir. Il clignait rapidement des yeux comme si la colère de son amie irradiait en lui.

— Ils se sont peut-être dit qu'ils pourraient surveiller ta santé sans tout te dévoiler. Ça n'a pas fait la moindre différence à ce que je vois, lança-t-il sans la lâcher d'une semelle tandis qu'ils tournaient dans l'allée menant à la clinique. Et je ne sais pas comment tu peux soudainement appeler cette femme « maman » alors que tu as toujours une maman. Celle qui t'a élevée ! Celle qui a tout fait pour toi.

Une boule de rage explosa à l'intérieur de Mandy.

— Tu n'as pas le droit de me dire qui est ma mère ! s'écria-t-elle. Quand Adam et Emily m'ont menti, ils m'ont privée d'une famille. Je n'ai même pas pu rencontrer mon père, il est mort. Ils n'avaient pas le droit de décider à ma place. Ils ne sont pas mes véritables parents !

Le silence retomba comme mille éclats de verre. Mandy se surprit à souhaiter que James s'en aille. Pourquoi était-il toujours là, marchant à côté d'elle ? Elle avait espéré que lui parler l'aiderait, mais cela n'avait fait qu'empirer la situation. Elle accéléra encore, essayant de s'enfuir, mais lorsqu'elle atteignit le dernier virage, alors qu'Animal Ark était en vue, James lui attrapa le coude et la força à pivoter vers lui. Ils se tenaient dans l'allée, se fixant droit dans les yeux.

— C'est comme ça que tu nous vois, Raj et moi, avec Taresh ? s'enquit James à voix basse.

Si basse que Mandy dut se pencher vers lui pour l'entendre. Le vent se levait, s'engouffrant dans les haies bordant la route.

Mandy sentit les larmes lui monter aux yeux, mais elle n'était pas sûre – s'agissait-il de larmes de rage ou de douleur ?

— Bien sûr que non, je ne pense pas ça.

Pourquoi penserait-elle ça ? La situation n'était pas du tout comparable !

— Vraiment ? insista James en fouillant ses yeux et son âme, l'air de ne pas du tout aimer ce qu'il y découvrait.

Les mains de Mandy tremblaient, elle les enfonça au fond de ses poches pour les dissimuler.

— Ça n'a rien à voir, souffla-t-elle d'une voix rauque. Tu seras toujours honnête avec Taresh au sujet de sa mère, d'où il vient. Et il est de la même famille que Raj. Ce n'est pas du tout la même situation.

— Il a un lien de parenté avec Raj, mais pas avec moi, objecta James, et il avait l'air si triste que Mandy eut envie de lui tendre la main, geste impossible tant il semblait être à des millions de kilomètres d'elle. Et pourtant, reprit-il, je l'aime plus que je n'ai jamais aimé qui que ce soit auparavant, pas seulement parce qu'il est à moi, mais parce qu'il a besoin de moi pour tout…

Il se tut un instant, secouant la tête comme s'il avait lui-même du mal à appréhender ce qu'il ressentait.

— Ce niveau de confiance est incroyable, Mandy. Tu as toujours dit que les maîtres des animaux que tu soignes doivent avoir une confiance énorme en toi. Ce n'est pas si différent, mais encore plus intense. Je ne peux pas l'expliquer, mais c'est comme ça.

Une feuille morte s'échappa de la haie et voleta jusqu'au sol, s'arrêtant près du pied de Mandy.

— Ce n'est pas pareil, chuchota-t-elle. Cette confiance était là au début, mais Adam et Emily l'ont trahie. Pourquoi ne le vois-tu pas ?

— Je vois bien que tu souffres, répondit son ami, les poings serrés à ses côtés. Et ils ont probablement fait une erreur, mais as-tu vraiment oublié tout ce qu'ils ont fait pour toi ? Tu as eu une enfance merveilleuse. Je le sais : j'étais là. Puis tu as atteint l'âge adulte et ils t'ont accueillie à Animal Ark et ont fait tout ce qu'ils pouvaient pour t'aider à fonder Vert-Cottage. J'ai lu des choses sur le syndrome de sevrage néonatal. Ils étaient là pour t'aider à traverser cette épreuve. Tu ne le vois pas, ça ? lui lança-t-il en avançant d'un pas, ses joues désormais écarlates. C'est ce que Geraldine t'a donné, et ils t'ont aidée à y survivre. Tu as toujours dit qu'ils t'aimaient plus que tout au monde. Rien n'a changé.

Mandy se sentit mal. Comment pouvait-il dire que rien n'avait changé, alors que tout était chamboulé ?

— C'est stupide, lâcha-t-elle, soudain fatiguée. Une fois qu'ils m'ont eue, ils ont dû décider que c'était trop difficile de me dire la vérité. Et il n'y a pas que moi qui en ai souffert, ma mère aussi. Tu ne vois pas qu'ils l'ont privée de sa propre fille ?

— Elle s'est privée toute seule de sa fille. C'était une droguée, articula-t-il comme s'il voulait cracher lentement chaque syllabe. Elle était incapable de s'occuper de toi.

Le visage de Geraldine surgit à l'esprit de Mandy, son expression quand elle lui avait expliqué sa dépendance et son amour pour elle.

— Ils ne lui ont jamais laissé la moindre chance ! s'insurgea-t-elle. Ils m'ont emmenée, même si Geraldine voulait de moi. Si j'avais été autorisée à rester, peut-être qu'elle serait devenue sobre des années plus tôt. C'est ma mère, pour l'amour du ciel.

— Vraiment ? grogna James, l'air aussi fatigué que Mandy. Le sang, ce n'est pas tout, ajouta-t-il en détournant le regard, et Mandy savait qu'il essayait de cacher ses larmes menaçant de déborder.

— Pas tout, concéda-t-elle, mais ça compte. Tu ne peux pas le nier.

Ils atteignirent l'allée surmontée du vieux panneau en bois d'Animal Ark, grinçant dans le vent.

— Je suis désolé que tu ressentes cela, se raidit James.

Mandy voulut lui prendre la main. Elle lisait la souffrance sur son visage, mais la douleur dans son propre cœur était déjà trop difficile à gérer.

— Moi aussi, je suis désolée, répondit-elle, vidée de toute sa combativité. Je sais que tu essaies d'arranger les choses, mais je dois trouver une solution par moi-même.

Personne ne peut m'aider dans cette histoire. Je vais devoir m'occuper de ça toute seule.

Elle se retourna et passa sous le panneau, en direction de la maison de pierre grise où elle avait grandi, de la clinique où elle travaillait, et du refuge qu'elle avait ouvert avec l'aide d'Adam et d'Emily. Quoi qu'en pensât James, ils lui avaient menti. Comment pourrait-elle l'accepter et passer outre ? Tout dans sa vie était lié à Adam et Emily, et elle n'avait aucune idée de comment elle allait démêler ce sac de nœuds.

Chapitre 22

Le vent lui fouetta les cheveux tandis qu'elle remontait l'allée, apportant un léger crachin. Mandy vit la voiture d'Adam se diriger vers elle, Emily installée sur le siège passager, et elle se recula pour les laisser passer. Au grand désarroi de Mandy, Adam s'arrêta et baissa la vitre.

— Nous allons faire nos emplettes de Noël, annonça-t-il d'un air si joyeux que Mandy se força à lui sourire en retour.

— Des choses à ajouter sur ta liste au Père Noël ? intervint Emily en se penchant pour croiser son regard.

Mandy se surprit à scruter le visage d'Emily. Ses yeux étaient clairs et les cernes autour de ses yeux avaient presque disparu.

Tu savais que ma mère était en vie. Mandy fit un pas en arrière. Elle avait l'impression qu'elle risquait d'étouffer s'ils ne partaient pas rapidement.

— Ne faites pas de folies, plaisanta-t-elle sans conviction.

— Ne t'inquiète pas, nous n'allons pas piquer dans ton héritage, la taquina Adam, et Mandy ressentit un autre éclair de douleur. Comment pouvait-il ne pas voir que quelque chose n'allait pas ?

Elle s'accrocha à son sourire, mais elle fut soulagée quand Adam passa une vitesse et accéléra.

Le temps qu'elle soit prête à recevoir son premier patient, quatre autres patientaient déjà. Pour au moins la troisième fois de la journée, Helen lui lança un regard inquiet depuis la réception. Même si Toby avait souvent une ou deux minutes de retard, Mandy était invariablement à l'heure. Évitant son regard, Mandy se précipita dans sa salle de consultation.

Son premier malade était un chien souffrant d'une infection urinaire. Mandy lui prescrivit un traitement sous forme de comprimés, puis le libéra. Alors qu'elle finissait de taper les détails sur l'ordinateur, Helen entra.

— Le révérend Hadcroft est ici avec Tallulah. C'est juste pour un vaccin, mais tu sais comment est Tallulah. Je me demandais si tu voulais un coup de main ?

Mandy savait effectivement comment était Tallulah : un chat noir et blanc monstrueux avec des griffes qui pouvaient vous agripper plus vite que Mme Ponsonby sur son banc d'église préféré lors d'une messe de minuit très fréquentée.

— Je ne serais pas contre un peu d'aide, concéda-t-elle à Helen.

Et même si elle n'était pas du tout en colère contre la jeune infirmière, elle perçut la raideur et le formalisme dans sa voix.

Helen referma la porte derrière elle, traversa la salle et se plaça juste en face de Mandy.

— Tout va bien ? Tu sembles un peu tendue.

L'espace d'un instant, Mandy eut envie de tout lui raconter. Mais après la conversation désastreuse avec James, et sachant que le révérend Hadcroft attendait son tour, elle ne savait pas par où commencer.

— Je vais bien, vraiment. Juste un peu fatiguée.

— Ce n'est pas Jimmy, n'est-ce pas ? insista Helen, et Mandy fut ravie de pouvoir lui donner une réponse ferme.

— Non, ce n'est pas Jimmy.

Helen la dévisagea, les yeux remplis de compassion.

— Je suppose que c'est normal d'être épuisé à cette période de l'année. Noël fait ça à tout le monde.

Malgré ses efforts pour l'arrêter, une image de Geraldine surgit à l'esprit de Mandy. Elle avait dit que ce serait son meilleur Noël. Maintenant Mandy savait pourquoi : elle avait retrouvé sa fille, et ce serait leur premier Noël ensemble.

Helen appela le révérend Hadcroft, et Mandy fouilla dans le frigo où étaient stockés les vaccins. Elle choisit une seringue et une aiguille dans le tiroir, et sortit les deux flacons de vaccin dans leur emballage. *Pauvre Geraldine*, pensa-t-elle. *Tous ces Noëls solitaires, à se demander où j'étais, si j'étais heureuse, à placer une chaussette remplie de cadeaux au bout de mon lit.* Une boule grossissait dans sa gorge et des larmes brouillaient sa vision.

— Mandy, chuchota Helen en lui donnant un léger coup de coude. Il nous faut un vaccin pour Tallulah, tu te souviens ?

Elle fit un signe de tête vers les fioles que Mandy tenait, puis en penchant la tête afin que le révérend Hadcroft ne puisse pas lire sur ses lèvres, Helen marmonna : « Mauvais vaccin. »

Mandy baissa les yeux sur les minuscules bouteilles et lut leur nom : *Canivet*. Elle était sur le point de préparer un vaccin pour chien. Elle sentit ses joues s'empourprer. Sans un mot, Helen lui prit les vaccins pour chien des mains, les replaça dans le réfrigérateur et sortit la bonne boîte.

Concentre-toi, s'intima Mandy.

— C'est tout pour aujourd'hui, annonça Helen tandis que Mandy revenait à l'accueil après avoir raccompagné son sixième client. Tout le monde doit faire ses achats de

Noël, ajouta-t-elle avec un sourire enjoué. Tu prépares le café ou je le fais ?

— Je m'en charge. C'était mieux de rester occupée. Une fois qu'elle aurait bu le café, elle trouverait autre chose à faire. Alors qu'elle revenait avec deux tasses, le téléphone d'Helen sonna. Mandy posa le café d'Helen sur le bureau et s'assit.

— Salut, Seb, lança-t-elle avant de froncer les sourcils et d'éloigner le téléphone de son oreille. Il y a eu un incendie dans une ferme, dit-elle à Mandy. Seb a trois animaux qui ont besoin d'un logement de toute urgence. On peut leur trouver une place ?

— Bien sûr, confirma Mandy en prenant le téléphone. L'abri dans le verger est propre et déjà prêt, expliqua-t-elle à Seb. Qu'est-ce que tu as, des vaches, des moutons ?

— Eh bien, figure-toi que ce sont des alpagas.

Malgré la situation, Seb avait l'air amusé, et Mandy se surprit à sourire elle aussi. Ce n'était pas si souvent que Seb réussissait à l'étonner ! Elle savait qu'une ferme du coin possédait quelques alpagas, mais ils collaboraient avec un autre cabinet vétérinaire et elle n'avait jamais eu de contact direct avec eux.

— Pas de problème, dit-elle.

— Il faudra veiller à les garder bien séparés, prévint Seb. Le premier est un mâle, les autres deux jeunes femelles. Leur propriétaire a l'intention de créer un troupeau un jour, mais ce n'est pas le moment idéal…

Mandy cligna des yeux.

— D'accord. Je veux dire, je suis un peu en dehors de ma zone de confort là, mais on va se débrouiller. Pas de bébés alpagas accidentels sous ma surveillance !

Sky, Lucy et Isla suivirent Mandy et Helen jusqu'à l'abri dans le verger. Il était assez grand pour héberger trois alpagas, mais sans aucun moyen de les séparer. Dans un coin s'empilaient quelques portes en bois qu'elle avait prévu d'utiliser pour fabriquer une bergerie extérieure.

— Tu crois qu'on pourrait s'en servir pour diviser la grange ? proposa Mandy.

— Je ne suis pas sûre qu'elles soient assez hautes, rétorqua Helen.

Mandy avait dit à Seb qu'il pouvait amener les alpagas, et si elle voulait tenir sa promesse, les contraintes semblaient plus fortes que sa volonté.

Helen se tapota la lèvre.

— Ou… on demande à Jimmy s'il peut nous aider ? lança-t-elle timidement. Il a souvent du bois en trop, on pourrait lui en emprunter.

Mandy hésita. Elle n'était pas très à l'aise à l'idée de demander une faveur à Jimmy. Elle ne doutait pas une seconde qu'il accepterait, mais elle n'aimait pas admettre qu'elle avait besoin de son aide pour un souci aussi élémentaire. Puis elle pensa aux pauvres alpagas traumatisés, extirpés des ruines de leurs écuries habituelles et déjà en route pour le refuge. Elle devait le faire pour leur bien, songea-t-elle. Aussitôt, elle sortit le téléphone de sa poche et sélectionna le numéro de Jimmy.

— Bonjour, Mandy, répondit Jimmy, l'air plus enjoué qu'à leur dernière rencontre. Que puis-je faire pour toi ?

— Comment savais-tu que j'allais te demander quelque chose ? répliqua Mandy, un peu vexée.

— Tout doux ! C'était juste une façon de te saluer.

Mandy l'imagina en train de lever une main comme s'il essayait de calmer un cheval effrayé.

— Tout va bien ? tenta-t-il.

Mandy grimaça.

— Oui, désolée. Je suis un peu pressée, c'est tout. Seb m'amène des alpagas et nous devons mettre une barrière dans la grange pour séparer le mâle des femelles. Nous n'avons rien d'assez haut ici qui puisse servir de cloison.

J'ai pensé que tu aurais peut-être du bois qui traîne chez Running Wild.

— Oui, beaucoup. On vient de finir pour la journée, je charge la Land Rover et j'arrive directement.

— Merci.

Mandy ressentit une pointe de culpabilité en raccrochant. Il faudrait bien qu'elle s'habitue à se débrouiller sans lui, se rappela-t-elle. Elle ne pouvait pas réemménager chez elle sans lui tout en s'attendant à ce qu'il soit là quand elle aurait besoin de son aide.

Helen avait répandu de la paille fraîche sur le sol de la cabane et étudiait son téléphone.

— Je cherche sur Google les infos de base sur l'alpaga, expliqua-t-elle.

— Bonne idée, répondit Mandy. Je suis sûre que Seb nous dira ce qu'on a à savoir, mais ce serait bien d'être certaines d'être prêtes à les accueillir.

Avec deux doigts, Helen agrandit le texte sur son écran.

— Un, un bon abri, lut-elle avant de lever les yeux vers le toit. C'est bon. Deux, des soins vétérinaires, reprit-elle avant de fixer Mandy, la mine faussement sérieuse. Je pense qu'on pourra s'en sortir.

Mandy sourit.

— Trois… Helen fronça les sourcils : Bien le nourrir… Ce n'est pas très précis, remarqua-t-elle avant de poursuivre sa lecture. Ils mangent du foin, et nous en avons beaucoup. Apparemment, la nourriture pour alpagas est facilement disponible. Je vais voir si Seb peut s'arranger pour en faire déposer ici, et à défaut, on pourra aller chez Harper à la première heure, suggéra-t-elle en faisant référence à leur grossiste local d'aliments pour animaux.

— Numéro quatre, faites-les se reproduire avec précaution, lut-elle avant d'éclater de rire. Oh oui, il ne faudrait pas les faire se reproduire avec insouciance. Et si ça devait arriver, on pourrait toujours mettre ça sur le dos de la barrière défectueuse de Jimmy…

Elle prit une grande inspiration.

— Dernier point important, tondez-les une fois par an.

— Étant donné que c'est le début de l'hiver, aujourd'hui ne sera pas le jour de la tonte, nota Mandy.

Jimmy se gara près de la cabane peu après. Plusieurs gros morceaux de bois et une pile de planches dépassaient de l'arrière de son Land Rover, ainsi qu'une grande boîte à outils. Helen affina sa recherche en ligne pour trouver les dimensions idéales pour la clôture. Jimmy écouta attentivement, et au bout de quelques minutes, il était déjà au travail.

Helen se tourna vers Mandy.

— Je vais nourrir les animaux du refuge, proposa-t-elle, puis je vais aller fermer la clinique.

Mandy se retrouva seule avec Jimmy, mais ne ressentit aucune gêne dans la cabane doucement éclairée, l'odeur de la paille propre dans l'air. Elle l'aida sans même qu'il lui demande, lui passant des outils, tenant les planches en position et plaçant les vis pendant qu'il soutenait les morceaux les plus lourds.

Jimmy tourna la tête et lui sourit.

— On devrait lancer une entreprise spécialisée.

Mandy esquissa un petit rictus en coin. Si seulement… Malgré leurs différences, elle l'aimait toujours de tout son cœur. Plusieurs semaines de séparation n'avaient en rien atténué ses sentiments.

— Comment vont Abi et Max ? demanda-t-elle en changeant de sujet.

— Ils vont bien. Très excités à l'approche de Noël.

L'espace d'un instant, elle crut qu'il allait ajouter qu'elle leur manquait. Mais le silence retomba, et elle n'aurait su dire si elle en était heureuse ou triste.

Lorsque Seb arriva, l'abri était prêt, soigneusement divisé grâce à une cloison d'un mètre cinquante de haut, avec des barreaux assez rapprochés pour empêcher l'alpaga mâle de la traverser. Seb gara sur le parking son gros camion tractant une remorque à bétail. Mandy et Helen abaissèrent la rampe et firent descendre les camélidés un par un. Beaucoup plus petits que des lamas, avec le même cou droit et le même dos compact, ils se différenciaient par une tête plus petite et un nez rond. Ils avaient l'air si mignons avec leurs longs poils et leurs petits colliers rouges.

— Voici Inca, présenta Seb en désignant le plus grand des trois animaux, et les deux femelles ici s'appellent Fable et Meera.

Au grand soulagement de Mandy, les alpagas semblaient très habitués à être manipulés, et ils laissèrent Mandy et Helen les conduire au coin du refuge puis au fond du verger jusqu'à l'abri en bois. Inca testa la cloison en frappant sa tête une ou deux fois, puis renifla et se concentra sur son foin. Meera et Fable observèrent leur nouvelle maison avec de grands yeux curieux avant de grignoter également.

Seb et Helen repartirent, et Mandy et Jimmy restèrent côte à côte un moment, les yeux rivés sur le spectacle dans l'abri éclairé. Mandy se sentit plus apaisée qu'elle ne l'avait été depuis des jours.

Jimmy remua légèrement sur place.

— Geraldine s'attend à ce que tu rentres bientôt ?

— J'ai déménagé, se força-t-elle à répondre.

Le bref moment de paix s'était envolé. Jimmy eut l'air surpris.

— Pourquoi ?

Mandy se ressaisit. La nouvelle ne semblait pas devenir plus facile à annoncer.

— C'est ma mère.

Jimmy prit une profonde inspiration, puis ouvrit grands les bras. Mandy se laissa tomber contre son torse et s'accrocha à lui. Entre deux sanglots, elle percevait de légères tapes réconfortantes dans le dos. Il sentait l'après-rasage et le foin, et Mandy aurait voulu que ce moment ne se termine jamais et qu'il la tienne ainsi pour toujours.

Mais finalement, il relâcha son étreinte et recula. Mandy frissonna de cette soudaine perte de chaleur. Elle se redressa et fouilla dans sa poche à la recherche d'un mouchoir.

— Désolée, s'excusa-t-elle en s'essuyant les yeux.

— Tu n'as pas à être désolée, rétorqua-t-il en prenant sa main. Allez, dis-moi ce qui s'est passé. Je t'aiderai si je peux.

Mandy lui adressa un petit sourire larmoyant.

— Je ne pense pas que quiconque puisse m'aider, mais j'aimerais bien en parler.

Ils s'assirent côte à côte sur une botte de foin. Jimmy lui tenait toujours la main quand elle termina de tout lui raconter. Il avait écouté sans l'interrompre et laissa échapper un long soupir.

— Tu n'as encore rien dit à Adam et Emily ?

— Je ne sais pas quoi leur dire, admit Mandy.

Une ombre passa sur le visage de Jimmy.

— Pas étonnant. Tu dois avoir l'impression que toute ta vie a été mise sens dessus dessous.

Il resta immobile de longues minutes et Mandy l'imita, sentant la chaleur de sa paume s'infiltrer dans ses doigts. Les alpagas s'étaient couchés dans la paille épaisse. Dehors, la pluie tombait et le doux bruit des gouttes sur le toit rendait Mandy somnolente.

— Qu'est-ce que tu penses faire ? finit par demander Jimmy. Es-tu sûre de quoi que ce soit ?

— Je pense que j'aimerais mieux connaître Geraldine. Je sais que je dois y aller doucement, mais je ne peux pas la repousser. Elle a passé tellement de temps sans moi. Et c'est ma mère. Les mots avaient encore un goût étrange en bouche, comme du verre brisé.

Jimmy lui serra les doigts.

— C'est une bonne idée pour commencer. Et pour ce soir ? Tu as un endroit où aller ? J'imagine que tu ne vas pas rester avec tes…, commença-t-il avant de se reprendre : … avec Adam et Emily.

Mandy secoua la tête.

— J'étais chez Molly hier soir. Elle a été très gentille, je vais y retourner.

— Tu es sûre ? insista Jimmy en l'observant attentivement. Tu peux revenir à la maison, si c'est plus simple ?

— Pas tout de suite, répondit-elle, s'efforçant de stabiliser sa respiration saccadée, sentant les larmes remonter. Je t'aime toujours de tout mon cœur, mais je sais que c'est fini entre nous. Il faudra qu'on règle la situation, une fois que j'aurai l'esprit clair. Mais merci de m'avoir laissée parler.

Chapitre 23

Mandy resta assise au volant, garée devant Vert-Cottage, de longues minutes après le départ de Jimmy. Elle savait qu'elle voulait parler à Geraldine, mais il lui était très difficile de trouver quoi dire. Finalement, elle commença à taper un message sur son téléphone.

Je sais que ça n'a pas dû être facile, mais merci de m'avoir dit la vérité. Je suis désolée d'être partie si vite. J'ai eu le temps de réfléchir et j'espère te revoir bientôt.

Elle hésita au moment de signer, et se décida finalement pour « Bises, Mandy ». Elle attendit, se demandant si elle n'allait pas changer d'avis, mais non : elle savait qu'elle voulait le faire. D'une main ferme, elle cliqua sur « Envoyer ».

Complètement vidée, elle rentra à Six Oaks. Il n'y avait aucun signe de Molly dans la maison et Mandy eut soudain envie de monter à l'étage pour se coucher, mais il était trop tôt. Elle déambula dans la cour et ne fut pas surprise de voir que la lumière était allumée dans le box de Bill. La couverture du grand cheval était pliée sur la paille et Molly passait une brosse douce sur son flanc. Elle sourit en apercevant Mandy.

— Je le dorlote un peu, expliqua-t-elle, l'air un peu triste. Ce cher vieux garçon, murmura-t-elle. Il va me manquer. Ça peut paraître bizarre, mais je me sens tellement privilégiée qu'il partage sa fin de vie avec moi. J'ai l'impression qu'il a confiance en moi pour faire ce qu'il faut.

Elle arrêta le brossage et appuya le front contre le visage de Bill. Mandy sentit une boule se former dans sa gorge. Quel que soit le nombre d'animaux qu'elle avait vus en toute fin de vie, elle n'avait jamais réussi à y devenir insensible. Cette fois-ci, l'émotion était d'autant plus intense qu'elle portait profondément Bill et Molly dans son cœur.

— Bon, allez, se ressaisit Molly en se relevant. Il est temps de laisser le pauvre vieux en paix. Je vais faire une poêlée, si ça t'intéresse, annonça-t-elle en rangeant les brosses dans la boîte de toilettage. J'ai même acheté de l'halloumi si tu te sens d'humeur aventurière.

— Ça m'a l'air super, dit Mandy.

Elle tapota gentiment Bill, puis suivit Molly dans la maison.

Mandy arriva tôt à Vert-Cottage le lendemain matin. Elle voulait s'assurer que les alpagas allaient bien avant de sortir les chiens. Les camélidés à la fourrure douce se tenaient en rang, la tête par-dessus la porte de l'étable, trois séries d'yeux brillants rivés sur elle. Le givre avait blanchi l'herbe du verger, mais l'abri était chaud et douillet.

Mandy fit sortir Sky et Moutarde d'abord. La chienne resta longtemps immobile devant les alpagas, comme si elle essayait de déterminer s'il s'agissait de moutons trop grands.

Moutarde sembla avoir peur d'eux quand Mandy lui fit traverser le champ. La jeune vétérinaire observa attentivement son langage corporel et s'arrêta dès que ses oreilles commencèrent à s'aplatir. Quand il parut à nouveau à l'aise, elle lui donna des friandises jusqu'à ce qu'il se soit suffisamment calmé pour s'approcher. Les alpagas toisaient les chiens, distants et dédaigneux. Mandy se surprit à sourire – ils n'avaient manifestement pas peur de ces petits visiteurs poilus.

Une fois tous les chiens sortis, Mandy se concentra sur la préparation du petit déjeuner. C'était vendredi et Geraldine était officiellement censée venir, mais elle n'était toujours pas arrivée quand Mandy dut quitter le refuge pour se rendre à la clinique. Là, le sentiment d'irréalité de la veille la frappa, aussi intense.

— Regarde ça ! s'écria Emily en ouvrant d'autres cartes de Noël.

Elle en tendit une à Mandy : la photo d'un mignon lapin qui s'étirait pour grignoter le nez en carotte d'un bonhomme de neige.

— « De la part de Mme Chan et Laitue », lut Mandy à l'intérieur.

Mme Chan était une charmante dame chinoise qui avait adopté Laitue à Vert-Cottage l'été passé. Emily sourit à Mandy.

— Veux-tu déjeuner avec moi aujourd'hui, ma puce ?

Mandy sentit ses épaules se crisper. Elle se força à souffler lentement et montra du menton l'agenda ouvert sur le bureau.

— Je ne sais pas trop où je serai, pour être honnête. Je suis attendue à Upper Welford à 9 h 15, alors je vais devoir me dépêcher, désolée.

Parfaitement consciente du rougissement de ses joues et du regard curieux d'Emily, Mandy réunit le matériel dont elle avait besoin et se rua vers sa voiture. Jimmy était en train de se garer à Running Wild quand Mandy passa devant. Il lui fit un signe de la main et elle l'imita, un nœud de tristesse au fond du ventre.

C'était doublement difficile de le voir alors qu'il lui manquait tant, mais elle ne pouvait pas revenir en arrière.

Dans la cour du domaine d'Upper Welford fourmillait la joie de Noël. Un énorme sapin avait été installé au milieu de la cour pavée, décoré de milliers de lumignons. Chaque boutique avait choisi un thème différent pour sa vitrine de fêtes. Certaines enneigées, d'autres verdoyantes, une dernière débordant de rangées de minuscules elfes vêtus de feutre rouge et vert. Étonnamment, la fromagerie avait décidé d'installer une chèvre en peluche déguisée en Père Noël. L'odeur des marrons chauds flottait dans l'air et Mandy prit une profonde inspiration. Elle avait sauté le petit déjeuner ce matin et son estomac gargouillait – elle s'en offrirait un sachet après sa visite. Geraldine aimait-elle les marrons chauds ? se demanda-t-elle. Elle avait tant à apprendre sur elle.

Mandy fut soudain parcourue d'un frisson d'excitation. Elle avait toujours cru qu'il serait impossible de rencontrer ses parents biologiques. Elle resta immobile un moment, la cour tanguant autour d'elle. Peut-être que Geraldine n'était que la première personne d'une longue liste… peut-être qu'une famille entière l'attendait ! Elle étudia les boutiques étincelantes. Peut-être pourrait-elle revenir ici pour faire ses cadeaux de Noël ?

Tout à coup, les fêtes de fin d'année lui parurent pleines de joie et d'anticipation, et non plus de peur et d'appréhension.

Il ne lui fallut qu'une demi-heure pour parer le sabot de la vache. Mandy remonta en voiture, serrant contre elle un sachet en papier de marrons chauds, déterminée. Elle décida d'appeler Geraldine aussitôt. Elle posa le sac sur le siège passager et sortit son téléphone portable. Avec une excitation palpable, elle composa le numéro de Geraldine. *Décroche, décroche.*

Le téléphone sonna et sonna encore. Elle n'avait pas eu de réponse non plus au message de la veille et Mandy se laissa envahir par l'inquiétude : Geraldine avait-elle changé d'avis sur tout ?

— Allô ? Mandy ? répondit enfin Geraldine, essoufflée.

— Oui, c'est moi, confirma-t-elle, surprise de sentir des larmes gonfler ses paupières.

— Oh !

Cette exclamation renfermait tant de chaleur que les larmes débordèrent et glissèrent sur les joues de Mandy. Ses doigts agrippèrent fermement le téléphone.

— C'est si bon d'entendre ta voix, poursuivit Geraldine. Désolée d'avoir mis si longtemps à répondre. J'étais à l'étage et mon téléphone était dans mon sac dans la cuisine.

Si Mandy n'avait pas réfléchi à ce qu'elle allait dire, l'immense soulagement qui la traversa en entendant la voix de Geraldine lui dit tout ce qu'elle avait besoin de savoir.

— Je... je me demandais si tu allais venir à Vert-Cottage aujourd'hui.

— Oh !...

Encore cette heureuse exclamation.

— Merci, j'en serais ravie, ajouta Geraldine. Je suis désolée de ne pas t'avoir répondu. Je voulais m'assurer que tu étais vraiment prête. J'ai lâché une bombe, je m'en rends bien compte... J'aurais dû agir autrement, je suis désolée...

— La manière dont tu m'as annoncé la nouvelle n'a pas d'importance, la rassura Mandy tandis que des larmes serpentaient jusqu'à son cou. Je regrette simplement de ne pas avoir su qui tu étais beaucoup plus tôt.

— Moi aussi..., souffla Geraldine, puis de reprendre, après un court silence, la voix légèrement éraillée. On ne peut pas changer le passé, mais je suis si heureuse d'avoir la chance de réparer notre relation.

— Nous ne pouvons pas changer le passé, mais nous pouvons changer l'avenir. Veux-tu venir aujourd'hui ? Je dois te présenter à nos nouveaux résidents !

— Ce serait merveilleux, confirma Geraldine. J'ai hâte ! Je serai là d'ici une demi-heure.

À son retour, Mandy constata que l'atmosphère à la réception d'Animal Ark était presque aussi festive qu'au domaine d'Upper Welford. Les dernières cartes de Noël avaient été collées sur la vitre et les lumières du sapin clignotaient en cadence – rouge, bleu, vert. Helen était assise au bureau, tapant sur le clavier.

— Où est passé tout le monde ? lança Mandy.

— Toby s'occupe de l'ergot de Fancy Ponsonby, commença-t-elle en haussant un sourcil, un petit sourire en coin – Amelia Ponsonby, une cliente régulière, était très attachée au jeune vétérinaire et insistait pour que ce soit lui qui ausculte son pékinois adoré. Ta mère est rentrée à la maison et ton père a été appelé pour un vêlage à Twyford… et ça va finir en césarienne, donc il ne sera sûrement pas de retour avant un bon moment. Il n'y a rien d'autre pour l'instant.

— Dans ce cas, je vais au refuge, répondit Mandy, soulagée d'apprendre qu'Adam et Emily ne seraient pas là quand Geraldine arriverait. Elle n'était pas prête à affronter cette situation compliquée : les voir tous les trois ensemble.

Elle remonta le chemin pavé, un sentiment d'excitation grandissant au creux de sa poitrine.

— Maman, dit-elle à voix haute en déverrouillant la porte.

Le mot semblait encore étrange quand elle y associait une image de Geraldine, mais elle finirait par s'y habituer, elle en était convaincue.

— Ma mère vient nous voir, annonça-t-elle à Jasper, qui leva les yeux et répondit d'un mouvement de sa longue queue fine.

Elle entendit le bruit de la porte principale qu'on ouvrait. Des papillons s'affolaient dans son ventre et, soudain, elle avait du mal à respirer calmement. Mandy sortit du chenil et aperçut Geraldine… maman… debout à l'accueil, l'air aussi nerveuse que Mandy.

— Je suis contente que tu sois là, dit Mandy sans réfléchir.

— Moi aussi, répondit Geraldine, et elle sourit derrière ses traits tendus.

Mandy s'était demandé si elle devait serrer Geraldine dans ses bras quand elle la verrait. Après tout, n'était-ce pas ainsi que ça se serait passé dans une série télé ? Maintenant qu'elles étaient face à face, elle sut que c'était trop tôt. Au lieu de cela, elle se surprit à fixer Geraldine, cherchant des preuves de leur lien. Ce n'était pas souvent que Mandy rencontrait des femmes aussi grandes qu'elle. Aurait-elle dû en déduire quelque chose ? Elle pensait percevoir une ressemblance au niveau du nez. La même peau claire, aussi, mais les cheveux teints en roux éclatant empêchaient de déterminer la couleur naturelle de Geraldine.

Geraldine hocha la tête, comme si elle savait ce que pensait Mandy.

— Tu ressemblais tant à ton père quand tu es née. Mais je me vois en toi aujourd'hui. J'ai des photos de moi quand j'étais plus jeune à Manchester, on pourra les regarder ensemble un jour, si tu veux.

— J'en serais ravie.

Elle se demanda si Geraldine possédait aussi une photo de son père.

— Est-ce que tu veux sortir les chiens ? proposa-t-elle, estimant qu'il serait plus facile de parler en faisant autre chose.

Tandis qu'elles conduisaient Jasper et Moutarde vers le paddock, Sky sautillant derrière la petite troupe, Mandy commença à se détendre. Pour l'instant, elle voulait juste être avec sa nouvelle maman. Certes, elle avait un million de questions, mais toutes pouvaient attendre.

Moutarde était beaucoup plus à l'aise aujourd'hui avec les alpagas et s'approcha sans hésiter de la clôture pour les renifler. Mandy lui donna une friandise pour récompenser son courage.

Geraldine passa la barrière pour caresser le nez râpeux du mâle.

— Comment s'appellent-ils ?

— Lui, c'est Inca. Et ces deux-là, Meera et Fable.

Geraldine passa de l'autre côté pour gratter derrière l'oreille de Fable, qui sembla apprécier l'attention.

— Il y a quelques années, j'ai fait un trekking au Pérou, raconta Geraldine. J'avais un alpaga comme animal de bât.

— Ça a l'air passionnant.

Elles discutèrent ainsi des pays qu'elles avaient visités. Geraldine semblait avoir voyagé dans beaucoup d'endroits sur la liste rêvée de Mandy, et celle-ci l'écouta avidement mentionner le Pérou, l'Inde, le Chili et les chutes Victoria en Zambie.

— Tu me donnes envie de prendre une année sabbatique pour aller voir le monde ! s'exclama Mandy.

— Le temps passé à voyager n'est jamais perdu, répondit Geraldine. Sérieusement, tu devrais en profiter dès que tu en as l'occasion. Même si tu es seule ! C'est beaucoup moins dangereux qu'autrefois.

Pour la première fois, se voir confrontée à son célibat ne fit pas autant souffrir Mandy. Elle se vit embarquer à bord d'un avion, un aller simple à la main, prête à vivre des aventures dans un endroit lointain.

— Je vais prendre des vacances. Le Yorkshire est magnifique, mais je sais qu'il y a d'autres horizons à explorer, promit-elle, les yeux rivés sur Geraldine, qui versait de l'eau dans l'abreuvoir de Meera et Fable. Merci de m'avoir trouvée, ajouta-t-elle à la hâte. J'ai été choquée quand tu me l'as annoncé, mais maintenant… je n'imagine pas ignorer qui je suis vraiment.

Geraldine lui sourit. Mandy fit un pas en avant, ouvrit les bras et, pour la première fois, elles s'étreignirent comme une mère et une fille ; une étreinte débordant de chaleur, d'émerveillement et de presque trente ans d'amour.

Mandy sentit alors un souffle chaud sur sa nuque, puis une langue humide bavant dans ses cheveux. Ses yeux suivirent cette sensation jusqu'à découvrir les lèvres de Meera tout près de son oreille, ce qui la fit sursauter. Les trois alpagas les observaient, horrifiés. Geraldine et Mandy se regardèrent et éclatèrent de rire.

Heureusement, le lendemain était un samedi et Mandy n'était pas de garde. L'après-midi de la veille à la clinique avait été très pénible, comme si les pièces résonnaient d'accusations tues. Bien sûr, ni Adam ni Emily ne savaient ce qui n'allait pas, mais il était évident qu'ils savaient qu'il y avait un problème.

La colère de Mandy envers eux fluctuait, mais le sentiment de trahison demeurait. Le manque de communication avec Emily avait été particulièrement difficile, alors que tout ce que Mandy voulait, c'était lui parler de l'annonce folle de Geraldine. Sans le vouloir, Mandy se surprit à scruter le visage de sa mère pour y déceler des signes d'aggravation de sa maladie. Comment aborder un sujet aussi stressant alors qu'Emily était déjà mal en point ? Aussi furieuse soit-elle, l'idée d'empirer la situation lui était insupportable.

Mandy se trouvait dans la chatterie quand elle entendit la porte du refuge claquer.

— Bonjour, ma chérie !

Mandy se surprit à sourire en entendant le salut enjoué de Geraldine, qui apparut peu après dans l'embrasure de la porte, chargée de deux sacs en plastique.

— Je me suis dit qu'on pourrait décorer un peu ? Si tu es d'accord, bien sûr.

— Ce serait super, confirma Mandy, en la suivant à l'accueil.

— J'ai apporté de la musique de Noël, ajouta Geraldine en brandissant son portable et une petite enceinte qu'elle posa sur le bureau avant d'ouvrir une application sur son téléphone. Chants de Noël traditionnels !

Un instant plus tard, la musique inonda la pièce.

Tout en collant une étoile en aluminium à la vitre, Mandy contempla les montagnes. La journée était fraîche et le soleil scintillait sur le givre matinal. Peut-être qu'à l'arrivée de l'été Geraldine et elle se promèneraient sur les chemins escarpés et exploreraient la lande ensemble. Elle respira profondément. Geraldine avait apporté des bougies parfumées dans des photophores, et l'arôme doux de la cannelle et de la vanille flottait dans l'air.

— Tu peux me donner un coup de main pour installer ça ? lança Geraldine, une crèche en bois entre les mains.

En saisissant la minuscule figurine de Marie drapée de bleu, Mandy ressentit un élan d'enthousiasme festif : quoi qu'il arrive, ce serait le premier Noël où elle saurait que sa vraie mère était vivante et l'aimait. Elle jeta un coup d'œil à sa montre : elle avait encore le temps de terminer ses achats de Noël et d'aller à Walton avant l'heure du déjeuner.

— Je dois sortir, dit-elle à Geraldine. Il faut que je trouve un cadeau pour Taresh.

Elle s'attendit presque à ce que Geraldine lui propose de l'accompagner, mais celle-ci sourit jusqu'aux oreilles.

— Tu aurais dû me le dire ! Je serais ravie de garder la boutique quelques heures. Tu travailles si dur, tu mérites une pause.

Mandy se dirigea vers sa voiture avec une sensation inattendue de légèreté. En passant devant le cottage, elle vit Emily lui faire signe à travers la fenêtre. Après une seconde d'hésitation, Mandy lui rendit son salut, puis tapota de l'index sa montre en secouant la tête pour indiquer qu'elle n'avait pas le temps de s'arrêter.

À Walton, le parking était bondé. Mandy tourna plusieurs minutes avant de s'arrêter en voyant les feux de recul d'une Mini s'allumer. Elle se gara rapidement en marche arrière. L'un des atouts à manœuvrer tous les jours dans les cours des exploitations agricoles, c'était une capacité étonnante à faire entrer son RAV4 dans n'importe quel espace disponible.

Un magasin de jouets se trouvait près du parking et Mandy décida d'y passer en premier. Elle se sentit mal en se remémorant la dispute avec James. Elle ne savait pas du tout comment arranger les choses entre eux, mais elle était déterminée à trouver un beau cadeau pour son nouveau neveu adoptif. Mandy déambula dans la boutique plusieurs minutes, en quête d'inspiration. Tout au fond, dans un coin, elle repéra un camion de pompiers et l'attrapa pour y jeter un coup d'œil. En plus des lumières clignotantes et de la sirène, un tuyau projetait de l'eau à partir d'un petit réservoir facile à remplir.

Mandy sourit en apportant le jouet à la caisse et en regardant l'hôtesse l'emballer dans un joli papier. Elle aurait aimé recevoir ce genre de cadeau, et elle espérait que Taresh aussi. Quand elle se dirigea vers la rue principale, alourdie par l'énorme paquet, elle commença à regretter d'avoir acheté le cadeau du garçonnet en début de parcours.

Elle avait longuement réfléchi aux cadeaux pour Adam et Emily et décidé que le panier de sels de bain qu'elle avait déniché à York pour Emily était finalement trop vieillot, et que Mamie l'apprécierait davantage. Même si sa relation avec ses parents adoptifs était toujours un peu en suspens, teintée de colère et de douleur, elle ne pouvait imaginer ne rien leur offrir. Elle avait déjà décidé de prendre pour Adam un pull tricoté main à la boutique du domaine d'Upper Welford, mais elle n'avait aucune idée pour Emily.

Elle passait devant une boutique à la vitrine éclatante lorsqu'un foulard en soie attira son attention, avec ses motifs de papillons imprimés dans des tons subtils de rose pâle sur fond bleu clair. Dès que Mandy le vit, elle sut qu'Emily l'adorerait. Elle entra et s'en empara aussitôt. Il était doux au toucher, et les papillons étaient délicatement détaillés. Elle l'apporta au comptoir et le paya, soulagée.

Comme elle sortait, elle s'immobilisa. Juste à côté de la porte, une étagère débordait de chemisiers dorés assez clinquants. Mandy en souleva un et le tint contre elle. C'était plus extravagant que tout ce qu'elle aurait pu s'offrir pour elle, mais il serait superbe sur Geraldine, avec sa carrure et sa prestance, et bien sûr ses cheveux roux éclatant. Elle lut l'étiquette du prix et grimaça. Il était cher, presque trop cher, bien plus que le foulard d'Emily.

Elle le tint à nouveau devant elle, admirant son reflet dans le miroir. Elle voyait si bien Geraldine avec. Elle fouilla dans son sac, en sortit sa carte de crédit et retourna vers la caisse. Certes, le vêtement était cher, même plus que le cadeau d'Emily, et alors ? N'avait-elle pas près de trente ans de cadeaux de Noël à rattraper ?

La vendeuse lui sourit.

— Magnifique, n'est-ce pas ? lui lança-t-elle lorsque Mandy lui tendit le chemisier. Il vous ira parfaitement, compte tenu de votre taille et de votre silhouette.

Mandy sentit ses joues s'empourprer, mais elle ne voulut pas argumenter. Geraldine et elle se ressemblaient physiquement.

— Merci, marmonna-t-elle lorsque la jeune femme glissa le chemisier dans un sac et le lui remit.

— Mandy !

C'était la voix d'Abi. Mandy se retourna et aperçut Abi et Max sur le seuil d'un magasin, accompagnés de Belle.

— Bonjour ! s'exclama Belle en souriant à Mandy. La folie des achats de Noël, hein ? Heureusement que c'est seulement une fois par an, sinon je deviendrais complètement chèvre !

Elle avait l'air plus apprêtée que jamais dans un imperméable rouge à ceinture et des bottes en daim jusqu'aux genoux.

— Je vois parfaitement ce que tu veux dire, acquiesça Mandy, consciente que sa doudoune sans manches était couverte de poils d'alpaga et qu'une touffe de paille restait collée à sa chaussure.

— On peut aller faire les boutiques avec Mandy, s'il te plaît, maman ? supplia Abi.

Belle haussa les sourcils.

— Je ne pense pas que Mandy ait envie de te traîner avec elle, commença-t-elle, mais Mandy leva une main.

— Je suis d'accord. Ils pourront m'aider à trouver des idées de cadeaux !

Belle rayonna.

— Si ça ne t'ennuie pas, alors tu me rendrais un grand service. Je pourrais aller plus vite toute seule ! Mais tu es bien sûre ?

— Absolument, insista Mandy.

Elle reprit son chemin sur le trottoir, un jumeau de chaque côté. Max lui prit la main tandis qu'Abi proposa de porter le sac contenant le camion de pompiers de Taresh.

— On a rencontré Taresh quand papa nous a emmenés à York, annonça-t-elle.

Mandy dévisagea Abi, surprise : bien sûr, rien n'empêchait James et Jimmy de se voir. Ils étaient de bons amis maintenant, mais c'était étrange de les imaginer ensemble sans qu'elle en sache rien.

— Taresh est si mignon, poursuivit Abi. Il essayait de dire mon nom et il m'a appelée Babby.

— Est-ce qu'on peut aussi acheter quelque chose pour Taresh ? demanda Max.

— Et pour papa ? ajouta Abi. Tu peux nous aider à choisir un cadeau pour lui ?

— Bien sûr, répondit Mandy, de plus en plus mal à l'aise.

Clairement, elle n'arriverait pas à faire ses propres courses. Mais c'était un plaisir d'être à nouveau avec les enfants, et leur joie festive s'avéra contagieuse.

Ils retournèrent ensemble au magasin de jouets, et Abi choisit un lot de trois livres pour Taresh.

— On les avait quand on était bébés, expliqua-t-elle à Mandy en les tendant pour montrer les titres.

— *Mes premiers mots*, *Mes premiers chiffres* et *Mes premières couleurs*, lut Mandy. Très utile, déclara-t-elle, et le visage d'Abi s'illumina.

— C'est vraiment important que Taresh apprenne à lire et à écrire.

— Je suis parfaitement d'accord avec toi, Abi.

— J'ai pensé à un calendrier pour papa, intervint Max en tirant sur la main de Mandy. Un pour son bureau.

Ils se dirigèrent vers la papeterie et commencèrent à étudier le rayonnage des calendriers.

— J'aime bien celui-là, lança Max en désignant un calendrier des Yorkshire Dales, avec une superbe photo de l'affleurement rocheux d'Axwith Tor en hiver en couverture.

Mandy le prit et ils le feuilletèrent.

— Regarde, dit Max devant une scène du sommet de Malham Cove. C'était dans *Harry Potter* !

Il avait l'air tellement étonné que Mandy eut envie de rire.

— C'est vrai, et peut-être qu'on pourra y aller un jour.

À peine ces mots prononcés, elle les regretta. Malgré leur rencontre accidentelle d'aujourd'hui, il était possible que les jumeaux et elle ne se voient plus beaucoup à l'avenir, et certainement pas pour de longues sorties.

Ils payèrent le calendrier, puis ce fut au tour d'Abi de chercher quelque chose pour son père. Elle avait vu un épervier en bois sculpté dans un autre magasin et elle conduisit Mandy là-bas, une expression déterminée sur le visage.

— S'il te plaît, on peut l'acheter ? S'il te plaît ? dit Abi. J'ai presque assez de sous.

Elle ouvrit son sac à main pour montrer à Mandy combien elle avait. Comme le chemisier, l'épervier était assez cher, mais Abi semblait si décidée que Mandy céda.

— Bon, d'accord, vas-y, je paierai la différence.

Abi lui offrit son plus beau sourire.

— Papa va l'adorer, tu ne penses pas ?

Mandy hocha la tête, un peu triste de penser qu'elle ne serait pas là quand il ouvrirait son cadeau.

— Oui, je suis persuadée qu'il va beaucoup l'aimer.

Chapitre 24

Si elle avait évidemment apprécié la compagnie des jumeaux, Mandy éprouva un sentiment de soulagement en retournant à la galerie marchande où ils s'étaient donné rendez-vous avec Belle. Ni Abi ni Max n'avaient parlé du fait qu'elle ne vive plus dans sa propre maison, et Mandy espérait que Jimmy et elle pourraient attendre jusqu'après Noël pour leur expliquer. Elle ne voulait pas qu'ils soient perturbés, ou risquer de gâcher les festivités.

— Tu seras à la maison pour Noël ? demanda Max, la faisant sursauter.

Mandy baissa les yeux vers lui. Deux grands yeux écarquillés et anxieux la dévisageaient. Mandy s'efforça de sourire.

— Je ne suis pas sûre, dit-elle en choisissant soigneusement ses mots.

— Papa et toi, vous ne vous aimez plus ? la pressa Abi.

Mandy se sentit alors plus sûre d'elle.

— Nous nous aimons toujours beaucoup. Mais la vie des grandes personnes est parfois compliquée. Nous devons nous assurer de bien vouloir les mêmes choses, dit-elle à Abi avant d'expliquer devant son regard confus : C'est un peu comme si tu essayais d'être ami avec quelqu'un qui veut passer tout son temps à jouer à des jeux vidéo, alors que tu préférerais être dehors.

Abi acquiesça, mais Max fronça les sourcils.

— Mais papa et toi, vous aimez tous les deux être dehors.

— C'est vrai, murmura tristement Mandy.

— Me voilà !

Belle vint à la rescousse de Mandy, et les enfants se mirent à lui montrer ce qu'ils avaient acheté, la noyant dans un tourbillon de sacs.

— Je vais y aller, les terreurs, dit Mandy en se penchant pour leur faire un câlin à chacun. Soyez sages avec votre mère. Je vous verrai avant Noël, j'en suis sûre.

— Avec nos cadeaux ? s'assura Abi, et Mandy eut envie de rire devant son air plein d'espoir.

— Ce n'est pas très poli…, commença Belle, mais Mandy sourit.

— Bien sûr qu'il y aura des cadeaux.

Mandy dut se hâter de retourner à sa voiture, car son ticket de parking allait très bientôt expirer. Elle déposa les paquets sur le siège arrière et prit la route de Welford. Il n'était encore que l'heure du déjeuner, pourtant le ciel s'était couvert et l'obscurité enveloppait déjà l'horizon. Des lumières vives clignotaient sur les plantes dans les jardins et à presque toutes les fenêtres, des sapins décorés attiraient l'œil.

Une voiture tourna sous le panneau en bois d'Animal Ark au moment où Mandy voulut s'y engager. La femme au volant leva une main et Mandy l'imita. Les consultations du matin avaient dû déborder du planning, devina-t-elle.

La voiture de Geraldine n'était plus là. Mandy décida de passer voir une dernière fois les animaux avant de retourner à Six Oaks. Elle sortait du refuge quand Adam ouvrit la porte d'entrée du cottage et lui adressa un signe.

— Viens donc déjeuner ! Je fais des croques au fromage et aux cornichons.

Mandy était prête à tout pour trouver une excuse, mais rien ne lui vint. Avec un sourire embarrassé, elle ôta ses bottes sur le seuil et le suivit dans la cuisine où Emily dressait la table.

— Bonjour, ma chérie. Je suis ravie de te voir.

— Je vais te donner un coup de main, proposa Mandy en se dirigeant vers le tiroir à couverts avant qu'Emily n'ait le temps de refuser.

— C'est prêt ! annonça Adam tandis que Mandy sortait les fourchettes.

Mandy s'efforça de fixer son assiette et de se concentrer sur la mastication. Le pain semblait lui coller à l'œsophage et elle prit plusieurs gorgées d'eau pour le faire passer. L'horloge sur le mur de la cuisine affichait le passage lent de l'heure, seconde après seconde. Mandy se surprit à souhaiter que le déjeuner soit terminé et qu'elle puisse s'échapper.

Au bout de cinq minutes, Adam se cala au fond de sa chaise et posa son sandwich dans son assiette. Mandy le vit jeter un coup d'œil à Emily et sentit son dos se raidir. C'était le moment, pensa-t-elle. Ils allaient insister pour qu'elle leur dise ce qui n'allait pas.

— Il y a quelque chose dont nous aimerions te parler, tenta Adam.

Mandy remarqua que ses mains tremblaient. Elle reposa son pain au fromage et les glissa entre ses genoux.

— C'est à propos d'un couple qui était là juste avant que tu n'arrives, reprit Adam. Peut-être les as-tu croisés en arrivant ?

Mandy acquiesça, confuse.

— Ils ont appelé la clinique pour ouvrir un dossier pour leur nouveau chat.

— C'est une bonne nouvelle, non ? osa Mandy, les yeux rivés sur son père, essayant de comprendre où il voulait en venir. Nous avons de la place sur la liste pour de nouveaux clients, n'est-ce pas ?

— Ce *serait* bien…, intervint Emily, sauf qu'ils n'ont pas encore de chat. Ils ont dit qu'ils allaient en adopter un à Vert-Cottage. Je sais que la communication n'a pas été optimale entre nous ces derniers temps…

Elle eut l'air de vouloir en dire plus, mais se retint.

— Bref, d'habitude, tu nous le dis quand tu prépares une adoption.

Mandy fronça les sourcils.

— Comment s'appelaient-ils ? Je n'ai aucun nouveau projet de placement en cours. En général, je ne laisse pas partir les animaux si près de Noël, au cas où ils seraient destinés à finir en cadeaux non désirés.

— C'est ce que je pensais, dit Adam avant de soupirer en tripotant son couteau. À ce que j'ai compris, ils sont venus pour la première fois aujourd'hui, et Geraldine a dit qu'ils pouvaient adopter un des chats. Ils sont tombés amoureux de Sixpence et pensent pouvoir le récupérer dans les tout prochains jours.

Mandy fixa Adam. Elle n'aurait jamais annoncé à quiconque qu'il pouvait adopter un animal avant d'avoir effectué la visite du foyer potentiel.

— Ils ont dû mal comprendre ce que Geraldine leur a dit, rétorqua-t-elle.

— Ils avaient l'air plutôt sûrs d'eux, répondit Emily d'une voix douce. Geraldine les a aidés à remplir les formulaires.

Mandy croisa les mains sous la table.

— Ont-ils parlé d'une visite à domicile ?

Adam grimaça.

— Apparemment, Geraldine a dit que tu t'en chargerais dimanche, mais que ce ne serait qu'une formalité, car ils avaient l'air parfaits.

Mandy ferma les yeux un instant. Bon, Geraldine voulait l'aider, mais si toute cette histoire était vraie, elle avait définitivement dépassé les bornes. Au moins, elle n'avait pas simplement donné l'un des animaux de la main à la main, se dit Mandy.

La voix d'Adam s'immisça dans ses pensées. Il avait l'air très sérieux, comme lorsque quand Mandy, petite, avait fait une bêtise.

— Je suis désolé, ma chérie, je sais que c'est difficile, mais Geraldine n'est pas ici depuis longtemps, et on a l'impression qu'elle a pris trop de responsabilités. Elle doit comprendre qu'il ne s'agit pas seulement de trouver des maîtres volontaires. Il faut faire passer les besoins des animaux en premier.

— Geraldine le sait ! rétorqua Mandy.

— Eh bien, elle ne travaille au refuge que depuis très peu de temps, persista Emily. C'est bien de la voir enthousiaste, mais peut-être ne devrais-tu pas encore la laisser seule pour gérer le refuge ?

Mandy déglutit.

— Je suis seulement allée faire des courses. J'ai confiance en Geraldine. Je ne peux pas être là toute la journée, tous les jours.

Adam haussa les sourcils.

— Ce n'est pas ce que nous voulions dire, ma chérie. Nous pensons juste que tu devrais être un peu moins confiante, peut-être. Avec Nicole, c'était différent, nous savions qu'elle était plus jeune, alors nous ne lui avons pas donné trop de responsabilités. Mais Geraldine est plus mature. Peut-être que tu estimes qu'elle peut s'occuper de certaines choses, mais elle n'est pas prête. Je veux dire, tu la connais à peine.

Les mains de Mandy s'étaient serrées en poings sous la table. Elle sentait son sang pulser dans ses oreilles.

— Alors maintenant, c'est ma faute, cracha-t-elle en jetant un coup d'œil d'Emily à Adam. Vous allez trop loin, tous les deux…

Elle prit une grande inspiration.

— D'accord, elle a apparemment un peu dépassé les bornes, mais rien qui ne puisse être réparé. Je vais appeler les personnes venues aujourd'hui et leur parler. Ce n'est pas la faute de Geraldine.

Elle entendit sa voix monter dans les aigus et Emily tendit une main vers elle, le regard inquiet.

— Calme-toi, ma puce. Nous sommes de ton côté. Je suis sûre que Geraldine voulait bien faire, mais tu dois lui faire comprendre qu'elle ne peut pas être responsable de l'adoption des animaux. J'aime voir que tu as envie de faire confiance, mais tu dois juste être un peu plus prudente. Nous le pensons tous les deux.

Elle tourna légèrement la tête vers Adam, qui sourit en guise d'encouragement.

Mandy sentit la rage traverser son corps, jusqu'au bout des doigts. Comment pouvaient-ils lui parler de confiance ? Comment osaient-ils ?

— Si je fais confiance trop vite aux gens, c'est à cause de vous, lâcha-t-elle, la froideur de sa voix la surprenant elle-même. Après tout, je vous ai fait confiance, à papa et à toi, n'est-ce pas ? Quand vous m'avez dit que mes vrais parents avaient été tués dans un accident de voiture quand j'étais bébé, alors que vous saviez pertinemment que ce n'était pas vrai, n'est-ce pas ? Tous les deux.

Elle prit une profonde inspiration, essayant de maîtriser ses émotions. Emily était soudain très pâle, et Adam écarlate – il avait l'air de s'étouffer.

— Qui… qui t'a dit ça ? balbutia Emily. Tu n'étais pas censée l'apprendre…

Adam semblait paralysé sur son siège. Il ouvrit la bouche, mais aucun mot n'en sortit.

Le regard de Mandy glissait de l'un à l'autre, des larmes inondaient son visage, mais quand elle reprit la parole, sa voix était calme et posée.

— C'est Geraldine qui me l'a dit. Geraldine est ma mère.

Si elle pensait les avoir vus sous le choc auparavant, ce n'était rien comparé à leurs expressions autour de la table. Un sentiment d'effroi s'empara d'elle : à cet instant, si elle avait pu retirer ses mots, les laisser croire que leur secret était toujours bien gardé, elle aurait peut-être choisi cette voie. Mais il n'y avait pas de retour en arrière possible maintenant.

— Geraldine savait que j'avais été adoptée par un couple de vétérinaires dans le Yorkshire. Elle… elle connaissait aussi votre nom. Elle sait où je vis depuis des années, et elle a finalement décidé de venir à ma rencontre. Elle voulait savoir si… si j'allais bien.

Mandy ne pouvait se résoudre à affronter les visages dévastés en face, et entreprit de ranger ses couverts sur son assiette.

— Elle a visité Vert-Cottage et nous nous sommes bien entendues, poursuivit-elle, et quand elle a vu mon annonce, elle s'est portée volontaire pour aider, et… eh bien, voilà où nous en sommes, je suppose.

— Quand t'a-t-elle dit qui elle était vraiment ? s'étrangla Adam, comme s'il avait un morceau de pain coincé dans la gorge.

— Il y a quelques jours. J'ai trouvé des coupures de presse sur Vert-Cottage dans sa chambre et je lui ai demandé des explications.

Mandy se rendit compte qu'une brume rouge montait dans le regard d'Adam. Elle savait exactement ce que ça voulait dire, et elle se prépara à l'explosion.

— Ce n'est pas comme ça qu'elle aurait dû s'y prendre ! s'écria-t-il en tapant des mains sur la table. Il y a des procédures pour ça. Elle aurait dû prendre contact avec les services sociaux pour qu'ils puissent te demander si tu étais prête à rentrer en contact.

Mandy secoua la tête. Elle était calme maintenant, presque anormalement calme.

— Qu'est-ce que ça aurait changé ? Elle m'a dit qu'elle avait attendu et attendu encore que je tente de la contacter, mais je n'aurais jamais eu l'idée de le faire, non ? Parce que je ne savais même pas qu'elle existait...

Elle fixa leurs yeux horrifiés.

— Geraldine m'a tout raconté. Que mon père et elle étaient des drogués, et que les services sociaux ne voulaient pas la laisser me garder. Ils auraient pu l'aider, mais ils ont préféré m'enlever à elle.

Elle se tut, submergée par une vague de douleur, mais elle se força à poser les paumes à plat sur la table, appuyant fortement du bout des doigts dans le bois.

— Vous savez, vous aviez à moitié raison sur une chose, reprit-elle en levant les yeux vers eux. Mon père est mort. D'une overdose.

Emily poussa un petit cri affolé. Adam recula sa chaise et, pendant un moment, Mandy crut qu'il allait se lever et partir en trombe mais, au lieu de cela, il commença à débarrasser leurs assiettes, ses mouvements saccadés. Il jeta les couteaux dans le lave-vaisselle, puis se tourna lentement et posa les poings sur la table, le visage tourné vers elle.

— Alors tu sais pourquoi on ne t'a pas dit la vérité, hein ? grogna-t-il. Je refuse de les appeler « tes parents ». Aucun des deux ne méritait ce titre. C'étaient des toxicos ! Tu étais si malade quand on t'a ramenée à la maison, et c'était à cause d'eux. Tu es née accro à l'héroïne, tu le savais ? Tu aurais pu mourir ! Fais-en bien ce que tu veux, mais elle t'a menti à toi aussi. Elle n'avait pas besoin d'aide. Rester avec ta mère biologique n'a jamais été une option envisagée.

Mandy soutint son regard, mais à l'intérieur, elle tremblait.

— Geraldine n'était pas une cause perdue. Elle s'est désintoxiquée, est allée à l'université, et aujourd'hui elle est thérapeute. Comment avez-vous pu juste la rayer de ma vie ? murmura-t-elle. Elle était encore une enfant elle-même à l'époque ! Elle m'a dit que, dès qu'elle m'a vue, elle a voulu partir en cure, devenir une bonne mère. Mais au lieu de l'aider, ils m'ont emmenée. Et elle me cherche depuis.

Adam serra les lèvres en une ligne fine, et Mandy percevait désormais la douleur derrière sa colère.

— Et toi ? lança-t-il. Est-ce que tu voulais qu'elle te retrouve ? Crois-tu qu'elle ne pense qu'à ton intérêt supérieur, ou est-ce que tout ne tournerait pas autour d'elle ?

Emily posa une main sur l'avant-bras de son époux, comme pour l'apaiser.

— A-t-elle d'autres enfants ? s'enquit-elle.

— Je ne pense pas. Je veux dire, elle n'en a pas parlé, grimaça Mandy.

Geraldine lui aurait sûrement dit si elle avait des frères et sœurs ? Pourquoi n'avait-elle pas eu la présence d'esprit de poser la question ? Comment pouvait-elle en savoir si peu sur cette femme ?

Emily secoua la tête, le visage empreint de tristesse.

— Je suis heureuse que Geraldine aille bien, reprit-elle. Vraiment. Bien sûr, je savais qu'elle… Je connaissais sa situation lorsque nous avons procédé à l'adoption. Mais c'était une adoption fermée, Mandy. Geraldine n'a jamais demandé à rester en contact avec toi, et nous avons convenu qu'il était préférable pour toi de prendre un nouveau départ.

Mandy déglutit.

— Je comprends pourquoi tu peux penser ça, mais tu n'avais pas à me mentir.

Adam soupira.

— Peut-être pas, mais crois-moi quand je te dis que nous avons fait ce que nous pensions être juste, sur le moment. Nous ne voulions pas que tu grandisses en te demandant pourquoi tu avais été abandonnée, en espérant qu'un jour tes parents biologiques apparaîtraient sur le pas de la porte et t'emporteraient avec eux.

Mandy fronça les sourcils.

— Ce n'est pas ce que fait Geraldine.

— Non, confirma Emily, ce n'est pas ce qu'elle fait.

Sa voix débordait tant de tristesse que c'en était presque insupportable pour Mandy.

Adam se rassit et se prit la tête entre les mains.

— Nous n'aurions jamais pu t'aimer plus que nous ne l'avons fait, dit-il, la voix étouffée. Et nous t'aimons toujours autant. Tu étais notre petite fille dès l'instant où nous avons posé les yeux sur toi… la réponse à toutes nos prières, l'enfant le plus parfait que nous aurions pu imaginer.

Mandy sentit sa bouche se tordre de colère. Ne s'entendait-il pas ?

— Vraiment ? rétorqua-t-elle, l'amertume flagrante dans sa voix. J'étais accro, n'est-ce pas ? Je n'étais pas parfaite ! Ça a dû être l'enfer pour vous.

Emily secoua la tête.

— Ton père dit la vérité. C'était une épreuve, oui, mais nous savions dès le début que ça en valait la peine.

— Qu'est-ce que vous auriez fait si j'en avais gardé des séquelles permanentes ? relança Mandy. Comment saviez-vous que je me rétablirais complètement ?

Adam baissa les mains et lui sourit.

— Nous ne le savions pas, admit-il. Mais cela n'aurait pas eu la moindre importance. Nous t'aimions déjà tellement, nous savions que nous t'aimerions et prendrions soin de toi, quelle que soit la tournure des événements.

— Mais comment pouviez-vous en être aussi sûrs ? chuchota Mandy. Vous ne m'avez pas vue quand je suis née. Vous ne saviez pas qui étaient mes parents, mes grands-parents, d'où je venais vraiment. Comment avez-vous su ?

Les larmes gonflaient les yeux d'Emily. Elle tendit la main à travers la table et serra les doigts froids de Mandy dans les siens.

— Tu as raison, nous ne savions rien de tout ça. Mais nous t'avions avec nous et c'est tout ce qui comptait. Tu étais là, dans nos cœurs. C'est là que tu as toujours été.

Mandy retira sa main.

— Je suis désolée. Je sais que vous avez fait ce que vous estimiez être juste, et je vois bien à quel point vous m'aimiez déjà. J'ai eu l'enfance la plus merveilleuse qu'on puisse espérer. Mais vous m'avez menti. Et maintenant… je ne sais plus quoi penser…

Elle repoussa sa chaise.

— Il faut que je parte, je peux prendre mon après-midi, s'il vous plaît ? Je reviendrai pour le refuge, mais je ne pense pas pouvoir m'occuper des consultations pour le moment. C'est d'accord ?

Elle devina un éclair de panique sur le visage d'Emily, mais Adam se contenta de répondre, laconique :

— Comme tu veux. On peut s'occuper de Vert-Cottage aussi, si tu as besoin de partir quelque temps. On sera là si tu as besoin de quelque chose. Toujours.

Mandy perçut l'immense désolation dans sa voix, mais elle se força à ne pas céder.

— Je n'ai pas besoin que vous vous occupiez de Vert-Cottage. Je ne compte pas partir, j'ai seulement besoin de temps et d'espace. N'essayez pas de me contacter.

Elle leur jeta un dernier regard, puis se retourna et se dirigea vers la porte. Après une profonde inspiration, elle poussa la poignée et s'engouffra dans l'air froid.

Chapitre 25

Mandy retourna en voiture à Six Oaks, la vue brouillée par les larmes. De gros nuages s'amoncelaient dans le ciel et bien que l'après-midi ne touche pas encore à sa fin, il faisait presque nuit. Tout ce qu'elle voulait, c'était se blottir au fond du lit avec Sky et y rester pour toujours. Lorsque son téléphone se mit à sonner, elle fut tentée de l'ignorer, mais avec un soupir, elle s'arrêta sur le bas-côté pour décrocher.

Jimmy. Elle resta immobile de longues secondes, le regard rivé sur l'écran, déchirée. Même si elle voulait se noyer dans le réconfort de sa voix, elle n'avait pas vraiment envie de lui confier ses problèmes. Mandy se rappela alors qu'elle n'était plus obligée de l'entraîner dans le tourbillon de sa vie, et prit une profonde inspiration avant d'appuyer sur « Répondre ».

— Bonjour.

Malgré tous ses efforts, sa voix semblait aiguë et chevrotante, et un bref silence s'ensuivit.

— Qu'est-ce qui s'est passé ?

Son intonation était si douce que toutes les bonnes intentions de Mandy s'envolèrent.

— J'ai dit à mes parents… Je veux dire, à Adam et Emily.

— Je peux passer te voir ?

Mandy hésita à peine une seconde.

— Oui, merci. Je serai à Six Oaks.

Il se mit à pleuvoir quand elle entra dans la cour. En sortant du véhicule, elle aperçut Paul poussant une grosse brouette de bottes de foin sur les pavés. Mandy fut soulagée qu'il se contente de lui adresser un signe de tête avant de s'éloigner vers les écuries. Elle se précipita vers la porte de la cuisine et la poussa. Comme c'était agréable d'être à l'abri de cette averse glaciale. Le poêle était allumé et la cuisine douillette. Mandy ôta sa veste détrempée et l'étendit sur le dossier d'une chaise en bois. Sur la table, une note gribouillée attira son attention :

Rencard avec le maréchal-ferrant sexy de Ripon ! Ferrage gratuit à vie ! Au programme : patin à glace près de la cathédrale, puis dîner et… ? Ne m'attends pas !

Malgré toute l'ignominie de sa situation, Mandy se surprit à sourire. *Ne change jamais, Molly*, pensa-t-elle. Après avoir reposé le message sur la table, elle alluma la bouilloire pour préparer du thé. Elle récupéra quelques tasses sales qui traînaient et les mit au lave-vaisselle, puis replia correctement les torchons sur la poignée de la cuisinière, trouvant un peu de réconfort dans ces petites tâches domestiques.

La cuisine était presque rangée lorsque Jimmy arriva dans la cour. Il entra à grandes enjambées dans la cuisine et ouvrit les bras. Sans même réfléchir, Mandy se lova contre lui et appuya la tête contre son torse. Elle se sentait en sécurité et merveilleusement à l'aise quand il la serrait ainsi contre lui.

— Merci d'être venu, dit-elle en reculant légèrement pour lever les yeux vers lui. Et je suis désolée. Je sais que je n'aurais pas dû te demander de venir…

— Chut, la coupa Jimmy en levant une main pour lui caresser les cheveux, et pendant un instant, elle crut qu'il allait l'embrasser, mais il lui sourit. Tu peux toujours m'appeler si tu en as besoin. Je suis toujours là pour mes amis.

Un coup de poignard froid transperça le cocon de chaleur dans laquelle il l'avait drapée. *Nous sommes amis...* Mandy resta figée. *Tu dois t'habituer à ça*, se ressaisit-elle. *C'est comme ça que se joue notre relation maintenant.*

On frappa timidement à la porte. Sky se mit à aboyer et Mandy alla ouvrir.

Paul était debout sur le seuil. La pluie s'était arrêtée, mais ses cheveux étaient lissés en arrière, et il dévisageait Mandy, anxieux.

— C'est Bill. Tu peux venir, s'il te plaît... Sa respiration... Il n'a pas l'air d'aller bien.

Mandy attrapa ses bottes et les enfila aussitôt.

— Je te suis.

Bill se tenait debout, immobile au milieu de son box. Son cou était tendu, ses yeux écarquillés et alarmés, et sa respiration était si bruyante et saccadée qu'il gémissait presque. Paul défit la couverture, les mains tremblantes. Quand le tissu glissa au sol, Mandy fut choquée : le grand cheval semblait avoir perdu tant de poids. Ses orbites s'étaient creusées et les poils au niveau de ses côtes tombaient tandis qu'il s'efforçait de respirer.

Paul resta à côté de Bill et lui caressa le nez.

— Ça va aller, mon vieux, murmura-t-il, et l'oreille de Bill tressaillit.

— Il n'a vraiment pas l'air bien, constata Jimmy.

Il avait enfermé Sky et Bertie dans la cuisine, et suivi Mandy dans la cour.

— Non, confirma Mandy en plissant les yeux, évaluant la pauvre créature. Mais nous savions que cela allait arriver, ajouta-t-elle tristement. Il faut que j'appelle Molly, elle voudra être présente.

Elle retourna en courant dans la maison, attrapa son téléphone sur la table et composa le numéro de son amie.

Molly riait quand elle décrocha, elle avait l'air essoufflée et heureuse.

— Allô ?

— Je suis vraiment désolée de te déranger, commença Mandy.

— Mandy ! s'écria Molly. Tu viens nous rejoindre ? On s'amuse comme des fous.

Mandy prit une grande inspiration.

— Je suis vraiment désolée. J'ai bien peur que ce soit Bill.

Le silence retomba à l'autre bout de la ligne. Mandy entendit des voix en fond, mais elles s'estompaient peu à peu. Puis la voix de Molly revint, plus posée.

— Il est temps ?

— Oui, souffla Mandy.

Un mal de tête lui tiraillait le front, mais elle se sentait très calme.

— J'arrive. Je serai là dans trente minutes.

Mandy se précipita vers l'écurie. Le cheval avait toujours autant de mal à respirer, son souffle rapide et superficiel. Mandy endormait souvent les animaux avant de les euthanasier, mais c'était impossible avec Bill, au risque de réduire sa circulation sanguine ou d'aggraver sa respiration. Elle devait laisser à Molly une chance d'arriver d'abord.

— Molly sera là dans une demi-heure, annonça-t-elle à Paul et Jimmy. Je vais faire des injections à Bill pour qu'il soit plus à l'aise.

— Ce ne serait pas mieux s'il pouvait s'allonger ? demanda Jimmy.

Mandy secoua la tête.

— Il ne s'allongera pas maintenant. Pas tant qu'il est en détresse comme ça. Il a déjà du mal à respirer et s'allonger mettrait encore plus de pression sur ses poumons.

Il pleuvait à nouveau. Les bras serrés autour de son manteau, Mandy marcha jusqu'à sa voiture et en sortit plusieurs flacons. Elle décida de lui donner des stéroïdes, ainsi qu'un anti-inflammatoire non stéroïdien. Elle ne les utiliserait pas en même temps pour un animal en bonne santé, mais dans ce cas précis, ils pourraient être utiles. Elle ajouta une dose de clenbutérol pour ouvrir les voies respiratoires de Bill et posa un cathéter sur le tas de médicaments de plus en plus conséquent. Elle pourrait tenter de lui poser une perfusion avant l'arrivée de Molly.

Quand elle retourna à l'écurie, Paul était toujours près de la tête de Bill.

— Tu veux bien le tenir ? Je vais placer un cathéter dans sa veine. Il restera en place pour que je puisse lui faire des injections en toute sécurité. Après, je lui donnerai quelque chose pour l'aider à respirer.

Paul acquiesça et décrocha du mur un énorme licol en cuir. Il le glissa sur le nez de Bill et le sangla sans serrer.

Par chance, le cathéter glissa dans la veine sans difficulté. Elle l'immobilisa avec un pansement, puis prépara les injections.

— Bon garçon, murmura-t-elle à Bill.

Il ne broncha pas quand elle sortit les seringues une par une et les injecta sans se presser. Paul continuait à lisser les poils de son cou tandis que les respirations haletantes du cheval se calmaient progressivement.

Une bonne demi-heure plus tard, Molly arriva. Des pneus crissèrent dans la cour et, peu après, elle entrait dans le box en trombe, vêtue d'un jean moulant, d'un gilet en fausse fourrure sur un col de polo en cachemire et des bottes à talons. Elle ne sembla pas se soucier une seconde de sa tenue et plongea dans la paille. Elle passa les bras autour du cou de Bill et posa une joue sur son doux manteau.

— Pauvre vieux garçon, lui chuchota-t-elle. Ça va aller, je suis là. Tu es en sécurité, le rassura-t-elle avant de se tourner vers Mandy. Il a l'air si calme.

— Je lui ai fait des injections pour l'aider à respirer, expliqua Mandy, mais il était mal en point quand je t'ai appelée. Il est à l'aise maintenant, mais je pense que le moment est venu.

— D'accord, répondit Molly, et sa bouche se tordit de douleur, mais aussitôt, elle se ressaisit. Qu'est-ce que je peux faire pour t'aider ?

— Reste avec lui, mais prépare-toi à t'éloigner rapidement. Je ne peux pas l'endormir, mais avec l'injection que j'utilise, il devrait partir en douceur.

Des larmes gonflaient les yeux de Molly, mais elle hocha la tête. Mandy lui serra gentiment l'épaule, puis sortit la première seringue de sa poche.

Molly tint le visage de Bill entre ses mains et embrassa son nez. Ses oreilles se redressèrent vers l'avant et il remua sa lèvre supérieure vers elle.

— Bon garçon, bon vieux garçon, bon garçon, tout va bien se passer, chantonna Molly, encore et encore, comme la plus douce des berceuses.

Mandy fixa la seringue sur le cathéter et commença à injecter les produits aussi lentement que possible. La grande seringue était peu maniable, difficile à enfoncer, mais elle continua à appuyer doucement sur le piston jusqu'à ce qu'elle soit entièrement vide. Elle la retira et inséra la deuxième.

Molly murmurait encore, d'une voix douce et mélodieuse.

— Bon vieux garçon, le meilleur des garçons.

Mandy leva les yeux vers le visage calme de Bill alors qu'elle passait la dernière dose.

— Tu es un si bon garçon, chuchota-t-elle en posant une main sur son cou.

Ses yeux clignèrent une fois avant de s'écarquiller. Lentement, très lentement, ses jambes ployèrent et il tomba sur la paille. Avec un dernier soupir, il posa la tête au sol, immobile.

Molly s'agenouilla à côté de lui et lui caressa la tête.

— Dors bien, mon trésor, souffla-t-elle, et des larmes glissaient sur ses joues.

Mandy sentit ses yeux humides aussi, mais elle resta là où elle était. Bien sûr, elle avait aussi aimé Bill, mais ce moment ne devait appartenir qu'à Molly et lui. Elle fouilla dans sa poche pour attraper son stéthoscope. Avec précaution, pour ne pas déranger Molly, elle se rapprocha de Bill et posa l'appareil contre sa poitrine gonflée. Elle écouta le silence avec soulagement. Son cœur s'était arrêté et il était en paix.

Elle sentit une main chaude sur son épaule. Lorsqu'elle se retourna, Jimmy se tenait derrière elle. Sans réfléchir, elle leva une main pour prendre la sienne. Après un moment, elle se releva. Ses jambes étaient raides et elle s'appuya contre Jimmy pour se stabiliser. Elle lui adressa un rapide sourire, le remerciant du regard, et il hocha la tête.

Paul ramassa la couverture de Bill. Tendrement, il l'étala sur l'énorme corps, puis grimaça un sourire bancal.

— Il a toujours aimé avoir chaud, se justifia-t-il avant de regarder Molly qui s'était redressée. Dois-je appeler Brandon Gill ?

Molly acquiesça et le jeune garçon sortit discrètement de l'écurie.

— Brandon vient toujours enterrer mes chevaux pour moi, expliqua Molly. Il sait où je veux que Bill repose. Il a une pelleteuse assez grande pour creuser le sol froid, heureusement.

Comme toujours, elle semblait trouver du réconfort dans les questions pratiques, même si Mandy lisait une immense tristesse dans ses yeux.

— Brandon est un bon gars, dit Jimmy, sa voix pleine de compassion.

Mandy estima que Molly avait besoin de quelques minutes seule avec Bill, et ouvrit donc la porte pour sortir, suivie de Jimmy. Elle s'arrêta pour jeter un coup d'œil à l'écurie. Sous la faible lueur de la lampe électrique, Molly était penchée au-dessus de la tête de Bill, caressant des deux mains son cou reluisant.

La jeune vétérinaire reprit le chemin de la cuisine, une boule dans la gorge. Jimmy mit la bouilloire en marche et prépara du thé. Mandy s'assit à la table et l'observa se mouvoir dans la pièce. Maintenant qu'elle avait joué son rôle, et qu'il ne lui restait rien à faire, elle se sentait complètement vidée.

— Dure journée pour toi, remarqua doucement Jimmy.

— Pas la meilleure de ma vie, reconnut Mandy. C'était assez horrible de parler à Adam et Emily. J'aurais aimé que ça se passe mieux, mais au moins tout est dit maintenant.

Jimmy versa le thé dans une tasse et la posa sur la table devant elle. Il prit place et la regarda dans les yeux, l'air sérieux.

— Je sais que c'est difficile pour toi, mais ça doit être difficile pour Adam et Emily aussi.

Mandy sentit son corps se raidir.

— C'est…, commença-t-elle, mais il la coupa d'une main levée.

— Plus difficile pour toi ? Bien sûr. Mais ne sous-estime jamais l'amour qu'ils te portent. Ils ont été là pour toi pendant si longtemps.

Il poussa la tasse vers elle, et elle en but une gorgée. C'était fort et doux à la fois. Jimmy avait dû ajouter une bonne dose de sucre.

— Geraldine m'aime aussi. Elle m'a aimée toute ma vie sans même me connaître.

Elle le dévisagea, le suppliant du regard de réussir à la comprendre.

— C'est vrai aussi, répondit Jimmy. C'est ce qui arrive quand on est parent. Du moins, c'était comme ça pour moi. Tout cet amour explose à l'instant où ton enfant naît…

Il sourit.

— C'est comme si ton cœur appartenait soudain à quelqu'un d'autre, à cette minuscule créature complètement, totalement dépendante de toi. Ça a dû être terrible pour Geraldine de te perdre. Je ne peux qu'imaginer ce qu'elle a dû ressentir…

Il prit une longue inspiration.

— Mais je peux imaginer aussi ce qu'Adam et Emily ont ressenti quand ils t'ont tenue dans leurs bras pour la première fois. Il n'y a rien de plus intense que de vouloir un bébé, envers et contre tout.

Mandy déglutit.

— Même s'ils m'aimaient beaucoup, j'aurais préféré qu'ils ne me mentent pas, rétorqua-t-elle en passant le bout du doigt sur une fente de la table.

— Et à l'instant où nous parlons, je parie qu'eux aussi, renchérit Jimmy. Nous faisons tous des erreurs. Tout le monde en fait. Mais la plupart peuvent être pardonnées, je pense.

Mandy sentit les muscles de sa mâchoire se crisper. Elle se leva et posa sa tasse vide sur le plan de travail.

— Je sais qu'il devrait être possible de leur pardonner, admit-elle. Mais je ne pense pas en être capable. Pas encore.

Jimmy se mit debout aussi.

— Je comprends. Et je pense qu'Adam et Emily comprendront aussi. Mais vous êtes dans le cœur de la tempête, non ? Et quand la tempête fait rage autour de nous, le mieux à faire, c'est de rester exactement où l'on est. Pas de mouvements précipités, pas de décisions irréfléchies. Tiens bon jusqu'à ce que le vent se calme. D'accord ?

Mandy hocha la tête. Ses mots avaient du sens. Pour l'instant, elle devait prendre le temps de ne rien faire, et se montrer patiente.

— Le bon moment viendra, lui promit-il.

Elle réussit à sourire, même si sa voix tremblait encore.

— Pas de mouvements précipités, répéta-t-elle. Je pense que je peux le faire.

Chapitre 26

Mandy voulait croire que la grande révélation de la veille aurait apaisé un peu la situation, mais elle était toujours anxieuse en conduisant vers Animal Ark au petit matin.

Le parking était vide lorsqu'elle arriva et, heureusement, personne ne sortit du cottage à son approche. Elle avait envoyé un message à Geraldine avant de se coucher, lui expliquant qu'elle avait parlé à Adam et Emily. Il valait mieux que Geraldine reste à l'écart jusqu'à ce que la situation soit résolue, avait décidé Mandy, mais elle avait promis qu'elle irait la voir au Barn End Cottage après les corvées au refuge.

En entrant à l'accueil, elle aperçut une enveloppe blanche sur le bureau. Fronçant les sourcils, elle s'approcha et la saisit. Son nom était écrit sur le papier blanc dans la belle écriture d'Emily. Elle déchira le pli et déplia l'unique feuille.

Ma chère Mandy,

Je suis terriblement désolée que nous t'ayons menti au sujet de tes parents biologiques. Je sais que c'était une erreur. Mais sache que ton père et moi t'aimons plus que tout au monde et que jamais nous n'aurions fait quoi que ce soit pour te blesser. Nous ne pourrions pas être plus fiers de la jeune femme que tu es devenue et nous serons toujours là pour toi. Nous attendrons cependant que tu viennes à nous, comme tu nous l'as demandé.

Avec tout notre amour,

Maman et papa

Mandy se laissa tomber sur la chaise du bureau, le papier serré entre ses doigts. Elle souleva la note, la relut, puis la reposa et se cala au fond de la chaise en poussant un soupir. Un instant plus tard, elle sentit une truffe froide pousser contre sa main vide. Sky était assise juste sur le pied de Mandy. Le petit colley posa la tête sur les genoux de sa maîtresse et leva les yeux vers elle, pensive. Lorsque Mandy tendit la main pour lui caresser les oreilles, sa queue poilue se mit à battre doucement contre le sol carrelé.

— Je suis contente que tu sois là, murmura Mandy, et la queue de Sky s'agita un peu plus vite de gauche à droite.

Elle jeta un dernier coup d'œil à la lettre, puis la replia et la rangea dans son enveloppe. La lettre venait du cœur d'Emily, c'était flagrant. Mais même si Adam et Emily l'aimaient beaucoup, il lui était impossible de prétendre que rien n'avait changé. Savoir la vérité sur son passé avait tout bouleversé. Aucun d'eux ne pouvait simplement choisir de revenir en arrière.

Elle aperçut une silhouette passant devant la fenêtre, et fut brièvement prise de panique. Geraldine n'avait-elle pas reçu son message lui demandant de rester à l'écart ? La porte s'ouvrit et Helen entra, souriant gentiment, compatissante.

— Molly m'a appelée et m'a dit pour Bill, fit-elle. J'ai pensé que tu aimerais avoir de la compagnie.

Elle s'approcha et les deux femmes se serrèrent dans les bras. Helen aimait beaucoup Bill aussi, Mandy le savait.

— Seb est dehors, reprit Helen. Il jette un coup d'œil aux alpagas et il a dit qu'il serait ravi de faire travailler un peu les chiens si tu veux.

Mandy les remercia intérieurement de leur prévenance.

— Ce serait formidable, dit-elle.

— Tout va bien ? s'enquit Helen tandis qu'elles se tenaient côte à côte dans la salle des rongeurs, occupées à nettoyer la cage des cochons d'Inde. À part Bill et Jimmy, je veux dire. Tu es terriblement silencieuse ces derniers temps.

Mandy secoua la tête.

— Je ne vais pas vraiment bien, non, mais c'est un problème privé que je dois gérer seule.

Helen tendit la main et serra l'épaule de Mandy.

— Je suis là si tu veux parler. N'importe quand.

Mandy savait que son amie pensait ses mots.

— Merci.

Pour se rendre à Barn End Cottage, Mandy devait traverser le centre-ville de Welford. Le pub n'était pas le seul commerce à avoir pris un air de fête. Un immense sapin avait été érigé au milieu du parc, alourdi de lumières blanches et de boules bleues surdimensionnées. Une foule s'était rassemblée autour et chantait en rythme, tous les villageois emmitouflés dans des manteaux et des écharpes. Le révérend Hadcroft était là, ses cheveux grisonnants brillant sous les lumières, et il adressa un signe de la main à Mandy. En passant près de la pelouse, elle entendit les airs joyeux de *Vive le vent* et elle continua sa route, un peu plus heureuse.

Lorsqu'elle arriva à Barn End, des nuages menaçants écrasaient les montagnes et le vent se levait. Geraldine apparut dans l'embrasure de la porte tandis que Mandy se garait, et son cœur se gonfla aussitôt. Geraldine ouvrit les bras lorsque Mandy s'avança vers elle et un immense sourire illuminait son visage. Sans hésiter, Mandy la prit dans ses bras et cette fois, c'était doux, facile et tout à fait normal.

Geraldine relâcha en premier son étreinte, l'amour flagrant dans son regard.

— Merci de m'avoir dit ce qui s'est passé. Je sais que ça doit être difficile pour toi, commença-t-elle avant de marquer une pause, la tête penchée. Je suis heureuse de t'avoir trouvée, mais je suis désolée que notre rencontre t'ait créé tant de problèmes.

— Ne sois pas désolée. Ce n'est pas ta faute si quelqu'un d'autre a menti. Je suis toujours ravie que tu m'aies retrouvée.

Elles entrèrent et s'installèrent.

— Et maintenant ? lança Geraldine. Je suis contente que tu m'aies parlé d'Adam et d'Emily, et merci d'être venue, mais es-tu sûre de vouloir faire ça maintenant ? Si tu as besoin d'espace, tu devrais le prendre. J'ai attendu toutes ces années pour apprendre à te connaître, je peux attendre un peu plus longtemps si tu en as besoin.

Pas de mouvements précipités. Les mots de Jimmy lui revinrent en mémoire. Mais qu'est-ce que cela signifiait précisément dans cette situation ? Rester ou partir ? Chaque réaction exigeait une prise de décision.

Comme si elle avait perçu son malaise, Geraldine repoussa sa chaise et se leva pour attraper son manteau derrière la porte.

— J'ai envie d'une petite promenade avant que la pluie n'arrive. Et toi ?

Même Jimmy ne pourrait pas s'opposer à un peu d'air frais et d'exercice, songea Mandy.

— Excellente idée.

Elles escaladèrent la colline en suivant une piste étroite. Sky tournait autour d'elles, tourbillon de noir et de blanc, excitée par les rafales de vent. Bien que le sentier soit raide, Geraldine suivit sans mal la longue foulée de Mandy. Leur respiration était pareillement irrégulière en atteignant le sommet. Elles s'arrêtèrent pour admirer la vallée. Une longue ligne de maisons marquait la route principale vers Walton, mais Welford restait le même amas de maisons en pierre et de toits en ardoise grise que dans les souvenirs d'enfance de Mandy. Geraldine se tourna vers Mandy.

— Je commence à comprendre ce que les gens veulent dire quand ils décrivent le Yorkshire comme le pays de Dieu. Même en hiver, c'est magnifique.

Mandy sourit.

— On dirait que tu voies la vie en rose ! Comme partout, le paysage peut être assez sinistre quand le temps est mauvais.

Geraldine leva les yeux vers le ciel, une bourrasque lui soulevant les cheveux.

— En parlant de mauvais temps, si ces nuages descendent encore, on va finir complètement trempées.

Les nuages s'accumulaient en effet au-dessus du Beacon, mais le vent venait de l'ouest.

— Il ne pleuvra pas tout de suite. Pas ici, en tout cas. Pas à moins que le vent ne tombe.

Geraldine étudia Mandy, la tête inclinée.

— Tu crois ?

— Presque certaine, confirma Mandy.

Geraldine avait l'air fascinée.

— Ça doit être incroyable de connaître autant de choses sur l'endroit où l'on vit. Des choses naturelles comme la faune et la flore, ou le temps, je veux dire.

Mandy sourit.

— Je n'ai pas vraiment cherché à apprendre, admit-elle. Ça s'est fait petit à petit au fil des ans.

Soudain, un souvenir la frappa tel un coup de poignard : Adam debout sur un rocher près du sommet d'une colline, montrant du doigt le ciel, décrivant les nuages. Elle chassa cette pensée.

— James et moi étions dehors par tous les temps. On avait l'habitude d'aller partout, juste lui et moi, et son labrador Blackie.

— On dirait que vous étiez deux enfants sauvages. Vous aviez vraiment le droit d'aller où vous vouliez ?

Une fois de plus, Mandy éprouva une pointe d'inquiétude. Elle ne savait pas si les mots de Geraldine cachaient une critique voilée de l'éducation d'Adam et d'Emily. Enfant, elle ne s'était jamais sentie en danger en liberté dans la campagne.

— Ça peut sembler risqué rétrospectivement, mais Adam et Emily nous ont appris à nous protéger et on leur disait toujours où on comptait aller.

Geraldine sembla percevoir la méfiance dans sa voix.

— Je ne voulais pas les critiquer, assura-t-elle à Mandy, et un voile de mélancolie passa dans ses yeux bleus brillants. Ça a dû être merveilleux de grandir avec les Dales comme terrain de jeu.

— C'était un endroit fabuleux pour grandir, acquiesça Mandy.

Elles marchèrent en bord de crête, ralentissant de temps en temps pour gravir les marches et les passages étroits construits à même les murs de pierre sèche. Le vent se leva jusqu'à avaler leurs mots et elles durent crier pour se faire entendre. Mandy fut heureuse de voir que le chemin redescendait en pente vers une parcelle abritée de la forêt.

— J'avais envie de te demander, commença-t-elle en hésitant. Est-ce que tu… Je veux dire, nous… avons encore de la famille ?

Geraldine hocha la tête, visiblement ravie que Mandy ait posé la question.

— J'ai un frère, ton oncle. Il s'appelle Léo.

— Est-ce qu'il sait pour moi ? s'efforça d'articuler Mandy.

Les deux femmes cheminaient désormais l'une derrière l'autre sur un sentier étroit au milieu des arbres et elle tendit l'oreille pour entendre la réponse.

— Bien sûr qu'il est au courant, lança Geraldine en la regardant par-dessus son épaule avec un sourire. Tu n'as jamais été un secret. Il m'a déjà dit qu'il aimerait te rencontrer. Il est dentiste et vit à Macclesfield, près de Manchester.

Mandy fut envahie d'une bouffée de joie : Adam et Emily étaient des enfants uniques. Mandy avait toujours aimé l'idée d'avoir un oncle ou une tante.

— Tu as aussi trois cousins, poursuivit Geraldine. Léo et sa femme ont trois garçons : Charlie, Thomas et Patrick. Ils ont…

Elle se tut un moment, sourcils froncés.

— Vingt-trois, vingt et dix-huit ans, je crois. Des garçons adorables, même si Thomas a donné quelques cheveux blancs à sa mère quand il était adolescent.

Mandy avait du mal à tout digérer : elle avait envie de crier à tue-tête, de chanter des airs de Noël aux arbres, de danser comme les triplées d'Harriet à la fête de la crèche. Elle n'avait pas seulement une mère. Elle avait une famille entière, de vrais parents de sang ! Elle se demanda ce que sa nouvelle famille penserait d'elle, comment ils étaient.

— J'adorerais tous les rencontrer.

— Ce serait fabuleux. J'organiserai ça à mon retour. Ils seront tous là pour Noël, j'en suis sûre. Pas besoin de te décider tout de suite, poursuivit-elle, mais est-ce que…

est-ce que tu envisagerais de passer Noël avec moi à Manchester ?

La question prit Mandy par surprise. Certes, elle avait aimé voir les décorations dans Welford et faire les magasins avec les jumeaux, mais elle avait surtout tenté de ne pas penser au jour de Noël. Il ne lui était pas venu à l'esprit qu'elle pourrait le passer avec Geraldine. Elle ne pouvait pas s'imaginer le passer à Animal Ark pour le moment, et Jimmy n'était plus une option. Aucun prétexte pour refuser en théorie, mais l'idée de parader devant une toute nouvelle famille pour les fêtes de fin d'année lui parut oppressante.

Elle respira profondément.

— Humm… Je vais y réfléchir.

Geraldine acquiesça.

— Eh bien, l'offre est sur la table. Ils aimeraient tous que tu sois là, je le sais.

Une volée d'aboiements résonna et Mandy balaya la forêt du regard. Sky avait disparu, mais un instant plus tard elle surgit d'un ravin rocheux, s'arrêta devant Mandy et aboya à nouveau.

— Qu'est-ce qui se passe, ma grande ? Qu'est-ce que tu as trouvé ?

Mandy se dirigea vers le ravin et commença à descendre dans la tranchée étroite, Geraldine sur les talons.

— Oh ! s'exclama Geraldine en apercevant une petite boule blanche et détrempée émergeant des fougères tout au fond. C'est un mouton mort ?

Mandy hocha la tête.

— C'est bien ça, le pauvre. J'appellerai Bert Burnley à notre retour. Je suis pratiquement sûre que c'est l'un des siens, de ce côté de la lande.

Elles traversèrent le bois et redescendirent la colline. Alors qu'elles marchaient, Geraldine passa son bras autour de celui de Mandy.

— Merci de m'avoir accompagnée, dit-elle avant de s'arrêter pour étudier Mandy, comme si elle voulait apprendre par cœur chacun de ses traits. Je n'arrive pas à croire que je me promène avec ma fille, dit-elle à voix basse, les larmes aux yeux. Je n'ai jamais été aussi heureuse de ma vie !

Mandy sourit en retour, mais l'image d'Adam et d'Emily surgit dans son esprit. Elle contempla la vallée, s'attachant à repérer le toit de la clinique à l'autre bout du village. Avait-elle tout gâché avec deux des personnes qui l'aimaient le plus ? Qu'en était-il de leur bonheur à eux ?

Quand elles atteignirent Barn End Cottage, Geraldine déverrouilla la porte et se tourna vers Mandy.

— Tu entres un moment, n'est-ce pas ? Ce serait bien de prendre un café ensemble. J'ai aussi acheté un gâteau de Noël, si tu en veux un morceau.

Mandy acquiesça, mais brandit son portable.

— Je vais juste appeler M. Burnley à propos du mouton. La réception est meilleure ici.

— À tout de suite, chantonna Geraldine en rentrant.

Bert, comme la plupart des fermiers du Yorkshire, lui offrit une réponse des plus stoïques.

— Merci de m'avoir prévenu, jeune fille. Je viendrai chercher la carcasse dans un jour ou deux. On attend de la neige d'ici la fin de la semaine.

Il raccrocha et Mandy rangea le téléphone dans sa poche. Elle ouvrit la porte, ôta ses bottes et pénétra dans la cuisine. Au centre de la table se trouvait une assiette remplie de gâteaux aux fruits, et la bouilloire ronronnait. Geraldine était assise à la table, munie d'un stylo et d'une feuille de papier. Elle leva les yeux vers Mandy, le visage rougi par l'excitation.

— Tu as un plat de prédilection pour remplacer la dinde ? Je pourrais faire un rôti aux noix, peut-être ? Léo et les garçons sont très traditionnels, mais l'épouse de Léo, Janet – tu vas l'adorer, c'est un amour – est presque végétarienne.

Mandy resta immobile tandis que son corps était parcouru par un long frisson.

— Des idées arrêtées pour le dessert ? continua Geraldine, les yeux rivés sur sa liste. Je sais que certaines personnes ne supportent pas les gâteaux aux fruits confits et à l'alcool, mais je dois quand même en proposer. Oh ! et surtout, ne t'embête pas à acheter des cadeaux pour tout le monde. Ils ne s'y attendront pas, et je les préviendrai de ne pas en faire trop pour toi, même si je sais que Léo n'en fera qu'à sa tête !

Elle se leva, semblant prendre le choc sur le visage de Mandy pour de la joie.

— J'ai tellement hâte ! Notre premier Noël en famille.

Elle se tut quelques secondes avant de reprendre :

— Je veux dire, je sais que tu ne seras peut-être pas disponible le jour même de Noël, mais tu viendras à Manchester pour voir tout le monde, n'est-ce pas ? Je ferai mon repas de Noël à ce moment-là. Et je t'en prie, laisse-moi te gâter comme on fait avec les petits.

Une once de soulagement envahit la jeune femme. Finalement, elle n'allait pas être exhibée comme une génisse de concours le jour de Noël. Mais l'enthousiasme de Geraldine était toujours aussi débordant. Les Noëls de Mandy tournaient invariablement autour d'Animal Ark, avec Adam et Emily. L'idée d'essayer de recréer cette ambiance avec une famille qu'elle ne connaissait pas était plus intimidante qu'excitante.

Geraldine la dévisageait, rayonnante, et Mandy se sentit soudain mal à l'aise. Si elle n'y allait pas, risquait-elle de tout gâcher avec Geraldine ? Ce n'était pas comme si elle avait des projets de son côté, à part nourrir les animaux de Vert-Cottage. Ces deux dernières années, Jimmy et elle avaient passé le jour de Noël ensemble.

La première année, Adam et Emily étaient partis, mais l'année dernière, ils avaient déjeuné ensemble. Grand-mère et grand-père les avaient rejoints le soir. Si Mandy n'était pas là, Adam et Emily mangeraient-ils seuls à Noël ?

Son téléphone vibra avant qu'elle ne puisse répondre. C'était un message de Jimmy :

Tu es dispo tout de suite ? Oiseau piégé à RW ! Besoin d'aide !

Avec un éclair de soulagement coupable, Mandy commença à taper :

J'arrive.

Elle adressa à Geraldine ce qu'elle espérait être un sourire conciliant.

— Désolée, urgence vétérinaire.

— Oh ! comme c'est dommage. J'espérais qu'on puisse passer la soirée ensemble. J'ai un coffret de comédies d'Ealing et je me suis dit que ça te plairait, expliqua-t-elle en repliant un torchon. Mais je comprends. Les animaux doivent passer en premier.

Mandy fut soulagée que Geraldine ne propose pas de l'accompagner.

— Ce n'est que partie remise.

— D'accord, sourit Geraldine. Appelle-moi quand tu auras fini. Ce serait bien de continuer à organiser les fêtes.

Mandy roula aussi vite que possible vers Running Wild et se gara sur le parking.

— Salut, Mandy, s'écria Kimberley, une des assistantes de Jimmy, en courant vers elle. Jimmy m'a dit que tu allais venir, ajouta-t-elle, à bout de souffle. Il est de l'autre côté du bois. Je vais t'accompagner. Tu as besoin d'emporter du matériel ?

Mandy donna à Sky une poignée de nourriture.

— Reste ici, dit-elle au colley.

Elle referma la portière, fit le tour du coffre et attrapa le sac à dos qu'elle gardait là pour les urgences liées à la faune. Puis elle suivit Kimberley sous la faible lueur verte du sous-bois.

Si elle entendait parfaitement les cris des clients sur le parcours de cordes, Mandy ne vit personne avant de tomber sur Jimmy. Il était accroupi, juste devant elles, au pied d'un grand filet suspendu. La structure semblait faire partie du parcours, mais la zone était déserte. Il jeta un coup d'œil par-dessus son épaule quand elles s'approchèrent.

— Viens, l'invita-t-il en lui faisant signe de la main. Doucement, pas de bruit.

— Je vous laisse, dit Kimberley.

Elle tapota l'épaule de Mandy et se faufila entre les arbres.

Mandy se fraya un chemin dans les broussailles. Comme elle s'approchait du filet, elle aperçut une forme mouvante. Près de l'endroit où Jimmy était accroupi, un magnifique oiseau était pris dans les cordes.

— C'est un aigle ? souffla Mandy.

Jimmy sourit jusqu'aux oreilles.

— Ouais, chuchota-t-il. Un aigle royal, et très jeune apparemment.

Mandy ne pouvait pas détacher ses yeux de l'oiseau.

— D'où vient-il ?

À sa connaissance, il n'y avait aucun nid de cette espèce dans le coin et, elle en était sûre, si des observations inattendues avaient été faites, on l'aurait avertie.

— À en juger par le chaperon et le jet, d'un centre de fauconnerie, répondit Jimmy, mais je n'en sais pas plus.

Mandy se rapprocha. En effet, l'aigle portait un capuchon en cuir et une fine lanière de cuir pendait de sa patte.

— Je n'ai jamais vu d'oiseaux de spectacle par ici, alors je pense qu'il s'est perdu, murmura Jimmy. Il a peut-être été poussé par le vent en dehors de sa trajectoire. Il est dans un drôle d'état, je suppose qu'un des cerfs-volants du coin a dû lui faire peur. Ce n'est pas en se coinçant ici qu'il a pu se blesser comme ça.

Du sang tachait les cordes et Mandy constata que la patte de l'aigle était abîmée. Soudain, l'énorme oiseau se mit à battre des ailes, luttant pour se libérer. Il poussa un cri strident qui résonna contre les arbres alentour.

— Attention ! s'exclama Mandy en voyant les serres de l'aigle s'approcher de la tête de Jimmy.

Elle réfléchit à toute vitesse, se remémorant tout ce qu'elle savait de la manipulation des grands rapaces.

— Si nous réussissons à lui envelopper la tête dans un tissu et attacher ses ailes à son corps, on devrait pouvoir le faire glisser vers l'arrière pour l'extirper du filet. On aurait besoin d'une sorte de cage pour le transporter.

— Tu vas l'emmener à la clinique ?

— Non, à moins qu'il ne soit gravement blessé. Ce serait mieux de le ramener d'où il vient. Ils auront ce qu'il faut pour soigner ses petites égratignures. Je ne suis même pas sûre d'avoir une cage qui puisse le contenir au refuge.

Les puissantes ailes se remirent à battre et des plumes à voleter dans l'air, se détachant par frottement contre les cordes. Ils n'avaient pas le temps de chercher une cage appropriée. Mandy recula d'un pas, trouva une zone dégagée et vida son sac de toile par terre.

— Si on arrive à immobiliser ses ailes, lui expliqua-t-elle, je pense que ce sac sera assez grand pour le transporter, il faut juste du tissu pour le contenir et qu'il ne puisse pas bouger.

Sans un mot, Jimmy ôta son manteau, puis sa chemise, puis son T-shirt. Même si elle essayait de ne pas regarder,

Mandy aperçut son corps merveilleusement familier. L'envie de passer les mains sur son dos musclé lui parut presque irrésistible. Jimmy sembla parfaitement conscient du regard avide posé sur lui. Il renfila sa chemise et son manteau à la hâte.

Mandy prit un long bandage dans sa trousse de premiers secours. Elle se positionna aussi près de la tête de l'aigle que son courage lui permettait. Jimmy lui jeta un coup d'œil et sourit.

— Ça ne te rappelle rien ?

Mandy fronça les sourcils.

— Quoi ?

— C'est comme ça qu'on s'est rencontrés, en sauvant un animal coincé dans un filet d'escalade. Tu te souviens du cerf ?

Mandy le dévisagea avec un mélange de plaisir et de tristesse. Comme si elle pouvait oublier. Aujourd'hui, l'hiver les enveloppait, mais à l'époque c'était l'été. Les bois étaient alors transpercés par la lumière du soir et une biche effrayée avait été prise dans un rouleau de filet qui devait être monté. Elle avait été tellement en colère contre Jimmy quand il lui avait parlé du centre Outward Bound. Elle était alors persuadée qu'il allait détruire la campagne et bouleverser toute la faune locale avec son parcours d'accrobranche. Elle avait eu tort.

L'aigle recommença à s'agiter, et Mandy mit de côté ses souvenirs doux-amers.

— Prêt ? chuchota-t-elle à Jimmy, qui acquiesça. Un, deux, trois, maintenant ! souffla-t-elle.

Elle ceintura rapidement le bec de l'aigle avec le bandage. Elle l'avait déjà fait de nombreuses fois avec des chiens d'arrêt, mais la taille et la forme du bec crochu rendaient la tâche beaucoup plus ardue. Une fois la boucle de tissu en place, elle la resserra, puis refit un tour avec. En un clin d'œil, Jimmy enroula son

T-shirt autour du corps de l'oiseau, lui coinçant les ailes sur les côtés.

L'oiseau s'immobilisa aussitôt. Avec d'infinies précautions, Jimmy commença à sortir le corps lisse du filet. Il eut l'air surpris en le soulevant enfin.

— Je pensais qu'il serait plus lourd.

— Les os des oiseaux sont creux, lui rappela Mandy.

Elle attrapa son sac et le tint grand ouvert pour que Jimmy y glisse lentement l'aigle. À peine relâché, le rapace se mit à s'agiter. Mandy referma la fermeture Éclair, puis s'accroupit, haletante. Si le sac était en toile épaisse, elle craignait quand même que l'aigle ne parvienne à le déchirer avec ses serres. Heureusement, le tissu résistait bien, après quelques secondes, l'animal cessa de se tortiller.

Jimmy gonfla les joues avant de souffler bruyamment.

— Une expérience inédite, pour sûr. Tu veux que je le porte ?

— Oui, merci.

Elle commença à ramasser le nécessaire de secours éparpillé au sol, fourrant tout dans le sac en plastique qui faisait partie du kit. Ensuite, elle suivit Jimmy à travers le sous-bois, observant l'aigle ballotter silencieusement dans sa cage de transport inhabituelle.

Kimberley les attendait dans le préfabriqué.

— Je pense avoir trouvé d'où il vient, annonça-t-elle. Le centre de fauconnerie de Bells Malton. Et il s'appelle Sebastopol, apparemment.

— Un grand nom pour un grand oiseau, commenta Mandy.

— Clairement, dit Kimberley. Quoi qu'il en soit, la bonne nouvelle c'est que quelqu'un est déjà en route pour le récupérer.

Jimmy semblait un peu gêné maintenant qu'ils n'étaient plus seuls. Il posa le sac dans son bureau et ferma la porte à clé.

— Je redéposerai ton sac à Animal Ark, lança-t-il à Mandy. Merci, vraiment, d'être venue.

— Pas de problème, répondit Mandy.

C'était étrange de retrouver cette politesse un peu froide. Quelques minutes plus tôt à peine, ils avaient travaillé ensemble comme si rien n'avait jamais changé. Elle attendit de voir s'il allait ajouter quelque chose, mais comme il restait à côté d'elle, un peu embarrassé, elle esquissa un signe de la main et retourna à sa voiture. Elle soupira en s'installant sur le siège conducteur. *Un jour*, se dit-elle, *je pourrai le voir, nous serons amis et tout sera normal*. Mais malgré tous ses efforts, elle n'arrivait même pas à imaginer une telle situation.

Elle tourna la clé et écouta le moteur se réveiller. *Regardons le bon côté des choses*, se dit-elle. Le sauvetage de Sebastopol serait un événement incroyable à raconter sur le site web.

Penser à son refuge lui remonta le moral jusqu'à ce qu'elle se souvienne de la visite à domicile prévue le lendemain pour les clients à qui Geraldine avait imprudemment promis Sixpence. Mandy laissa échapper un faible gémissement. Elle devait vraiment discuter avec Geraldine de l'importance de la laisser prendre toutes les décisions d'adoption. Avec un dernier soupir, elle enclencha la première et s'engagea sur le sentier étroit. Elle ne pouvait rien faire pour l'instant, à part croiser les doigts et espérer que l'instinct de Geraldine était le bon, comme il l'avait été pour les Anderson et Olive. Mandy devrait quand même lui parler, mais ce serait beaucoup plus facile si elle n'avait pas à lui annoncer une mauvaise nouvelle d'abord.

Chapitre 27

Mandy attrapa le bloc-notes sur le siège passager afin de vérifier l'adresse que Geraldine avait notée – c'était bien là. Elle leva à nouveau les yeux vers la maison de ville. Un bel immeuble géorgien divisé en plusieurs appartements, si l'on se fiait au nombre de sonnettes. Elle aperçut un sapin de Noël à travers la fenêtre d'une des pièces du rez-de-chaussée et des lumières blanches ornant l'une des plus petites fenêtres du dernier étage. La porte d'entrée donnait sur une rue très fréquentée, ce qui n'était pas un très bon point. Mandy avait eu la chance de trouver une place juste devant.

Elle sortit de la voiture et grimpa les marches menant à la porte. Six sonnettes l'accueillirent et elle vérifia à nouveau les notes. Fiona et Jono Barnes, l'Interphone tout en haut. Elle appuya dessus jusqu'à ce que quelqu'un décroche.

— Oui ?

— Bonjour, c'est Mandy Hope de Vert-Cottage.

— Montez ! répondit la voix, joyeuse et amicale. Nous sommes au dernier étage, à droite.

Mandy poussa la porte et pénétra dans le hall. Certes, la cage d'escalier était bien éclairée et propre, mais elle ne put chasser complètement son inquiétude en montant les trois étages. Un appartement sans possibilité de sortie ou presque n'était pas forcément éliminatoire, mais, entre ça et la rue très passante, elle avait déjà noté deux points d'alerte.

La porte s'ouvrit tandis que Mandy arrivait sur le palier. Une femme d'une vingtaine d'années, petite et large d'épaules, se tenait dans l'embrasure de la porte, souriant à Mandy.

— Bonjour, je suis Fiona. Entrez.

Mandy la suivit dans le vestibule étroit.

— Jono est par ici, expliqua Fiona par-dessus son épaule en conduisant Mandy vers la cuisine, assez petite, mais claire et propre.

Un grand jeune homme aux cheveux soigneusement gominés s'approcha en tendant la main.

— Bonjour, je suis Jono. Ravi de vous rencontrer, la salua-t-il avec un sourire, affichant une rangée parfaite de dents très blanches. C'était génial de visiter Vert-Cottage l'autre jour. On est tous les deux tombés amoureux du petit Sixpence.

Son expression s'adoucit, et il tourna la tête pour croiser le regard de Fiona. La jeune femme lui sourit en retour, puis il se reconcentra sur Mandy.

— Je fais du café, je vous en offre un ?

Il avait des yeux marron chaleureux, et Mandy se surprit à lui sourire. Pas étonnant que Geraldine les ait appréciés, pensa-t-elle. Elle balaya des yeux la pièce, réfléchissant un instant. Normalement, elle aurait dû remplir le questionnaire d'adoption au refuge avant de visiter la maison, mais maintenant qu'elle était là, il serait préférable de procéder à l'inspection d'abord. Certes, l'absence d'accès à un extérieur était loin d'être idéale, mais un accueil restait possible.

— Vous pourriez peut-être me faire visiter, proposa-t-elle à Fiona, puis nous pourrions nous asseoir et prendre un café tout en répondant à quelques questions ?

— Très bien, répondit Fiona. Ça te convient, Jono ?

Jono acquiesça, aimable.

— Ça me paraît bien.

Fiona montra les lieux à Mandy, ce qui ne prit pas très longtemps. Comme la cuisine, les autres pièces étaient petites, mais très propres et bien rangées. Dans le salon, Mandy se rendit compte que les lumières de Noël de bon goût qu'elle avait vues depuis la rue appartenaient à Fiona et Jono. Une petite cheminée en fer, plutôt démodée, trônait contre un mur, surmontée d'une couronne de houx, et dans le coin le plus proche de la porte, un sapin décoré était posé sur une table.

— Je me suis dit qu'on pourrait mettre un lit pour Sixpence dans ce coin, expliqua Fiona en désignant un espace confortable à côté de la cheminée. Et j'ai pensé qu'on pourrait avoir deux bacs à litière, un pour ici et un dans la salle de bains. Je n'en veux pas dans la chambre ou la cuisine, poursuivit-elle en guidant Mandy vers le fond de l'appartement. Voici la chambre, dit-elle en poussant une autre porte.

La chambre était encore plus petite que le salon. Une armoire et deux petites tables de chevet de chaque côté du lit double suffisaient à remplir la pièce.

— Nous lui avons déjà trouvé un lit pour ici, annonça Fiona, rougissante. Je sais que Geraldine a dit qu'il fallait attendre l'inspection pour être absolument sûr, mais elle semblait penser que vous seriez d'accord.

Mandy repéra un lit de chat couvert, posé à côté de l'armoire.

— C'est le même modèle que celui que Sixpence a déjà, se justifia Fiona. On a pensé qu'il se sentirait davantage à l'aise ainsi.

— C'est une bonne idée, répondit Mandy en se détendant un peu.

Jusqu'à présent, l'inspection s'était parfaitement déroulée. Fiona semblait à la fois gentille et raisonnable.

Sixpence était un chat nerveux, alors peut-être qu'une vie en intérieur lui conviendrait. Tant qu'aucune anomalie ne ressortait du questionnaire, la promesse assez impulsive de Geraldine pourrait bien être tenue, et non se retourner contre elle.

Ils s'installèrent à la petite table de la cuisine. À trois, ils étaient un peu serrés, mais Mandy réussit à sortir son bloc-notes et un stylo de son sac.

— Nous allons juste passer en revue quelques questions. Je vais mettre vos réponses par écrit, si ça vous va ?

Jono et Fiona acquiescèrent.

Mandy baissa les yeux sur la liste qu'elle connaissait évidemment par cœur.

— Avez-vous déjà eu un chat ?

Jono et Fiona se regardèrent de côté puis sourirent en même temps.

— Mes parents avaient toujours des chats quand j'étais petite, dit Fiona.

— Pas de chats chez moi, intervint Jono, mais il y avait toujours des animaux autour de nous. J'ai eu un lapin domestique à l'âge de sept ans et j'ai dû m'en occuper moi-même, puis après, nous avons eu un chien.

Il se pencha en avant et appuya sur le piston de la cafetière.

— Voilà qui répond à ma question suivante, qui portait sur les autres animaux, rebondit Mandy en écrivant à toute vitesse, avant de se caler au fond de la chaise en tapotant le bout du stylo sur son genou. Alors, dites-moi, pourquoi voulez-vous un chat ?

Jono se tourna vers Fiona comme si c'était à elle de répondre.

— J'étais à l'école de médecine jusqu'à l'année dernière, expliqua-t-elle. Je savais que nous ne pouvions pas avoir d'animal pendant mes études, mais j'ai eu mon diplôme l'été dernier et nous nous sommes mariés. Je suis maintenant jeune médecin à l'hôpital de Ripon. Nous pensions à un chien, mais parfois il nous arrive de travailler tous les deux à des horaires irréguliers, alors nous avons décidé qu'un chat conviendrait peut-être mieux.

Mandy fronça les sourcils. Elle allait les interroger plus avant sur ces horaires irréguliers dans un moment, mais elle voulait d'abord en savoir un peu plus sur le couple.

— Et vous, que faites-vous ? demanda-t-elle à Jono.

— Je suis infirmier. Nous nous sommes rencontrés lorsque Fiona était en stage dans mon service, ajouta-t-il en tendant la main pour attraper celle de Fiona. Nous pensons qu'avoir un chat complétera bien notre famille pour l'instant.

Mandy remua sur son siège et redressa le presse-papiers devant elle. Elle leva les yeux et croisa leurs regards amicaux.

— Pouvez-vous m'en dire un peu plus sur vos habitudes de travail ? Est-ce qu'il y aura une personne présente tous les jours ? Et les nuits ?

Pour la première fois, Fiona eut l'air mal à l'aise.

— Ce n'est pas vraiment facile à prévoir, admit-elle. Nous pouvons demander à travailler dans certains secteurs, mais la hiérarchie peut littéralement nous envoyer n'importe où. Jono a un poste un peu plus stable, mais il fait aussi des gardes de nuit. Comme je l'ai déjà dit, nous avions pensé à prendre un chien, mais nous savions que notre style de vie ne convenait pas encore pour cet animal. Dans quelques années, notre situation sera plus apaisée. Mais nous espérions vraiment pouvoir accueillir un chat pour le moment. Nous aimons tous les deux les animaux. C'est un rêve que nous avons toujours partagé.

Mandy sentit son appréhension monter. Elle avait vraiment envie de passer à la question suivante, mais elle avait besoin d'une réponse claire d'abord. Aussi adorables que soient Fiona et Jono, Sixpence avait besoin d'un foyer avec une routine cohérente, et où il ne serait pas laissé seul pendant de longues périodes.

— Alors..., commença-t-elle avant de s'interrompre, cherchant comment formuler sa prochaine question. Chaque jour, y aura-t-il quelqu'un dans les parages au moins une partie du temps ? Ou est-ce que Sixpence serait ici parfois pendant plus d'une journée tout seul ?

Elle savait que Fiona voyait où elle voulait en venir. Son visage avait pris une teinte écarlate. Jono souriait toujours, mais la tension se lisait sur ses traits. Fiona fixa Mandy.

— J'ai bien peur qu'il y ait des moments où nous soyons tous les deux à l'extérieur toute la journée, concéda-t-elle. Nous faisons parfois des gardes de douze heures. Nous ne sommes pas censés le faire, bien sûr, mais ça nous arrive. Jono est plus souvent à la maison que moi parce qu'il travaille à Walton, mais je dois aller jusqu'à Ripon. Parfois c'est si fatigant que c'est plus facile de rester dormir là-bas...

Un voile de déception assombrit ses yeux.

— Vous allez dire que nous ne convenons pas, n'est-ce pas ?

Mandy soupira. Elle aimait beaucoup ce jeune couple, mais elle ne pouvait pas contourner les règles pour s'adapter à leur situation.

— Je suis terriblement désolée, mais je vais devoir noter que ce foyer ne convient pas. Pas pour Sixpence, pas pour le moment. Si l'un ou l'autre d'entre vous était à la maison plus souvent, j'aimerais beaucoup vous le confier, mais dans le cas contraire, ce ne serait vraiment pas bon pour lui.

— On parle juste de Sixpence ? lança Jono. Ou vous estimez que notre mode de vie ne conviendrait à aucun chat ?

Mandy baissa les yeux sur ses notes pour se laisser un peu de temps de réflexion. Elle releva la tête et croisa un regard compatissant.

— Sixpence est un cas un peu spécial. Il nous arrive tout droit d'un squat, il a eu une vie chaotique et il a besoin d'une stabilité absolue et d'une routine régulière. Mais pour être honnête, je pense que, pour le moment, ce ne serait pas idéal pour vous d'avoir un animal de compagnie. Je comprends combien c'est difficile à entendre. Vraiment, je comprends. Mais jusqu'à ce que l'un de vous, ou les deux, ait un poste avec des horaires plus réguliers, je pense qu'il vaudrait mieux patienter.

Elle s'adossa contre sa chaise, craignant que Fiona et Jono ne prennent mal son refus. Ils avaient tous deux l'air tristes, mais pas en colère.

Fiona prit sa tasse entre les mains.

— Je sais que vous avez raison, mais les animaux me manquent tellement. J'ai toujours voulu être médecin, mais personne ne nous dit à quel point les premières années sont folles. Ce serait tellement relaxant d'avoir un chat à caresser ou un chien à promener. On s'était dit que n'importe quel foyer aimant serait mieux qu'une place en refuge.

Mandy avala le reste de son café.

— Je comprends, et il n'y a absolument rien de personnel dans ma décision. Dans d'autres circonstances, vous seriez d'excellents maîtres pour un chat, j'en suis sûre. Mais pour l'instant, c'est non.

Des larmes gonflaient les yeux de Fiona, mais elle les chassa avec un clignement.

Mandy fouilla son visage aimable.

— Je ne sais pas si ça pourrait vous consoler, mais vous êtes la bienvenue à Vert-Cottage dès que vous avez un moment de libre. J'aimerais bien un coup de main pour promener les chiens, et c'est vital pour les chats d'être habitués à plein de gens différents. Certains d'entre eux n'ont jamais été manipulés ou caressés. Si vous voulez venir de temps en temps…

Elle se tut, un peu gênée, espérant que Fiona ne se sentirait pas obligée de proposer son aide alors qu'elle venait de se voir refuser l'adoption d'un animal.

Mais le visage de Fiona s'illumina à ces mots.

— C'est vraiment possible ? Ce serait génial ! Je sais que ce n'est pas pareil que d'avoir son propre animal, mais ce serait une super expérience, répondit-elle avant de se tourner vers son mari. Qu'est-ce que tu en penses ?

— Vous pouvez compter sur moi. Comme ça on pourra aider plein d'animaux au lieu d'un seul.

Mandy eut envie de le serrer dans ses bras.

— Beaucoup plus, oui, c'est vrai. Vous n'êtes pas obligés de venir en suivant un planning précis. Prévenez-moi juste quand vous avez quelques heures de libre et nous vous ferons rentrer.

Fiona raccompagna Mandy jusqu'à la porte.

— Merci de m'avoir fait visiter. C'est un bel appartement.

— Merci, dit Fiona en ouvrant la porte. Pouvez-vous transmettre mes meilleurs vœux à la dame qui nous a fait visiter le refuge la semaine dernière ?

Elle fronça les sourcils et étudia Mandy.

— Elle vous ressemble beaucoup, d'ailleurs. C'est votre mère ?

Mandy sentit une boule se former dans sa gorge. Une image d'Emily avait surgi dans son esprit si vite qu'elle n'avait pas pu la retenir. Elle pouvait difficilement se contenter d'un « En quelque sorte », seule réponse qui lui vint à l'esprit, ni ne voulait se lancer dans des explications. Elle préféra donc ignorer la question.

— Je passerai le message, avec plaisir. Appelez-moi la semaine prochaine et nous fixerons un rendez-vous.

Elle esquissa un signe de la main et se retourna avant que Fiona n'ait le temps d'ajouter quoi que ce soit. Elle s'accrocha à la rampe en descendant les escaliers, puis se dirigea vers la voiture et grimpa derrière le volant. Le sentiment de joie qu'elle avait ressenti lorsque Fiona et Jono avaient accepté d'aider à Vert-Cottage s'était évanoui.

Comment en était-elle arrivée là ? Elle ne savait plus qui étaient ses parents. Elle s'était brouillée avec James. Jimmy et elle essayaient de faire surgir une espèce d'amitié bizarre des cendres de leur amour, et elle avait blessé Adam et Emily jusqu'à l'indicible. Pour couronner le tout, Geraldine était occupée à organiser le plus beau Noël possible avec une famille que Mandy n'avait jamais rencontrée. Son univers était sens dessus dessous et elle ne s'était jamais sentie aussi peu concernée par Noël de toute sa vie.

Jimmy lui avait dit de ne pas se précipiter. Pas avant qu'elle ne soit prête. Mais elle ne pouvait pas continuer comme ça, dans ces limbes si flous. Elle appuya sur l'embrayage, sur l'accélérateur et démarra.

Chapitre 28

Il faisait encore sombre quand Mandy se gara devant Animal Ark le lundi matin. Le temps avait tourné pendant la nuit ; il faisait soudainement très froid et l'air avait un arrière-goût de neige. La cuisine était allumée, et malgré les rideaux tirés, Mandy imaginait Adam et Emily assis ensemble à la vieille table en pin, grignotant des tartines grillées et buvant du café. Pendant un moment, elle n'eut qu'une envie : être assise là, avec eux. Tant d'années de souvenirs, mais ce passé avait disparu.

Elle avait demandé à ne pas être inscrite au planning de la clinique pendant une semaine, et Adam avait tenu parole, quand bien même Noël approchait à grands pas. Mais elle s'était résolue à les confronter le plus tôt possible, d'une manière ou d'une autre.

Avec un dernier regard à la fenêtre qui rayonnait doucement, elle traversa le parking menant à Vert-Cottage. Même si Mandy avait demandé à Geraldine de rester à l'écart jusqu'à ce qu'elle ait eu l'occasion de discuter avec Adam et Emily, elle avait décidé qu'elle devait lui parler sans attendre de la visite décevante chez Fiona et Jono. Même si tout s'était finalement bien terminé, ce genre de situation ne devait jamais se reproduire. Mandy avait demandé à Geraldine de venir tôt et de la retrouver dans le verger – elle ne voulait pas risquer que sa mère biologique croise Adam et Emily à la clinique alors qu'il y avait encore tant de points à régler.

Mandy avait mûrement réfléchi à la manière de dire à Geraldine qu'elle ne devait en aucun cas prendre de décision concernant le placement des animaux. Mandy avait toujours pris la bonne gestion de la clinique par Adam et d'Emily comme normale, songea-t-elle. Ils avaient toujours été gentils et généreux avec leur personnel, mais lorsque des erreurs étaient commises, ils veillaient à en faire un compte rendu. Maintenant, elle allait devoir faire de même. Que ce soit Geraldine qui ait dépassé les bornes rendait les choses plus compliquées, mais il fallait quand même s'y astreindre. Mandy ne savait en revanche pas du tout comment s'y prendre, et plus que tout, elle savait qu'elle devait ralentir l'évolution de leur relation. Elle avait l'impression de perdre complètement le contrôle de sa propre vie, sans avoir la possibilité de découvrir ce qu'elle ressentait face à chaque changement radical. Elle avait décidé que, quoi qu'il arrive, elle ne passerait pas Noël à Manchester. Elle ne savait pas comment Geraldine prendrait la nouvelle, mais Mandy ne pouvait pas la laisser continuer à organiser une fête qui n'aurait jamais lieu.

Emmitouflée dans un bonnet et une écharpe tricotés, Geraldine se tenait sous la lumière jaune devant l'abri en bois, parlant aux alpagas. Son haleine s'élevait en volutes. Elle se retourna à l'approche de Mandy.

— Comment s'est passée la visite hier ?

— Pas trop mal, répondit Mandy. Je te laisse entrer, on pourra discuter.

Geraldine la suivit à l'intérieur et déroula son écharpe, qu'elle posa avec son bonnet sur le bureau avant de se percher sur le bord de celui-ci.

Mandy s'éclaircit la gorge.

— Tu as demandé une inspection, mais nous devons d'abord discuter des protocoles, commença-t-elle. Avant toute chose, tu peux me dire ce qui s'est passé lors de la visite de Fiona et Jono l'autre jour ?

Geraldine grimaça un peu, comme si elle se doutait de ce qui allait arriver.

— Eh bien, ils sont entrés, et ont voulu se renseigner sur l'adoption d'un chat. Je t'avais déjà vue poser des questions auparavant et j'ai fait de mon mieux pour m'en souvenir.

Elle leva les yeux au plafond, essayant de se remémorer les détails de la conversation.

— J'ai posé des questions sur les animaux précédents et sur la maison…, reprit-elle en croisant le regard de Mandy. Après leur avoir demandé ce qu'ils voulaient et pourquoi ils voulaient un chat, je les ai emmenés voir les chats. Ils ont regardé Luna, et ils semblaient bien l'aimer, mais ensuite ils sont allés voir Sixpence. C'était comme s'ils étaient tombés amoureux. Tous les trois. Je n'ai jamais vu Sixpence aller vers quelqu'un aussi rapidement.

Elle s'arrêta de parler et frotta une tache sur son pantalon.

— C'est tout, vraiment. J'ai noté leurs coordonnées et je leur ai dit que tu viendrais faire une visite à domicile. Ils m'ont ensuite dit que, s'ils prenaient un chat, ils devraient l'enregistrer auprès d'Animal Ark au cas où il aurait besoin de soins médicaux. J'étais ravie, ajouta-t-elle. Je me suis dit que c'était une initiative très responsable.

Mandy l'observa attentivement. Geraldine disait la vérité, pour autant qu'elle puisse en juger. Elle réfléchit quelques secondes, choisissant ses mots avec précaution.

— Adam m'a parlé après leur passage à la clinique. D'après lui, le jeune couple a eu l'impression que l'adoption de Sixpence était acquise.

Ses yeux fouillèrent le visage de Geraldine.

— Est-ce que tu as dit ou fait quelque chose qui aurait pu leur laisser croire ça ?

Pour la première fois, Geraldine eut l'air de douter d'elle-même.

— J'ai bien peur que oui, avoua-t-elle. C'était un couple charmant. Et j'aimais la façon dont Sixpence se comportait avec eux. Je me suis dit qu'ils feraient d'excellents maîtres.

Mandy soupira.

— Tu avais en grande partie raison. Ils m'ont semblé convenir aussi, mais quand je les ai interrogés sur leur vie professionnelle, j'ai découvert qu'ils travaillaient tous les deux de longues heures et en équipe. Ils ne pouvaient pas garantir d'être à la maison chaque jour.

Des taches roses apparurent sur les pommettes de Geraldine.

— Oh…

— J'ai dû leur annoncer qu'ils ne pouvaient pas adopter s'ils étaient si souvent loin de chez eux, expliqua Mandy. Heureusement, ils ont été très compréhensifs. Ils sont tous les deux partants pour venir au refuge jouer avec les chats et promener les chiens. Et ils m'ont assuré que tu avais été très accueillante ! Mais j'ai mis des protocoles en place pour une bonne raison. Ton enthousiasme est très agréable, mais pour l'instant, je préfère vraiment que tu te contentes de noter les coordonnées des candidats à l'adoption et que tu me laisses gérer la suite.

Le regard de Mandy se perdit par la baie vitrée, et elle prit quelques secondes pour contempler la lumière gris pâle qui transperçait les nuages. Puis elle se retourna vers Geraldine.

— Je veux que tu prennes autant de responsabilités que possible, lui dit-elle. Je suis heureuse que tu gardes le refuge de temps en temps quand je ne suis pas là. Si des gens arrivent et que tu les juges dignes de confiance, ça me convient parfaitement que tu leur fasses visiter et que tu leur montres certains animaux. Mais tu dois être absolument claire : les décisions concernant le placement des animaux me reviennent entièrement pour le moment.

Le visage de Geraldine devint écarlate, et elle fixa Mandy, le regard confus.

— Je suis désolée, dit-elle. Je t'ai mise dans une position difficile, n'est-ce pas ?

Mandy acquiesça, mais elle parvint à sourire.

— Oui, mais heureusement, tout s'est bien terminé. On passe à autre chose, d'accord ?

Gérer du personnel était difficile, pensa-t-elle. *Argh !*

Elles se rendirent dans la salle de préparation des repas et commencèrent à remplir les gamelles pour le petit déjeuner. Geraldine mesura la nourriture de Sixpence, puis s'arrêta et se tourna vers Mandy.

— Je voulais juste m'excuser encore une fois de t'avoir mise dans l'embarras. J'ai toujours été un peu trop impulsive. Le cœur avant la raison, c'est tout moi. Je veux faire les choses bien, mais je me laisse emporter.

Mandy lui offrit un large sourire.

— C'est de là que je tiens ça, alors, s'exclama-t-elle. Ce n'est pas vraiment un défaut, même si ça m'a déjà valu quelques ennuis.

Geraldine se passa la main sur les cheveux, et Mandy remarqua les rides d'inquiétude sur son front.

— J'ai été impulsive avec toi aussi, non ? reprit doucement Geraldine. Je t'ai parlé de ma famille, j'ai organisé le repas de Noël… Je me suis pointée ici.

Mandy hocha la tête, sans quitter des yeux la cuillère entre ses doigts. Elle sentit alors la main froide de Geraldine sur son poignet.

— S'il te plaît, regarde-moi, souffla Geraldine, sérieuse.

Mandy tourna la tête vers elle – Geraldine lui souriait, de la douceur dans ses yeux.

— Je suis désolée, je suis vraiment désolée, chuchota Geraldine avant de marquer une pause, scrutant le visage de Mandy. Est-ce que tu as besoin d'espace ? S'il te plaît, sois honnête. Ça fait des années que je me prépare pour ce moment, mais pas toi.

Pendant un instant, Mandy resta muette, puis elle prit une profonde inspiration.

— Le cœur avant la raison, répéta-t-elle. Je pense que j'ai besoin d'un peu d'espace, si ça te convient.

Elle se tut quelques instants, puis se ressaisit.

— Ne te méprends pas, je suis ravie que tu m'aies trouvée, c'est incroyable. Mais tout ça… c'est beaucoup à encaisser. Et en ce moment, nos retrouvailles semblent faire souffrir d'autres personnes, et ce n'est pas ce que je veux. J'ai besoin d'un peu de temps pour tout régler avant de pouvoir accepter ce qui nous arrive, si tu vois ce que je veux dire.

Geraldine acquiesça.

— Je vois parfaitement. Tu es une fille adorable, Mandy. La meilleure fille que l'on puisse souhaiter. Adam et Emily t'ont merveilleusement bien élevée, lui assura-t-elle, les yeux brillants de larmes retenues. Je ne pense vraiment pas que j'aurais pu faire mieux.

Mandy étudia Geraldine, puis ouvrit les bras.

— S'il te plaît, ne pleure pas, murmura-t-elle en serrant son corps svelte contre elle. Plus de larmes, s'il te plaît ! Ça va être génial. Nous avons beaucoup de temps maintenant. Je ne vais nulle part.

— Et moi non plus, répondit Geraldine.

Elles restèrent longtemps immobiles, enlacées. Puis Geraldine recula et sortit un mouchoir de sa poche.

— Je vais retourner à Manchester cette semaine, je pense, et y rester pour Noël.

Mandy eut l'impression qu'on lui ôtait un énorme poids des épaules, avant de culpabiliser : est-ce qu'elle venait de gâcher Noël ? Geraldine lui adressa un sourire un peu larmoyant.

— Ne t'inquiète pas, je ne vais pas rester seule en boule dans le noir. Je vais voir mon frère et ses fils, et mes amis. Mais j'aimerais bien t'appeler, si ça te va ?

— Oui, avec plaisir. Et dis à mon oncle et à mes cousins que je viendrai les voir très bientôt…

Elle réfléchit une seconde avant de reprendre :

— En fait, que dirais-tu du réveillon du nouvel an ? On pourrait peut-être fêter la nouvelle année ensemble.

Geraldine eut l'air stupéfaite.

— Vraiment ? Ce serait génial ! Merci !

Mandy fut envahie d'un véritable élan de joie.

— Oui, ça me ferait très plaisir aussi. Un nouveau départ pour nous deux.

Geraldine attrapa ses mains et les serra fort entre les siennes. Mandy crut un instant qu'elle allait se mettre à danser, mais elle resta là, immobile et rayonnante, comme si elle ne pouvait pas être plus heureuse, puis soupira et leva une main pour caresser le visage de Mandy.

— Tu es une fille adorable, Amanda Hope. Ne laisse jamais personne te dire le contraire.

Soudain, tout devint clair et Mandy débordait d'énergie positive.

— Je peux te laisser terminer les repas, s'il te plaît ? Il faut que j'aille au cottage. J'ai besoin de régler certaines choses.

Geraldine acquiesça.

— Bien sûr, prends ton temps, confirma-t-elle en souriant. Et si des visiteurs se présentent, je leur dirai que c'est toi la patronne ! Je promets de ne rien faire d'inconsidéré. Oh ! et j'espère que ça se passera bien.

Elle fit un clin d'œil à Mandy, surprise du talent de Geraldine à lire dans ses pensées. *Après tout, nous sommes de la même famille.* Geraldine prit deux des bols et les brandit devant elle, chassant Mandy de la pièce.

— Allez, file !

Alors que Mandy sortait, elle entendit Geraldine se mettre à fredonner *Mon beau sapin* en distribuant la nourriture. On aurait dit une marche triomphale.

Mandy traversa rapidement le parking, à peine sensible au froid pourtant mordant. Elle n'avait aucune idée de ce qu'elle allait dire, mais les mots de Geraldine résonnaient dans sa tête. Adam et Emily avaient été les meilleurs parents qu'elle aurait pu espérer. Quoi qu'ils aient fait, elle devait le leur dire.

Elle poussa la porte de derrière et entra dans la cuisine. L'odeur du café et des tartines flottait encore dans l'air, mais la pièce était vide. Mandy fronça les sourcils en regardant l'horloge. Elle avait supposé qu'Adam et Emily seraient encore attablés pour leur petit déjeuner. Tango bondit de sa place habituelle sur le rebord de la fenêtre, s'étira et s'approcha pour saluer Mandy, ronronnant comme un petit moteur.

— Où sont-ils passés ?

Il la fixa de ses grands yeux jaunes et cligna des paupières. *Ils ne doivent pas être loin*, pensa-t-elle. Après tout, la porte de derrière n'avait pas été fermée à clé.

Elle passa dans le couloir. Un fauteuil roulant pliant se trouvait à côté de la porte d'entrée. Mandy s'arrêta, les yeux rivés sur ce nouvel équipement. Qu'est-ce que cela faisait là ? Où étaient papa et maman ? Elle tendit l'oreille, à l'affût de signes de vie et, à son grand soulagement, elle entendit des voix en provenance du salon.

En deux enjambées, elle était devant la porte, la poussa et fit irruption dans la pièce. Heureusement, Emily était assise sur le canapé. Certes, elle semblait bien pâle, mais confortablement installée, un plateau sur les genoux. Adam était à côté d'elle, tartinant un morceau de pain grillé. Tous deux levèrent des yeux écarquillés vers Mandy.

— Quelque chose ne va pas ? s'écria Adam en se levant d'un bond, le pain dans une main, le couteau dans l'autre.

— Non, tout va bien, enfin pour moi…, répondit Mandy en joignant un signe de la main vers la porte entrouverte. Un fauteuil roulant ? Que s'est-il passé ?

Adam se rassit et tendit la tartine à Emily.

— Ta mère est tombée samedi. Sa jambe, toujours.

— L'hôpital m'a conseillé d'utiliser le fauteuil quand je sors, intervint Emily. Jusqu'à ce qu'ils puissent évaluer si ma force musculaire s'améliore.

Mandy déglutit.

— Une chute ? L'hôpital ? Pourquoi ne m'avez-vous pas appelée ? demanda-t-elle, le sang pulsant dans les tempes.

Adam la dévisagea, un peu triste.

— Nous n'étions pas sûrs que ce soit une bonne idée. Et puis, ta mère n'a jamais été en danger.

Mandy sentit son estomac se tordre.

— Pas en danger…, répéta-t-elle.

Emily tendit la main vers elle, et Mandy se précipita et s'agenouilla sur le sol. Elle saisit les doigts fins de sa mère et les pressa contre sa joue.

— Je suis tellement désolée, murmura-t-elle en levant les yeux vers le sourire doux et familier d'Emily, à peine obscurci par son regard épuisé. J'aurais dû être là pour toi !

Emily leva la main gauche et la posa délicatement sur les cheveux de sa fille.

— Je vais bien, ma chérie. Aucune raison de t'inquiéter.

Des larmes menaçaient de déborder des yeux de Mandy. D'aussi près, elle devinait la douleur sur le visage de sa mère. Ses joues creusées dessinaient des ombres, et la main que Mandy tenait restait glaciale, malgré la chaleur du feu.

Sans lâcher la main d'Emily, Mandy se glissa sur le canapé. Adam prit place dans son habituel fauteuil bergère à côté de l'âtre. Le regard de Mandy passa de l'un à l'autre plusieurs fois.

— Si vous êtes tous les deux d'accord, je vais emménager ici, déclara-t-elle en serrant les doigts d'Emily. Je peux t'aider à te laver, à t'habiller et à faire la cuisine.

Emily ouvrit grands les yeux.

— Je ne suis pas sûre que ce soit pertinent de te laisser faire la cuisine ! se moqua-t-elle gentiment.

Adam sourit, une pointe de doute dans le regard.

— Ne va pas croire que nous n'apprécions pas ton geste, Mandy. Mais tu es sûre que c'est le bon moment ? Je veux dire, nous savons que tu as beaucoup à penser ces temps-ci…

Il n'y avait aucune menace, aucune colère dans ses mots, mais Mandy perçut qu'il ne parlait pas uniquement de Jimmy ou du travail.

Mandy inspira, souffla, puis le dévisagea.

— Rien n'est plus important que d'être ici avec vous deux, répliqua-t-elle, s'efforçant de garder une voix ferme, quand bien même elle tanguait à l'intérieur.

Emily remua et elle sentit ses doigts se resserrer sur les siens.

— Maman a besoin de nous deux, papa.

— C'est vrai, reconnut Adam avant de soupirer et de passer lentement les mains sur les accoudoirs. Je voulais te dire que je suis désolé. Je n'ai pas réagi comme j'aurais dû quand tu nous as parlé de Geraldine…

Sa voix était sérieuse, et il la regarda droit dans les yeux, comme s'il voulait vraiment qu'elle le croie.

— Je n'ai pas été juste envers toi, poursuivit-il. Ça a dû être incroyablement difficile, mais rien de ce qui s'est passé n'était de ta faute. Je sais que je l'ai déjà dit, et j'espère que tu arrives à me croire maintenant quand je dis que je suis toujours, toujours de ton côté.

D'un clignement de paupières, Mandy chassa les larmes qui menaçaient de déborder.

— Je le sais, oui, murmura-t-elle.

Adam se leva, bras grands ouverts. Mandy perçut une infime pression sur ses doigts, et elle serra en retour la main de sa mère avant de se lever et de traverser la pièce pour enlacer son père. Ils restèrent ainsi un long moment, des larmes coulaient sur les joues de Mandy, mais elle s'en moquait. Elle ferma les yeux, humant son odeur familière, puis les ouvrit et recula très légèrement pour le voir. Elle n'avait pas qu'un seul parent très grand, se dit-elle.

— Je suis désolée, moi aussi.

— Merci de le dire mais, vraiment, tu n'as pas à t'excuser.

Il déposa un baiser sur son front, puis relâcha son étreinte. Ils se rassirent sur le canapé, de part et d'autre d'Emily.

Emily prit de nouveau la main de Mandy.

— Ton père et moi avons eu une longue conversation. Nous sommes tous les deux incroyablement désolés de t'avoir menti, vraiment, du fond du cœur…

Elle se tut un instant et jeta un coup d'œil à Adam.

— Nous avions peur de te perdre, mais maintenant que Geraldine t'a retrouvée, nous aimerions apprendre à la connaître. Enfin, si tu es d'accord ? Nous ne voulons pas te forcer à quoi que ce soit, si tu n'es pas à l'aise.

Mandy fouilla le visage aimant de sa mère.

— J'aimerais bien, moi aussi. Je sais que ce sera difficile, mais je pense que vous pourriez bien l'aimer.

— Si elle te ressemble, même un tout petit peu, je suis sûr que nous l'aimerons, répondit aussitôt Adam, les yeux pétillants de joie.

Chapitre 29

Emily tapota ses genoux.

— J'ai envie de sortir prendre l'air, déclara-t-elle. Mandy, tu voudrais bien me pousser pour faire un tour dans le village ?

C'était comme si elle avait remarqué le choc de Mandy à la vue du fauteuil roulant et qu'elle voulait la confronter directement à la réalité. Mandy se retint de rire : rien de tel que de regarder les choses en face, pensa-t-elle.

— Bien sûr, maman.

— Pas d'excès de vitesse ! prévint Adam.

— Je promets de ne pas dépasser la limite, tant que maman n'utilise pas sa cravache, rétorqua-t-elle en souriant.

Mandy grimaça intérieurement en voyant sa mère se lever du canapé. Elle ne savait pas si elle devait proposer son aide ou non, mais tendit finalement la main et Emily la prit. Si chaque pas restait lent, la détermination se lisait sur le visage de sa mère. Emily s'assit dans le fauteuil et sourit à Mandy.

— Merci, ma chérie. Je n'ai pas l'intention de rester là-dedans en permanence, je te le promets. Pas avant un bon moment en tout cas, mais c'est plutôt utile pour l'instant. Et pas question que je me cache.

Mandy acquiesça – le courage de sa mère lui donna envie de pleurer. Elle se redressa et se força à sourire.

— Tu ne devrais jamais avoir à te cacher. Et où que tu ailles, je serai là, si tu as besoin de moi.

Adam s'était faufilé dans la cuisine et il réapparut, serrant une bouillotte contre lui. Il la posa sur les genoux d'Emily puis étala une couverture en laine sur ses jambes.

— C'est bon pour toi ? s'assura-t-il en lui tendant un bonnet et des gants.

— Tout est parfait, confirma Emily.

Elles descendirent l'allée, puis tournèrent à gauche vers le parc communal. Le jour n'était pas encore bien levé et un froid glacial régnait, mais des lumières vives éclairaient les fenêtres des maisons. C'était si étrange pour Mandy de pousser sa mère en fauteuil. Lorsqu'elles atteignirent le centre du village, Mandy prit soudain conscience du nombre de trottoirs surélevés. Elle n'y avait jamais réfléchi auparavant. Alors qu'elles longeaient le bord de la pelouse, Mandy aperçut un petit garçon qui les fixait, mais Emily sourit et fit un signe de la main, et le petit garçon lui rendit son salut.

— Ça me rappelle que je te promenais ici en poussette, quand tu étais bébé, dit Emily en se retournant pour regarder Mandy, mais c'était le printemps et les arbres étaient en fleurs.

Cette réflexion attisa aussitôt la curiosité de Mandy.

— Tu t'es occupée de moi dès ma naissance ? Est-ce que j'étais en cours de sevrage quand je suis arrivée ?

Les yeux d'Emily se remplirent d'amour teinté de chagrin.

— Oui, tu étais encore en manque, pauvre petite chérie. Je ne supportais pas de te voir souffrir autant, mais je savais que tu devais passer par là. Mais tes cris, c'était quelque chose…

Mandy hésita. Depuis les révélations de Geraldine, elle avait lu sur Internet des articles sur la prise en charge des bébés toxicomanes. Elle avait été horrifiée par les détails.

— Comment avez-vous fait ? N'était-ce pas difficile ?

— Si, admit Emily, mais nous savions que cela en valait la peine. Tu étais notre fille, nous l'avons su à l'instant où nous t'avons vue. Dès notre rencontre, nous savions que nous ferions n'importe quoi pour toi.

— Tu peux m'en dire plus ? demanda Mandy.

Elle n'avait jamais vraiment posé de questions sur son passé, réalisa-t-elle. Elle avait su qu'elle était adoptée et cette vérité lui avait alors suffi. Mais aujourd'hui, elle voulait tout savoir, même si c'était difficile.

— On s'arrête quelque part ? proposa Emily. Comme ça, on pourra parler face à face. Sous le chêne, sur la pelouse, peut-être ?

Mandy poussa le fauteuil sur le chemin traversant le parc, jusqu'à un banc sous le chêne, abrité du vent par une haute haie. Elle positionna le fauteuil d'Emily à côté du banc et, s'emmitouflant bien serrée dans son manteau, s'installa sur le bois glacial.

Emily ajusta la bouillotte sur ses genoux et prit une profonde inspiration.

— Ton père et moi avons toujours su que nous voulions une famille. Nous avons découvert assez rapidement que cela n'allait pas être possible naturellement, et l'adoption nous est apparue comme la solution la plus évidente. Nous avions tous les deux tant d'amour à donner, et même si le processus a été pénible, entendre que notre dossier avait été accepté a été le plus beau jour de notre vie…

Elle se reprit aussitôt en souriant :

— Non, le deuxième meilleur jour. Le meilleur, c'est celui où on t'a rencontrée.

Mandy s'efforça d'imaginer ce que sa mère avait dû ressentir, vouloir un enfant si désespérément qu'elle était prête à accueillir le bébé d'une parfaite inconnue.

— J'étais… Où étais-je ?

Emily tendit une main gantée et prit celle de Mandy.

— Dans une couveuse à l'hôpital général de Manchester. Tu as passé les deux premières semaines de ta vie en soins intensifs, commença-t-elle, et son regard s'ombragea, comme si, même maintenant, le souvenir la hantait. C'est là que nous t'avons vue pour la première fois. Tu étais si minuscule quand tu es née, tu ne pesais que deux kilos. Ils nous ont laissés te faire des câlins, mais tu devais rester là jusqu'à ce qu'ils estiment ton état assez stable pour survivre sans soins médicaux constants. Je n'oublierai jamais le jour où nous t'avons ramenée à la maison… Tu étais si belle, j'avais du mal à croire que tu étais à nous !

Elle se tut et son regard se perdit à travers le parc, jusqu'à l'immense sapin bercé par le vent, puis se tourna vers Mandy.

— Tu étais le plus beau bébé que j'avais jamais vu.

Mandy caressa le gant de sa mère de sa main libre.

— J'avais arrêté l'héroïne quand tu m'as ramenée à la maison ?

Elle n'arrivait pas à croire les mots qu'elle prononçait. « Née accro à l'héroïne » – on aurait dit le titre d'un documentaire voyeuriste. L'idée d'avoir commencé sa vie en manque de drogue, qu'elle ait vécu une épreuve aussi horrible, semblait à la fois surréaliste et épouvantable.

Emily secoua la tête.

— Pas entièrement. Nous devions te donner des médicaments de substitution toutes les quatre heures, répondit-elle, et sa bouche se tordit en une moue ironique. Pour la première fois, nous avons dû faire appel à des remplaçants pour la clinique. Tu ne dormais pas, alors nous non plus. Nous restions avec toi, à compter les minutes jusqu'à la dose suivante de méthadone, et que tu arrêtes enfin de hurler…

Elle prit une grande inspiration.

— Je t'emmaillotais dans une petite couverture que mamie avait tricotée pour toi. Tu l'agrippais si fort avec ta petite main. Je te tenais sous mon menton et je te serrais aussi fort que je pouvais. Ça semblait te calmer.

Elle leva sa main gantée vers le visage de Mandy, comme si elle cherchait à revoir le bébé sous les traits de sa fille maintenant adulte.

— Tu n'as pas ouvert les yeux les deux premiers jours ici, reprit-elle. Et puis le troisième, dans l'après-midi, tu les as ouverts et tu as commencé à observer autour de toi. J'avais les larmes aux yeux chaque fois que je te regardais. C'était comme si nous pouvions te voir… le vrai toi, pour la toute première fois.

Elle essuya une larme scintillant sur sa joue.

— Tout le monde a dû penser que j'étais une mauvaise mère les premières fois que je t'ai sortie, raconta-t-elle. Les bébés sous méthadone ont un cri très particulier, à la fois aigu et angoissé, comme si on les torturait. Nous n'avions pas envie de confier à qui que ce soit ce que tu traversais. Je me souviens avoir pris la fuite lorsque Dora Janeki est apparue dans sa Land Rover alors que je te poussais dans l'allée. Ton petit visage était si rouge et tu avais l'air de piquer une énorme colère.

Dora Janeki était l'une des clientes régulières d'Animal Ark, propriétaire d'une exploitation agricole, qui avait toujours un peu intimidé Mandy. Au fond, Dora était gentille, mais elle ne souriait jamais, même dans les moments heureux. Pas étonnant qu'Emily n'ait pas voulu lui parler de ce que vivait son bébé.

— Ça a été un tel soulagement quand tu as enfin commencé à dormir un peu plus ! Au début, si tu siestais plus d'une heure d'affilée, je paniquais et je te réveillais pour m'assurer que tu allais bien. Et puis tu as commencé à bien te remettre. Nous ne savions pas à quoi nous attendre… ou même si tu irais vraiment bien un jour. Quand ta vraie personnalité a commencé à transparaître, ça a été merveilleux. Je t'amenais ici, on s'asseyait sous cet arbre et je te chantais des chansons. Ton père avait repris le travail, alors c'était juste toi et moi.

Mandy balaya du regard le jardin public immobile sous son givre immaculé. James avait épousé Paul ici, seulement deux ans et demi plus tôt. Et trente ans auparavant, Emily l'avait amenée ici dans sa poussette. L'environnement ne devait pas être bien différent à l'époque. Le monument aux morts en pierre grise et l'ancienne église avec sa tour carrée étaient les mêmes. Mandy se demanda si le chêne était plus petit alors. Ou ses branches étaient-elles si anciennes qu'il avait cessé de pousser depuis longtemps ?

Elle sentit les yeux de sa mère posés sur elle, remplis de tant d'amour que Mandy eut envie de rire et de pleurer en même temps. Malgré le gel, elle se laissa tomber sur le sol froid et posa la tête sur les genoux d'Emily, qui lui caressa les cheveux, encore et encore.

— Je suis vraiment désolée d'avoir douté de papa et toi, murmura Mandy.

Emily aida Mandy à reprendre sa place.

— C'est tout à fait compréhensible. Avec le recul, c'est évident que nous aurions dû te le dire avant. Mais c'était si difficile au début… alors il nous a paru plus facile de te dire que tes parents étaient morts, et au bout d'un moment, j'ai eu l'impression que c'était si proche de la vérité qu'il n'y avait finalement pas de mal à te laisser croire ça, expliqua-t-elle avant de baisser les yeux et d'ajuster sa couverture d'une main tremblante. Il n'existe aucun manuel idéal d'éducation, même pour les bébés en bonne santé, il faut juste faire de son mieux et espérer ne pas tout gâcher.

Mandy toucha le bras de sa mère.

— Tu n'as pas tout gâché, la consola-t-elle avant de soupirer. Je suis désolée que notre relation ait été si compliquée ces derniers temps. Pour nous deux. Mais ça m'a fait prendre conscience de la chance que j'ai. Geraldine est ma mère biologique, oui, mais toi, tu es ma mère de cœur… Tu m'as offert la vie que j'ai eue jusqu'à présent, la vie que j'ai maintenant, et toute la vie qui m'attend.

Une larme coula sur la peau fine d'Emily.

— Merci, chuchota-t-elle. Ma douce et merveilleuse fille.

Mandy sourit, et ses yeux se brouillèrent sous l'émotion.

— Je t'aime tellement, maman.

Chapitre 30

La journée avait été complètement folle à la clinique. Mandy n'arrivait pas à croire que c'était déjà le 23 décembre, même si les murs étaient recouverts de cartes de vœux et qu'Helen passait en boucle un CD de musique de Noël.

Rachel passa pour proposer de prendre la famille de cochons d'Inde chez elle pour Noël.

— J'adorerais m'en occuper pour quelques jours. Et après les fêtes, peut-être pourrions-nous mettre une annonce à la crèche ? Un cochon d'Inde, c'est pour la vie, pas seulement pour Noël…

Mandy avait accepté son offre avec plaisir. Elle savait que le refuge croulerait bientôt sous une avalanche d'animaux offerts à Noël et non désirés – c'était la même rengaine chaque année. Mais tôt ou tard, de gentils nouveaux propriétaires finissaient par se présenter, même pour les résidents à long terme comme Jasper.

Adam fredonnait dans sa salle de consultation. Il s'était montré étonnamment joyeux toute la journée. Et lorsque Mandy était passée au cottage entre deux clients, elle avait trouvé Emily attablée dans la cuisine, tricotant ce qui ressemblait à un pull miniature. Après seulement quelques jours de son nouveau traitement, elle semblait aller beaucoup mieux.

Toby passa la tête par la porte de son bureau.

— C'est le dernier ? demanda-t-il à Helen. C'est juste que j'espérais pouvoir partir un peu en avance.

— Vraiment ? Je n'aurais jamais deviné, le taquina Helen.

Toby passait Noël à Klosters, à faire du ski avec une amie secrète. Il était si mystérieux à son sujet que c'en était drôle, Mandy et Helen estimaient donc que c'était du sérieux.

Helen et Seb passaient, quant à eux, Noël avec le père d'Helen. Il avait récemment demandé en mariage une femme enjouée et maternelle rencontrée sur Internet. Helen avait levé les yeux au ciel en l'annonçant à Mandy.

— C'est une femme charmante, raconta-t-elle, mais je ne suis pas persuadée qu'elle puisse supporter son amour des trains à vapeur.

Mandy s'esclaffa.

— Peut-être qu'elle a toujours rêvé d'être conductrice de train, suggéra-t-elle.

Helen la scruta, pensive.

— T'as peut-être bien raison. Leur premier rendez-vous a eu lieu à bord du Pullman. Papa a dit qu'elle avait passé des heures à discuter avec le conducteur. Il était jaloux, je pense. Je n'ai jamais su s'il craignait que le gars ne s'enfuie avec elle, ou si le type allait l'inviter à faire un tour avec lui !

La porte communicante du cottage s'ouvrit et Emily apparut. Elle utilisait encore son fauteuil de temps en temps à l'extérieur, mais elle s'aidait surtout d'une canne pour se déplacer. Elle se dirigea vers le bureau, un peu chancelante, un paquet bien emballé à la main.

— Je dois envoyer ça à James, expliqua-t-elle. C'est trop tard pour Noël, mais il le recevra peu après.

— Qu'est-ce que c'est ? s'enquit Helen.

Emily s'appuya contre le bureau.

— Un pull que j'ai tricoté pour Taresh. Il va probablement avoir un peu plus froid que la plupart des enfants cet hiver. Je voulais le terminer plus tôt, mais, eh bien, tout ne s'est pas franchement passé comme prévu.

Mandy contempla le paquet avec un peu de tristesse. James et elle ne s'étaient pas reparlé depuis leur dispute. Elle avait apporté le camion de pompiers de Taresh au café lors d'un passage à York, espérant le croiser, mais son ami n'était alors pas là. Elle avait confié la grosse boîte à Sherrie, qui avait promis de la transmettre, mais James n'avait toujours pas appelé ou envoyé de message pour confirmer qu'il l'avait bien reçue.

— Je peux te déposer à la poste dans une minute. Je prépare une liste de courses, on pourrait y passer sur le chemin, dit Adam à Emily avant de se tourner vers sa fille : J'ai trouvé une recette de goulasch végétalien qui a l'air très appétissant. Ça t'irait pour le repas de Noël ?

— Ça m'a l'air super, répondit Mandy, avant de hausser le sourcil. Il y aura des boulettes aux légumes ?

Adam rentra le menton, l'air offensé.

— Avec du goulasch ? Évidemment qu'il y aura des boulettes. Quel genre de père tu crois que je suis ?

Mandy ouvrit grands les yeux.

— Eh bien, je n'oserais pas répondre au risque d'offenser quelques oreilles, mais les boulettes sont une super idée… J'espère que tu sais que je veux quand même aussi des pommes de terre rôties et de la farce.

Adam laissa échapper un rire gras en passant un bras autour de ses épaules et en la serrant contre lui.

— Ça, c'est bien ma fille !

Le téléphone de Mandy vibra et elle le sortit de sa poche. À sa grande surprise, c'était un message de Jimmy. Elle n'avait pas eu de nouvelles de lui depuis le sauvetage de l'aigle Sebastopol. Elle avait tenté de s'habituer à ne pas le voir, tout en se demandant s'il avait commencé à chercher un endroit où vivre. Malgré tout ce qui se passait dans sa vie, il lui manquait encore tous les jours.

Tu peux passer à la maison ? J'ai quelque chose pour toi.

La frustration la transperça. Lui avait-il acheté un cadeau de Noël ? Elle avait longtemps pensé à lui offrir quelque chose. La tentation était grande, surtout après sa virée en ville avec les jumeaux. Elle avait fini par se convaincre qu'elle ne devait rien lui acheter, et que c'était la meilleure solution. Ils avaient besoin de prendre de la distance… ou du moins, elle en avait besoin.

Elle hésita quelques secondes, caressant l'idée de refuser son invitation. Mais ce ne serait pas logique, après tout, cette maison était la sienne. Peut-être allait-il lui annoncer qu'il déménageait. Dans un tourbillon de sentiments mitigés, elle tapa une réponse.

J'arrive dans dix minutes.

Emily était retournée au cottage pour enfiler son manteau, mais plutôt que de se préparer à sortir, Adam s'était engagé dans un débat animé avec Helen sur les mérites du beurre au brandy en remplacement de la crème fraîche pour une recette de gâteau de Noël.

— Rien n'est meilleur que la crème fraîche, insista Helen. Le beurre au brandy est bien trop sucré !

— Trop sucré ? répéta Adam, faussement scandalisé. Mais c'est impossible à Noël.

Mandy s'éclaircit la gorge, et Helen et Adam se tournèrent vers elle, sourcils levés.

— Je pense que je peux résoudre ce dilemme pour vous. La bonne réponse, c'est de prendre à la fois de la crème et du beurre au brandy, et si vous avez encore de la place, une petite boule de glace à la vanille est parfaite.

Helen grimaça.

— Beurk ! Quelle espèce de sauvage voudrait mettre de la glace sur son dessert de Noël ?

Mais Adam fixait Mandy, admiratif.

— Bien vu ! Excellente idée.

Avec un geste ostentatoire, il ajouta « glace » à sa liste de courses.

— Bon, je file, lui dit Mandy. Je vais voir Jimmy.

Adam acquiesça, comme s'il était ravi qu'elle dise ça.

— C'est bien.

Mandy était chagrinée. Elle savait bien sûr que son père la soutiendrait quoi qu'elle décide, mais ne lui avait pas vraiment expliqué ce qu'elle ressentait pour Jimmy. D'une certaine manière, il espérait toujours qu'ils se remettent ensemble, c'était flagrant. Et tant que Jimmy n'avait pas quitté la maison, Mandy ne pouvait pas dire à son père que ça n'arriverait jamais.

Il lui sembla naturel de se garer à la place habituelle devant chez elle, mais une enclume de tristesse l'écrasa en contemplant la maison à travers le pare-brise : elle semblait aussi accueillante que depuis le jour où elle l'avait achetée. Mandy avait toujours eu l'impression d'être à sa place ici, et la propriété lui manquait plus qu'elle ne pouvait l'exprimer. Mais Jimmy et les jumeaux avaient besoin d'espace, et elle ne pouvait pas se résoudre à le chasser.

La réaction de Sky à son retour à la maison fut bien moins torturée. La chienne traversa la pelouse et se fraya un chemin jusqu'à la porte d'entrée. Jimmy avait dû la laisser entrouverte, pensa Mandy. Une rafale d'aboiements retentirent, puis l'écho extatique des griffes de quatre chiennes qui couraient en rond. Mandy s'avança dans le vestibule et jusqu'à la porte de la cuisine, ouverte aussi.

Jimmy se tenait au milieu d'un océan de chiennes. Mandy rit en le voyant tenir haut au-dessus de sa tête un plateau de biscuits carbonisés. Les yeux lui piquèrent tout à coup et elle agita la main devant le visage. La fumée avait envahi toute la pièce.

— Il ne fallait pas te lancer dans la pâtisserie pour moi ! s'exclama-t-elle en riant.

Prenant pitié de lui, elle ouvrit la porte arrière pour évacuer la fumée et poussa les chiennes dans le jardin.

— Quel accueil ! remarqua-t-elle en regardant autour d'elle : de la farine constellait le comptoir et pas moins de trois bols maculés de pâte à biscuits traînaient encore. Un torchon avait glissé de son crochet jusqu'au sol.

— Combien de biscuits as-tu préparés ?

— Vingt-quatre, répondit tristement Jimmy en zieutant les amas noircis sur la plaque de cuisson. Je pense que j'ai réussi à incinérer chacun d'entre eux.

— J'espère que ce n'est pas ce que tu voulais me montrer, plaisanta Mandy.

Malgré la situation, revenir ici auprès de Jimmy lui semblait si naturel et facile.

— Tu vas au moins en goûter un, non ? fit-il mine de s'offusquer, les yeux écarquillés et innocents. Sinon, je serai très offensé.

— Sois offensé autant que tu veux. Les suppléments minéraux sont recommandés pour les animaux, mais le charbon de bois n'est vraiment pas à mon goût.

Ils se souriaient encore quand Mandy entendit une voiture se garer devant la maison. Elle interrogea Jimmy du regard, perplexe devant son petit sourire coupable.

Il ouvrit la bouche pour s'expliquer, mais fut aussitôt interrompu par une volée d'aboiements frénétiques dans le jardin, et Mandy tendit le cou pour voir ce qui s'y passait : deux autres chiens avaient rejoint la mêlée. Elle les aurait reconnus parmi cent autres.

— Seamus et Lily ! s'exclama-t-elle.

On frappa à la porte, et elle suivit Jimmy dans l'entrée. Quand la porte s'ouvrit, Mandy découvrit James et Raj sur le pas de la porte, Taresh dans les bras de Raj, un énorme chien en peluche noir et blanc contre lui.

— Entrez, les invita Jimmy en ouvrant grand la porte, et avant que Mandy n'ait eu le temps de dire un mot, il guida Raj et Taresh vers la cuisine, refermant la porte derrière eux trois.

James passa au salon et, après un moment, Mandy le rejoignit. Ils restèrent quelques secondes silencieux à se jauger l'un l'autre. Mandy sentit son visage s'empourprer d'embarras, et d'après l'expression gênée de James, la confrontation était difficile pour lui aussi.

— Je suis vraiment désolée, commença Mandy, mais James leva la main.

— Laisse-moi parler en premier, s'il te plaît. Je suis vraiment, vraiment désolé. J'ai été totalement insensible. J'étais tellement préoccupé par l'idée d'être le père de Taresh que j'ai oublié de penser à toi, s'excusa-t-il en dévisageant Mandy d'un air suppliant. Je suis censé être ton meilleur ami et je t'ai laissée tomber quand tu avais besoin de moi. Peux-tu me pardonner ?

Mandy se retint de pleurer devant son inquiétude.

— Bien sûr, se hâta-t-elle de répondre. Et tu n'as rien dit de mal, je ne pense pas qu'il y ait vraiment de bien ou de mal, d'ailleurs. C'est tellement bizarre et difficile pour moi d'y voir clair. Je veux dire, qui découvre soudainement qu'il a une nouvelle maman à l'âge de trente ans ?

Une vague de soulagement sembla déferler sur James.

— Je n'imagine même pas ce que tu as vécu. Sache juste que tu peux me parler à tout moment, d'accord ? Je ne te jugerai jamais, je te le promets.

— Merci. Pour être honnête, j'ai l'impression d'avoir vraiment fait le tour de la question, mais c'est bon de savoir que tu es là, admit-elle en inclinant la tête. Crois-le ou non, tout va bien maintenant, vraiment. Geraldine est à Manchester pour Noël, et j'y vais pour le nouvel an. J'ai une famille à rencontrer !

James leva si haut les sourcils qu'ils disparurent sous ses cheveux, mais il ne dit rien.

— Et dès que Noël sera passé, continua Mandy, maman, papa et moi allons tous ensemble parler de Geraldine à papy et mamie. Ils savent que je suis adoptée, bien sûr, mais ils ont le droit de connaître toute la vérité.

James lui tapota l'épaule.

— Tu es de nouveau toi-même. Je suis si heureux que tout soit réglé.

Mandy sourit, mais une pointe de tristesse l'envahit lorsqu'elle jeta un coup d'œil vers la porte de la cuisine. Non, tout n'était pas réglé. Le problème de Jimmy et de la maison était toujours en suspens.

Ils s'apprêtaient à entrer dans la cuisine quand Jimmy apparut.

— Je voudrais juste dire un mot à Mandy, annonça-t-il, puis quand James rejoignit Raj dans la cuisine, il referma la porte derrière eux.

Mandy grimaça.

— Tu m'as tendu un piège !

Jimmy eut brièvement l'air coupable, puis il lui sourit.

— James m'a raconté ce qui s'était passé, et j'ai aussitôt su que tu serais bien trop têtue pour faire le premier pas. J'ai pris le risque que tu sois en colère contre moi, mais je voulais t'aider.

— Merci. Et tu avais raison, en fin de compte.

Elle croisa son regard et ils partagèrent un sourire. Jimmy sembla sur le point d'ajouter quelque chose quand un bruit retentit derrière eux et une petite voix aiguë résonna dans l'embrasure de la porte.

— Ouaf ! Ouaf !

Mandy se retourna : Taresh qui la dévisageait, brandissant sa peluche devant lui.

— Ouaf ! Ouaf ! Bandy ! cria-t-il.

Mandy s'éloigna de Jimmy et s'accroupit près du garçonnet.

— Qu'est-ce que tu as dit ?

Taresh agita à nouveau le chien noir et blanc, manquant d'assommer Mandy avec.

— Ouaf ! Ouaf ! Bandy ! répéta-t-il, une immense fierté lisible dans ses jolis yeux bruns et il lui sourit, montrant ses nouvelles dents de devant.

— Ah, ah ! intervint Raj, plutôt embarrassé. Ouaip, expliqua-t-il à Mandy, il a donné ton nom au petit chien ! J'espère que tu n'es pas vexée.

— Pas du tout, le rassura Mandy en se relevant. En fait, je suis très honorée.

Elle sourit à Taresh et il lui tendit les mains. Submergée de joie, elle le prit contre elle.

— Dis-moi, tu veux voir les poules maintenant ?

— Poules ! Poules ! s'exclama Taresh en se tortillant dans ses bras. Poules, poules !

Mandy le serra fort – c'était si agréable.

— Tu es un adorable petit garçon, lui souffla-t-elle, et avec un dernier regard vers Jimmy, elle se dirigea vers la porte donnant sur le jardin.

Chapitre 31

La végétation hivernale détrempée donnait un air assez triste et dépenaillé au jardin, mais le poulailler était propre et bien entretenu. Mandy posa Taresh par terre à côté de l'enclos et il contempla les poules, passant ses petits doigts à travers les mailles du grillage. Il sembla paralysé de joie lorsque Curry et Kiki accoururent vers lui en gloussant bruyamment. Mandy souleva le couvercle du bac à grain devant le poulailler. Jimmy l'avait bien rempli. Elle prit une poignée de grain et en versa un peu dans la petite paume de Taresh.

— Maintenant, jette-le, expliqua-t-elle.

Elle prit elle-même un peu de grain et lui montra comment le lancer à travers le grillage.

Taresh poussa un cri enjoué lorsque les six poules apparurent et se précipitèrent vers la nourriture.

— Poules, poules ! s'exclama-t-il en boucle tandis que les volailles picoraient allègrement.

Si Taresh était enchanté par les poules, Mandy l'était tout autant par Taresh. Elle s'accroupit, passa le bras autour de son ventre et posa la tête contre la sienne, respirant le doux parfum de son shampoing pour bébé. Du coin de l'œil, elle aperçut Raj qui les filmait avec son téléphone. À côté, James rayonnait de fierté. Ils aimaient tellement leur fils, songea Mandy.

Taresh se rendit alors compte que James et Raj l'observaient.

— Papa ! *Dada !* les appela-t-il en leur montrant les poules, avant de se tourner vers Mandy, et en lui faisant comprendre qu'il voulait qu'elle ouvre la main.

Elle tendit la paume, et à sa grande joie, Taresh y glissa ses deux mains potelées pour attraper le grain. Mais au lieu de le jeter dans le poulailler, il trottina jusqu'à James et Raj et en saupoudra leurs chaussures. James éclata de rire et prit Taresh dans ses bras.

— C'est pour les poules, gros bêta !

— Go bêta ! répéta Taresh d'une voix très aiguë.

Jimmy s'approcha de Mandy.

— Le bonheur est dans les poules, commenta-t-il avec un petit sourire, mais Mandy ne parvint pas à l'imiter.

— Je peux te parler ? demanda-t-elle. Quand James et Raj seront partis ?

Jimmy la scruta en fronçant les sourcils, mais acquiesça.

— Bien sûr.

Le départ de James et Raj sembla durer une éternité. Mandy ne voulait pas qu'ils partent, mais elle savait qu'elle devait discuter avec Jimmy en privé. Ils restèrent côte à côte, saluant la petite famille, et Mandy fut encore une fois oppressée de douleur. C'était si poignant de se tenir là comme s'ils étaient encore un couple. Comme si, une fois James parti, ils allaient rentrer, jeter quelques bûches dans la cheminée et se blottir avec les chiennes toute la soirée. Mandy sentit les larmes monter, mais les ravala aussitôt. C'est peut-être la dernière fois que Jimmy et elle se tenaient ici ensemble sur le pas de la porte, mais il fallait qu'elle agisse – elle ne pouvait pas continuer à vivre comme ça.

Ils refermèrent la porte et retournèrent au salon. Pour la première fois, Mandy remarqua la contribution des jumeaux à Noël : des guirlandes en papier suspendues au plafond, des flocons de neige collés aux fenêtres. Elle eut envie de pleurer. *J'aurais dû être là quand ils ont décoré ma maison.* Elle s'enfonça dans un fauteuil, tout à coup très fatiguée.

Jimmy s'assit sur le canapé et se pencha en avant, les coudes sur les cuisses.

— De quoi voulais-tu qu'on parle ?

Maintenant que le moment était venu, Mandy était incapable de prononcer un seul mot. Elle implora Jimmy du regard, souhaitant de tout son cœur qu'il lui annonce qu'il avait changé d'avis, qu'il la voulait pour toujours, ne jamais la perdre, mais il fronça simplement les sourcils.

— Qu'est-ce que tu voulais me dire ? C'est à propos de tes parents ? De Geraldine ?

Mandy secoua la tête. La tension dans sa mâchoire lui donnait la migraine.

— Non, ce n'est pas à propos d'eux, admit-elle. C'est à propos de nous.

Un mouvement au plafond attira son attention. Une étoile en aluminium pendait du luminaire, voletant sous les courants d'air chauds de la cheminée. Derrière la grille, les bûches incandescentes s'effondraient et se tassaient lentement, projetant une pluie d'étincelles dans l'âtre. Elle étudia Jimmy, parfaitement immobile.

— Je sais que tu voulais bien faire aujourd'hui, en nous réunissant James et moi, et je t'en remercie, ne te méprends pas. Mais chaque fois que je te vois, chaque fois que nous sommes ensemble, ça me rappelle tout ce que j'ai perdu.

Jimmy l'étudiait, mais elle n'arrivait pas à interpréter son expression.

Dis quelque chose. N'importe quoi. S'il te plaît...

Elle prit une grande inspiration.

— J'ai besoin d'une pause, reprit-elle. D'une pause complète. Et je vais avoir besoin que tu quittes la maison. Il n'y a pas d'urgence, du moins pas encore. Je peux rester avec papa et maman aussi longtemps que nécessaire, mais j'aimerais que tu commences à chercher un autre endroit, s'il te plaît.

Jimmy tenta de lui prendre la main, mais elle recula en secouant la tête.

— Je ne peux pas. Plus maintenant. Peut-être qu'un jour, à l'avenir, nous pourrons être amis, mais pas encore. Pas avant longtemps, ajouta-t-elle avant de déglutir et une larme glissa sur son visage, qu'elle chassa aussitôt. Je t'aime. Je t'ai toujours aimé et je t'aimerai toujours, mais je ne peux pas vivre une demi-vie, et c'est tout ce que j'aurai si je reviens vers toi.

Elle remarqua des larmes dans les yeux de Jimmy. Il tressaillit comme s'il allait tendre la main vers elle, mais ses mains restèrent à plat sur ses genoux.

— Bien sûr que je vais déménager, dit-il d'une voix rauque. Merci de me laisser rester un peu ici.

Il se tut et s'essuya les yeux du bout du pouce. Le feu faiblissait, la pièce se refroidissait, remarqua vaguement Mandy bien que son visage soit encore brûlant. Une odeur âcre flottait dans l'air, les notes douces-amères des biscuits brûlés.

— Tu peux faire une dernière chose pour moi ? s'enquit Jimmy d'une voix étouffée.

— Bien sûr.

Il prit une grande inspiration.

— J'aimerais qu'on sorte tous les deux, une dernière fois. Demain soir. Un dernier réveillon ensemble, en souvenir du bon vieux temps. Et après ça, je te promets que je ferai tout ce que tu veux.

Mandy le dévisagea. Il essaya de sourire, mais n'y parvint pas.

— Une dernière fois ? répéta-t-il. S'il te plaît.

Malgré son intention de ne plus le revoir avant un certain temps, Mandy ne trouva aucune raison de refuser. Elle hocha la tête.

— Je passerai te chercher à 20 heures.

Chapitre 32

En ce 24 décembre, Mandy se réveilla dans sa chambre d'enfant à Animal Ark. Combien de fois s'était-elle réveillée ici, sentant l'excitation de Noël se propager dans l'air tout autour ? Si sa conversation avec Jimmy hier avait été difficile, elle ressentait, en plus d'une tristesse lancinante, un étrange sentiment de paix. Elle passerait un Noël tranquille ici avec maman et papa, puis au nouvel an, elle verrait Geraldine et rencontrerait sa nouvelle famille. Elle aurait tout le temps de se faire à l'idée d'être à nouveau célibataire.

Elle se redressa dans le lit, et Sky se leva, s'étira et renifla l'air.

— Tu sens aussi ? lança Mandy, et Sky sauta sur la couette en remuant la queue. Les crêpes de papa ! On devrait descendre pour lui donner un coup de main.

Depuis qu'elle était revenue à la maison, Adam veillait à ce qu'elle mange correctement. Il faisait un froid glacial dehors. Mandy enfila deux manteaux juste pour aller nourrir les alpagas. Elle leur étala une couche de paille supplémentaire, se moquant d'elle-même ce faisant. Les alpagas sauvages vivaient en altitude dans les montagnes du Pérou, ce n'était pas le gel du Yorkshire qui risquait de pénétrer leurs épais manteaux d'hiver.

La clinique était calme. Après les journées agitées de la semaine passée, ce fut un soulagement d'avoir un peu de temps entre les consultations. Mandy se surprit à espérer que cette accalmie se poursuivrait jusqu'au jour de Noël. Non pas que des vêlages occasionnels n'aient jamais participé à lui ouvrir l'appétit pour le réveillon. Adam avait proposé de prendre la garde de ce soir et Mandy celle du lendemain, puis ils se partageraient le lendemain de Noël.

Aucun rendez-vous n'était prévu pour l'après-midi, et Mandy et Adam laissèrent Helen partir à 15 heures. Ils firent le tour du refuge, puis rentrèrent au cottage. Emily était pelotonnée sur le canapé, cousant une couverture en patchwork. La radio jouait des chants de Noël, et le sapin qu'ils avaient installé le week-end dernier scintillait de lumières et de guirlandes.

— Ça te dérange si je me joins à toi ? lança Mandy à sa mère. S'il y a de la place, bien sûr !

Emily sourit.

— Peux-tu me rendre un service en retour ? Comment se portent tes talents de couturière ?

Mandy leva les yeux au ciel.

— Un peu mieux que ma cuisine, mais tu sais très bien que les seules choses que je sais recoudre correctement, ce sont les animaux.

Emily s'esclaffa. Elle tira l'édredon vers elle, laissant une place à Mandy sur le canapé.

— J'ai réfléchi..., intervint Adam en s'affalant dans son fauteuil, les yeux pétillants tournés vers elles. Pourquoi ne pas transformer l'une des salles de consultation en atelier d'artisanat ? Tu pourrais faire du patchwork, Emily, et toi Mandy, des jouets en bois, proposa-t-il en souriant malicieusement. J'ai entendu dire que tu avais fort bien réparé ton poulailler et que tu avais supervisé la construction d'une superbe barrière pour les alpagas.

Mandy fronça les sourcils.

— Tu as parlé à Jimmy ?

Adam écarquilla les yeux puis hocha la tête.

— Il est passé il y a deux jours, confessa-t-il, pour des vermifuges.

Cette réponse laissa Mandy perplexe : pourquoi Jimmy n'avait pas vu avec elle pour les comprimés ? Elle était pratiquement sûre qu'il y en avait plein dans un tiroir de la cuisine chez elle.

Adam laissa échapper un soupir de satisfaction en se calant au fond de son siège et en étirant les pieds vers le feu.

— On devrait se préparer un petit goûter facile et garder de la place pour demain. Que diriez-vous d'un bon thé et de quelques sablés au beurre ?

— Parfait, répondit Mandy, tant que tu me laisses choisir ma propre portion. Si tu continues à me nourrir comme tu fais, je vais bientôt rouler comme un tonneau !

À 19 h 30, Mandy était si bien lovée au coin du feu qu'elle n'avait plus envie de sortir. Sky s'était endormie aux pieds d'Emily, qui avait arrêté de coudre et écoutait un chant de Noël à la radio. Mandy jeta un coup d'œil à sa mère, puis étira les bras au-dessus de la tête.

— J'aimerais pouvoir rester ici toute la soirée, bâilla-t-elle.

— Peut-être que Jimmy va t'emmener dans un endroit bien douillet, comme le pub, offrit Adam en levant les yeux de son livre.

Mandy secoua la tête.

— Pas à ce que j'ai compris.

Jimmy ne lui avait pas dit où ils allaient, seulement qu'ils seraient dehors et qu'elles devaient prévoir de bonnes bottes.

— Et ils annoncent – 8 °C ce soir, ajouta-t-elle en grimaçant.

— Couvre-toi bien, lui conseilla Adam. Il ne devrait pas neiger, c'est déjà ça.

— Il fait trop froid pour ça ! s'exclama Mandy en s'approchant de la fenêtre pour tirer le lourd rideau.

Un croissant de lune dodu brillait au-dessus de l'herbe épaisse et gelée. Adam avait accroché des lumignons dans les buissons et la haie d'aubépine. Les petites ampoules, d'un blanc-bleu froid, comme les étoiles, donnaient un air féerique au jardin.

Emily leva les yeux, après avoir caressé Tango sur ses genoux.

— Tout le monde dit qu'il peut faire trop froid pour qu'il neige, mais il y a bien de la neige au pôle Sud, non ?

Mandy rit.

— C'est probablement là que Jimmy va m'emmener.

Résignée, elle passa dans le couloir et commença à enfiler sa polaire, son manteau, son bonnet et ses gants.

Jimmy se gara devant la maison à 20 heures pile. Il portait un bonnet doublé de fourrure avec des rabats pour les oreilles et une écharpe bien chaude.

— Bonsoir, la salua-t-il.

Ils marchèrent jusqu'à la voiture et il ouvrit la portière côté passager pour qu'elle y grimpe.

— Où est-ce que tu m'emmènes ? s'enquit Mandy tandis qu'il s'installait et démarrait le moteur.

Il secoua la tête, un petit sourire au coin des lèvres.

— Attends de voir ! fut sa seule réponse, et il prit la direction du village.

Alors qu'ils tournaient sur la route menant au domaine d'Upper Welford, Mandy se demanda s'ils se rendaient à Running Wild. Elle ne pensait quand même pas que Jimmy oserait l'équiper d'une lampe frontale pour la lâcher sur le parcours de cordes dans le noir, mais elle fut soulagée quand ils tournèrent à droite vers Six Oaks.

— On ne va pas faire de l'équitation, n'est-ce pas ? s'assura-t-elle en se tournant vers lui. Je vais finir frigorifiée !

— Non.

Il gara sa jeep sur le côté de la route juste avant d'entrer dans la cour pavée et tira sur le frein à main.

— Nous serons à pattes, oui, mais avec nos propres pattes ! Elles nous tiendront plus chaud.

Ils sortirent du véhicule et il en fit le tour par l'arrière, prit un sac à dos dans le coffre et le jeta sur son épaule. Ils traversèrent la route et Jimmy ouvrit un portail en bois bordant le chemin menant à Silver Dale.

— Par ici, l'invita-t-il.

C'était une nuit vraiment magnifique. Alors que les lumières de Six Oaks s'estompaient derrière eux, Mandy se surprit à contempler le ciel, émerveillée. La lune flottait au-dessus de la vallée, entourée de millions d'étoiles givrées. La piste était plutôt raide, mais lisse et facile à escalader, malgré l'obscurité. Leurs pieds crissaient légèrement sur le sol gelé et, quand Mandy se retourna, elle aperçut les empreintes légères de leurs pas serpenter derrière eux.

— Où allons-nous ?

Mais Jimmy se contenta de secouer la tête, le regard espiègle.

— Juste faire une promenade.

Le sentier longeant le flanc du vallon se raidit et se rétrécit. Ils grimpèrent en silence pendant un moment, leur souffle se mêlant aux nuages argentés. L'air était froid, mais parfaitement calme. Loin derrière, en contrebas, à l'entrée de la vallée, l'un des chevaux de Molly hennit. Mandy se surprit à penser au doux visage de Bill. Où était-il maintenant ? se demanda-t-elle. Elle leva les yeux vers les étoiles tapissant le ciel sombre de l'hiver et sentit un profond sentiment de paix l'envahir. Où qu'il soit, Bill était heureux, libéré de toute souffrance et éternellement reconnaissant envers Molly pour les dernières années de sa vie.

Ils atteignirent les eaux tumultueuses de la Silver Force et s'arrêtèrent pour reprendre leur souffle. Le versant par-delà la cascade se tachetait d'ombres là où les arbres s'accrochaient aux pentes inférieures. Plus bas, dans les profondeurs du vallon, une poignée de lumières scintillaient dans l'obscurité. L'air rafraîchissait les joues chaudes de Mandy.

— Regarde, dit Jimmy, et Mandy suivit son doigt pour admirer la rivière.

D'énormes stalagmites s'étaient formées sur les rochers de chaque côté de la cascade. La glace et l'eau miroitaient au clair de lune, et le fracas de l'eau emplissait leurs oreilles.

— La rivière mérite vraiment son nom ce soir, Silver Force, la belle argentée, murmura Mandy, et Jimmy sourit jusqu'aux yeux, quand bien même ses lèvres restaient, elles, bien dissimulées dans les plis de son écharpe.

Ils se remirent en route et le gargouillis de l'eau s'atténua. Le pic de Silver Tor se dressait, majestueux devant eux. Jimmy jeta un coup d'œil à Mandy, reprit son ascension et, quelques secondes plus tard, ils atteignirent le sommet. Jimmy laissa glisser les sangles de son sac à dos et le posa sur un rocher. Mandy respira l'air pur et glacial, et se retourna pour admirer la vallée, suivant des yeux le chemin sinueux parcouru. Au loin, elle devinait la lueur des lumières d'un petit village. Elle se réjouit d'entendre le son des cloches de l'église dans l'air immobile.

— C'est la messe de minuit !

— Ce n'est pas un peu tôt ? rétorqua Jimmy.

— Je crois que la plupart des églises l'organisent avant minuit maintenant, pour que les gens puissent dormir un peu, répondit-elle.

Dans son dos, un bruissement de tissu attira son attention. Elle se demandait ce que fabriquait Jimmy :

leur dernière nuit ensemble, et il ne profitait même pas de la vue !

— Qu'est-ce que tu fais ? lança-t-elle en se retournant.

Jimmy était là, à genoux sur le sol glacé. Il avait retiré son écharpe, libérant son visage, et ses yeux brillaient sous la lumière de la lune. Au creux de sa main tendue vers elle, il tenait une petite boîte en velours.

— Mandy Hope.

Elle voyait les volutes de son souffle dans l'air glacé. Il avait l'air si sérieux.

— Veux-tu m'épouser ?

Mandy avait l'impression que le bord du monde tanguait. En dessous, au-dessus, des étoiles éblouissantes filaient à l'infini.

— Quoi ?

Jimmy haussa le sourcil.

— D'habitude, on répond « oui » ou « non », fit-il remarquer. Pas « quoi ».

Mandy sentit un fou rire bouillonner en elle. Tout semblait encore irréel tandis que Jimmy ouvrait sa main libre pour attraper la sienne, emmitouflée dans sa mitaine de tricot blanc.

— Je sais ce que j'ai dit auparavant, reprit-il, et tout ce que je peux dire, c'est que j'avais tort. Il n'y a rien qui me rendrait plus heureux que d'avoir un enfant avec toi. Tu es la femme la plus extraordinaire que j'aie jamais rencontrée. Et tu seras une mère merveilleuse. Abi et Max en sont la preuve, ta façon d'être avec eux est géniale…

Il marqua une pause et la dévisagea, anxieux, comme s'il n'était pas persuadé qu'elle le croirait.

— Je veux partager le reste de ma vie avec toi. Avec nos enfants et toi.

Elle voyait parfaitement sa main enfouie dans la sienne, et pourtant Mandy avait l'impression de flotter sans attaches dans le ciel nocturne.

— Je suis désolé pour ce que je t'ai fait subir ces derniers mois, poursuivit Jimmy. Je savais que je devais partir de la maison, c'est chez toi. Mais chaque fois que j'ai commencé à chercher un autre endroit, je n'y arrivais pas. Et j'ai compris au bout d'un moment… eh bien, j'ai compris que ce n'était pas la maison que je ne supportais pas de quitter.

Mandy se sentit défaillir : ce qu'il racontait, c'était le miroir même de ce qu'elle avait vécu.

— Et je savais que je devais te demander de déménager, intervint-elle, mais je ne pouvais pas m'y résoudre. C'était juste impossible.

Le clair de lune se reflétait dans ses yeux bruns pétillants. Au loin, la cloche résonnait toujours.

— Tu le penses vraiment ? chuchota-t-elle. À propos du mariage ?

Jimmy hocha la tête.

— Vraiment, confirma-t-il avant de lui adresser un regard chagriné, mi-sourire, mi-excuses. Je déteste tuer le romantisme, mais mon genou est sur le point de geler sur cette pelouse. Tu as une réponse ?

Mandy éclata de rire. Elle retira sa mitaine et s'accrocha plus fermement à sa main chaude.

— Oui ! s'écria-t-elle. Mille fois oui !

Elle tira sur sa main et il se releva, sans que leurs yeux se quittent. Elle se pencha vers lui, essoufflée et étourdie, et il l'embrassa tendrement. Elle respira son parfum et sentit l'urgence monter tandis que leurs corps se pressaient l'un contre l'autre. Elle ferma les yeux. Le monde tourbillonnait. C'était tout pour elle : cet homme, ici et maintenant. Elle serra encore les bras autour de son cou et ils restèrent ainsi enlacés tandis que les étoiles tournoyaient au-dessus de leur tête.

Jimmy desserra finalement son étreinte et recula d'un pas.

— Le moment de vérité, souffla-t-il en ouvrant la boîte.

Mandy poussa un petit cri de surprise. À l'intérieur se trouvait la plus parfaite des bagues de fiançailles : un simple anneau en or avec un solitaire en forme de poire.

— Elle est magnifique !

Elle tendit la main et observa Jimmy la glisser à son doigt. L'anneau était froid, lisse et absolument parfait, comme s'il avait toujours été là, à sa place.

— Elle est sublime, murmura Mandy. Merci…

Elle soupira, les yeux rivés sur le diamant, immaculé sous le clair de lune. Une pensée surgit alors et elle leva la tête vers Jimmy, inquisitrice.

— Papa était au courant ?

Jimmy lui adressa un sourire malicieux.

— Bien sûr. Tu ne crois quand même pas que je ferais ça sans lui demander sa permission d'abord, non ?

Mandy le dévisagea.

— Tu n'as pas osé !

Au XXIe siècle, bonjour le féminisme. Il était vraiment incorrigible.

Jimmy acquiesça.

— Ouaip. Le privilège du père. Un jour, je ferai la même chose pour nos filles. Et surtout…

Il passa une main sur sa joue rugueuse.

— Je voulais m'assurer que tu dirais oui.

Mandy fit semblant de le toiser.

— Et tu pensais que mon père pouvait répondre à ma place ?

Jimmy secoua la tête en souriant.

— Pas vraiment, mais il n'a pas rejeté l'idée, alors je me suis dit que j'avais une chance avec toi. Mais après tout ce que tu as dit hier, j'étais terrifié que tu ne m'annonces que c'était trop tard et que j'avais perdu ma chance.

Mandy haussa les sourcils.

— Si tu comptes passer le reste de ta vie à parler à papa plutôt qu'à moi, peut-être que j'aurais dû refuser.

Jimmy l'entoura à nouveau de ses bras et la regarda droit dans les yeux.

— Je suis ravi que tu ne l'aies pas fait, dit-il doucement.

Mandy lui sourit.

— Pareillement.

Ils se tournèrent à nouveau pour admirer le paysage, Jimmy debout derrière elle, les bras autour de sa taille.

— Combien d'enfants allons-nous avoir ? murmura-t-il. Juste un chiffre approximatif, pour visualiser.

— Est-ce que ça irait s'ils sont plus nombreux que les chiennes ?

— Ça serait parfait.

Mandy ne pouvait ignorer la pointe d'inquiétude qui s'était ancrée en elle et ne cessait de grandir depuis le voyage de Jimmy au Canada. Ce n'était peut-être pas le bon moment pour en parler, mais alors, quand ? Elle prit une grande inspiration.

— Tu... Tu semblais vraiment heureux quand tu étais avec Aira, commença-t-elle.

Elle sentit Jimmy sourire contre ses cheveux.

— C'était une expérience incroyable. Je n'arrive pas à croire que j'ai eu la chance de voir ces ours de si près.

— Juste les ours ? insista Mandy, qui voulait tout savoir, mais s'efforçait d'avancer doucement. Je ne t'empêcherai jamais de partir avec Aira, tu as l'aventure dans le sang, c'est ce que tu es et j'aime ça chez toi. Mais...

— Mais est-ce que je vais te laisser seule avec les enfants et partir au bout du monde ?

Jimmy avait terminé la phrase pour elle.

— Eh bien, oui. Est-ce que tu ferais ça ?

Jimmy rit doucement.

— Bien sûr que non ! D'accord, je comprends que tu puisses être inquiète, mais ce voyage… c'était un dernier tour de piste, un gros point enfin coché sur ma liste de choses à faire avant de mourir, savoir que j'ai vu des ours polaires dans leur habitat naturel. Je n'ai pas la bougeotte comme Aira, ça, c'est sûr. C'est chez moi que je veux être maintenant, et chez moi, c'est là où tu es.

Il lui embrassa le sommet de la tête et ajouta, malicieux :

— Tu n'es quand même pas jalouse des jeunes étudiantes de troisième cycle, si ? Petite idiote. Liz a passé tout son temps à se languir de son petit ami à Seattle, et je viens d'apprendre que Megan s'est fiancée à sa petite amie la semaine suivant son retour.

Mandy se sentit soulagée. C'était exactement ce qu'elle avait besoin d'entendre, songea-t-elle. Pas que les étudiantes pensaient en fait à autre chose qu'à Jimmy – au fond d'elle-même, elle avait toujours su qu'elle pouvait lui faire confiance –, mais que ces interminables voyages lointains ne l'attiraient plus. Ils voyageraient ensemble, elle en était sûre, mais pas seuls.

La cloche de l'église se tut enfin, le dernier carillon restant comme suspendu dans l'air glacial. Mandy devina alors le chant de l'eau vive du Silver Force, aux confins du silence. Les bras de Jimmy l'enveloppaient et elle percevait les battements de son cœur, la chaleur de son corps et la douceur de la nouvelle bague à son doigt. Elle respira profondément, et le vent fleurait bon la neige imminente.

Peut-être auraient-ils finalement un Noël blanc, pensa-t-elle, tout en sachant pertinemment que, s'il ne devait que pleuvoir, tout serait quand même parfait.

— Alors, dit Jimmy, qu'est-ce qu'on fait maintenant ? On rentre ?

Un frisson parcourut la colonne vertébrale de Mandy lorsqu'elle sentit son souffle contre sa nuque. Sa maison, c'était ici, entre les bras de Jimmy. Elle n'aurait voulu être nulle part ailleurs. Mais en bas, dans la vallée, ses parents l'attendaient. Vert-Cottage. Animal Ark. Sa maison à elle, Étendues sauvages. Toutes les personnes et les lieux qui formaient la toile de sa vie. Elle se tourna vers lui et sourit, éprouvant toute la profondeur de son amour au fond de ses yeux verts sincères.

— Oui, s'il te plaît. Il est grand temps de rentrer à la maison.

Retrouvez la saga *Vert-Cottage* en poche

Harper
Collins
POCHE

Composé et édité par HarperCollins France.

Imprimé en septembre 2023
par CPI Black Print (Barcelone)
en utilisant 100% d'électricité renouvelable.
Dépôt légal : octobre 2023.

MIXTE
Papier issu de
sources responsables
FSC® C159065

Pour limiter l'empreinte environnementale de ses livres, HarperCollins France s'engage à n'utiliser que du papier fabriqué à partir de bois provenant de forêts gérées durablement et de manière responsable.

Imprimé en Espagne.